THE VACATION

長すぎる夏休み

ポリー・ホーヴァート／目黒 条＝訳

ハリネズミの本箱

早川書房

長すぎる夏休み

THE VACATION
by
Polly Horvath

Translated by
Jo Meguro
First published 2006 in Japan by
Hayakawa Publishing, Inc.
This book is published in Japan by
arrangement with
Farrar, Straus and Giroux, LLC
through Japan Uni Agency, Inc., Tokyo.
さし絵：横川ジョアンナ

アーニー、エミー、ベッカ、キーナ、ザイダに

もくじ

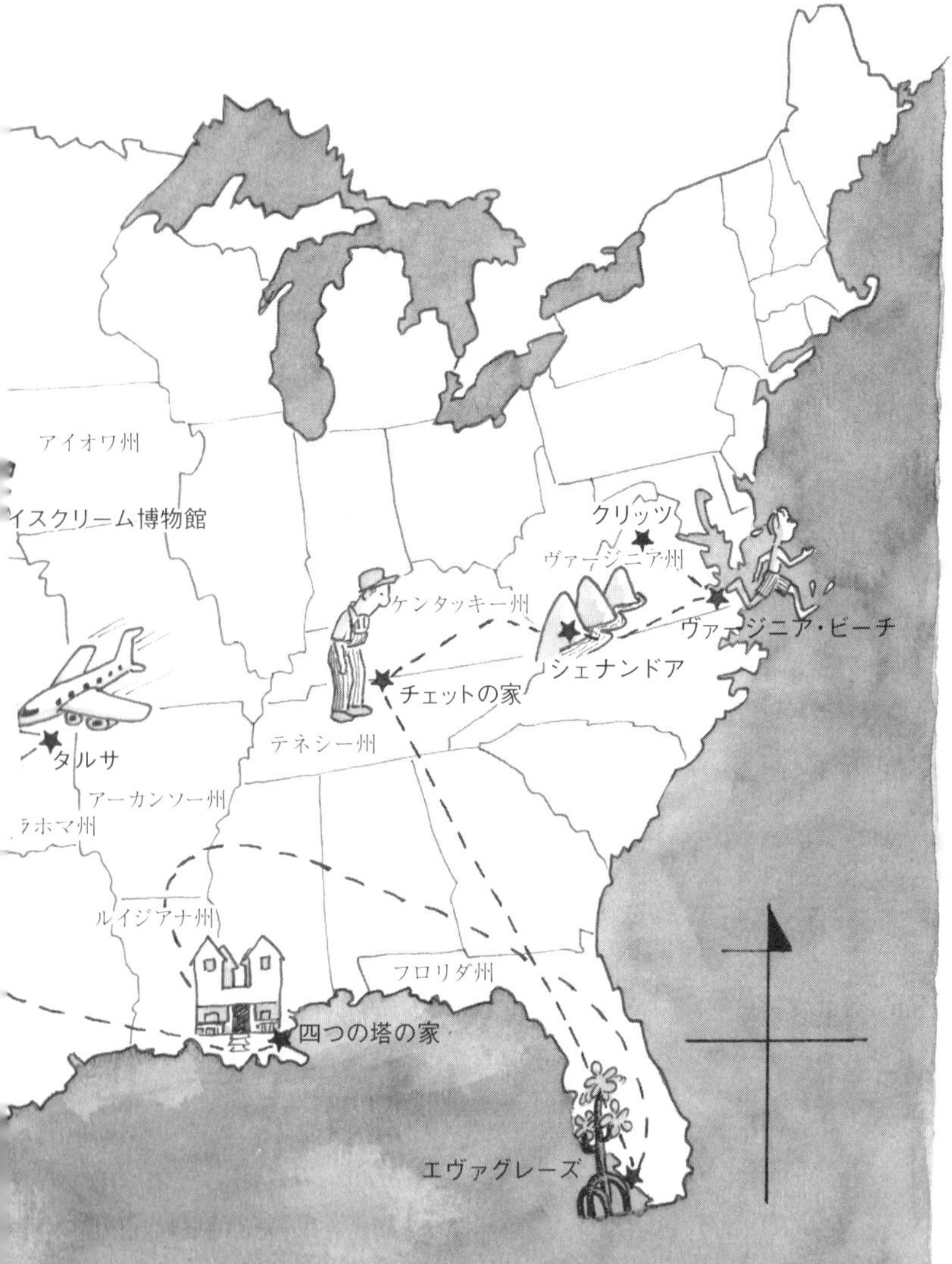
アイオワ州
イスクリーム博物館
クリッツ
ヴァージニア州
ケンタッキー州
ヴァージニア・ビーチ
シェナンドア
チェットの家
テネシー州
タルサ
アーカンソー州
ラホマ州
ルイジアナ州
フロリダ州
四つの塔の家
エヴァグレーズ

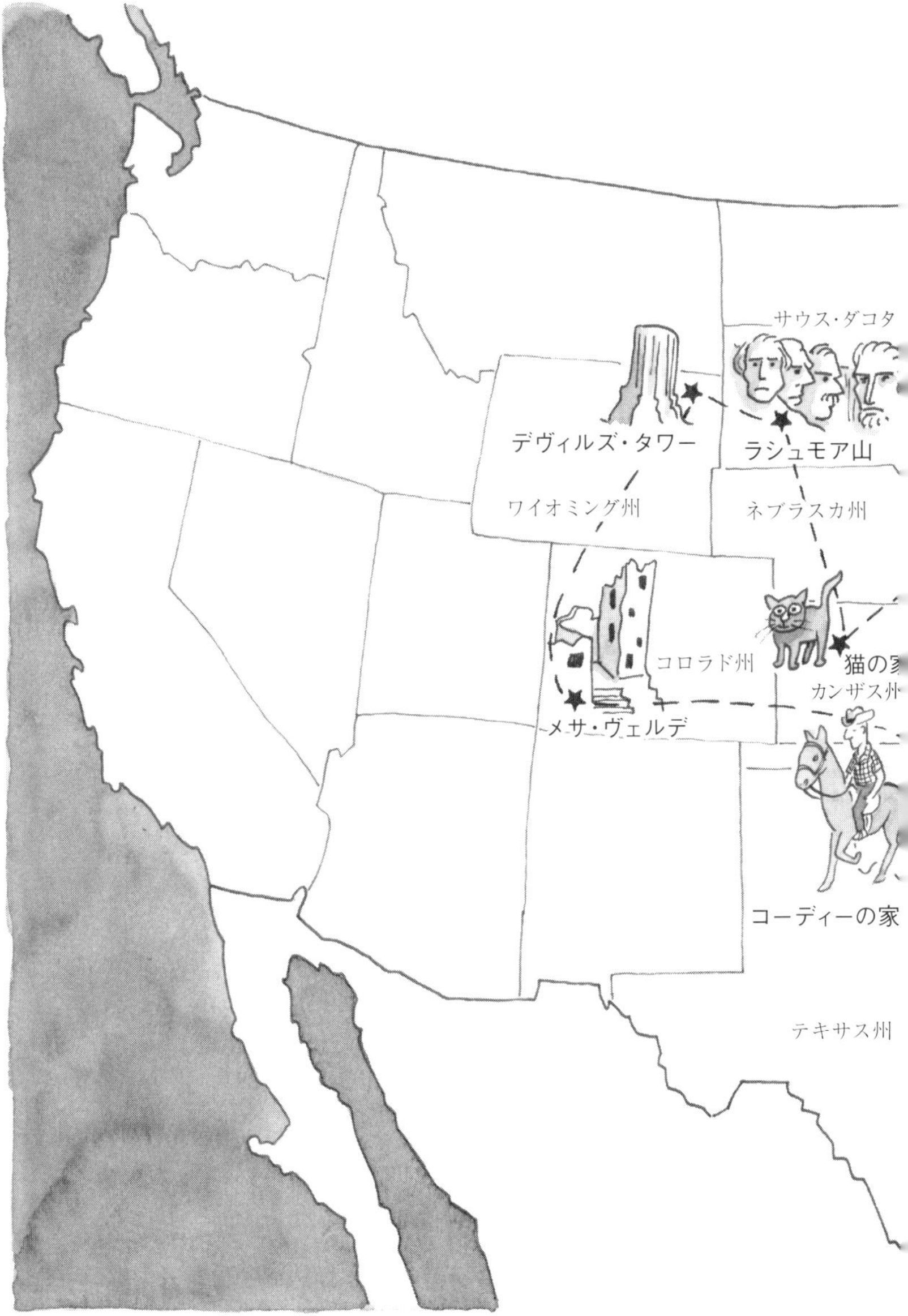
サウス・ダコタ
デヴィルズ・タワー
ラシュモア山
ワイオミング州
ネブラスカ州
コロラド州
猫の家
カンザス州
メサ・ヴェルデ
コーディーの家
テキサス州

登場人物《とうじょうじんぶつ》

ヘンリー……主人公。十二歳《さい》の少年
ノーマン……ヘンリーのお父さん
キャサリン……ヘンリーのお母さん
マグノリア（マグ）
ピッグ
……キャサリンの妹たち。ヘンリーのおばさん
デイリー・クレイマー……心理学者
チェット……ケンタッキーに住むキャサリンたちのお父さん。ヘンリーのおじいさん
チャック
ルル
……ルイジアナに住むノーマンの親戚《しんせき》
コーディー……オクラホマに住むカウボーイ
リーズル……コーディーの妹
バド
サンディー
……カンザスに住む農家の夫婦《ふうふ》

ことの次第《しだい》

　ぼくがマグノリアおばさんとピッグおばさんと暮《く》らしはじめて二週間たった。ぼくたちが住むヴァージニア州《しゅう》クリッツからそう遠くないところに川があって、ぼくたち一族の伝説《でんせつ》の英雄《えいゆう》、ラルストン・ピッグにちなんで〝ピッグ川〟と名づけられていた。おばさんが生まれたとき、ぼくのおばあちゃんはその川からとって、おばさんにピッグという名前をつけた。ぼくは一度、ピッグ川を見にいったことがある。ピッグ一族というのはお母さんのほうの先祖《せんぞ》なのに、なぜかお父さんに連《つ》れていってもらったんだった。ささやかな水が石の上をぽちゃぽちゃ流れていく様子《ようす》を見ながら（たいして大きな川じゃなかったんだ）、ぜんぜんおばさんと似《に》てないね、と言っておく父さんは笑《わら》った。

「冗談《じょうだん》はさておき、ヘンリー、もし川に命名するチャンスがあったとしても、〝ピッグ〟なんて

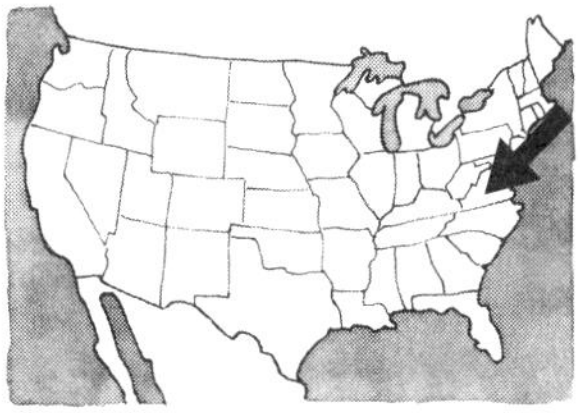

いう、ブタと区別《くべつ》がつかないような名前をつけちゃだめだ。川ってすごく大事なものなんだよ。考えてごらん、川は命に欠《か》かせない水を運んでる、大自然《だいしぜん》の一部なんだ。よく考えてごらん！」急に考えろとかいう話になってしまった。お父さんはフィルモアというブラシの会社のセールスマンで、出張《しゅっちょう》ばかりしていたけれど、たまに帰ってきたときには、人生についてぼくにできるだけ多くのことを教えようとしていた。いっしょにいられないときにもぼくが安全に生きられるように、と思っていたんだろう。「子どもを持つと、人生で望《のぞ》むことはたったひとつだけになるんだ」お父さんはぼくの肩《かた》に手をのせて言った。「その子が永遠《えいえん》に無事《ぶじ》でありますように。自分がいっしょにいられないときにも危険《きけん》な目にあいませんように、ってことだ」お父さんはぼくのほうを向き、目を見開いて大まじめな顔をして、「死ぬなよ」と命令《めいれい》した。

ぼくが十二歳《さい》になった週に、お母さんは〝宣教師《せんきょうし》になってアフリカに行く〟ことを決意した。でも、ぼくとお父さんが知っているかぎりでは、お母さんはあまり信心《しんじん》ぶかくないはずだった。ぼくは、お母さんが電話でお父さんにその計画を話しているのを聞いた。いちばんいい方法《ほうほう》はモルモン教徒《きょうと》になることだ、とお母さんは言った。友だちにモルモン教徒の人がいて、その人が、モルモン教ではある期間は宣教師になって旅をしなければならないと決まっている、と言ってたんだそうだ。お母さんは「いっしょにモルモン教徒になろう」とお父さんを説得《せっとく》しようとしたけれど、お父さんはいやがった。布教《ふきょう》のためにお母さんとアフリカに行くのもいやがった。お父さんはフィルモア・ブラシ工業を心から愛《あい》していたし、セールスで出張《しゅっちょう》するのも大好《だいす》きだったんだ。お母さんが声を小さくするのを忘《わす》れていたので、電話で長いことお父さんと言い争《あらそ》っているのがぜんぶ聞こえた。もっとも、小さい声だったとしても、うちは古くて壁《かべ》が薄《うす》かったから、ひとりっ子のぼくがしのび足でうろつきまわれば、お母さんが電話でなにを話しているかは盗《ぬす》み聞きできた。お母さんはいつも電話ばかりしていた。それは、お父さんがしょっちゅう出かけていたせいでもあったし、もともとおしゃべりだったせいでもあったと思う。お母さんはたぶん、お父さんをもっと家にいさせようと思って、モルモン教の宣教師《せんきょうし》になるなんてがらでもないことを考えだしたんだろうとぼくは思った。もっとも、お父さんが家にいたらいたで、ふたりはけんかばかりしていたんだけど。

「ぼくはモルモンのノーマン、なんて言われたくないよ」出張を終えて家に帰ってきたお父さんが言った。

「そんなこと言われないからだいじょうぶよ」お母さんは言った。「たぶん、今までと同じように、ただのノーマンって呼《よ》んでくれるはずよ。それか、ノームとか」

「信《しん》じてもいない宗教《しゅうきょう》を信じているふりするなんて、失礼《しつれい》じゃないか。ただでアフリカに旅行したいだけなんだろう」

その言葉でお母さんは怒《おこ》った。ドアをバタンバタンと乱暴《らんぼう》に閉《し》め、まる三日間、食事の時間も押《お》しだまったままだった。両親は、ぼくがけんかの原因《げんいん》を知っているとは思っていなかったし、夫婦《ふうふ》げんかをされるとぼくがどんなにいやか、気にも留《と》めていないようだった。緊張《きんちょう》でおなかが痛《いた》くなりながら、ぼくはこのけんかのことをあれこれ心配した。あと、ぼくもいっしょにヴァージニア州《しゅう》を離《はな》れてアフリカに行くのかと思うと、それもすごく心配だった。でも、いちばんおそろしい思いをしたのは、アフリカに連《つ》れていかない、と言われたときだった。

「ヘンリー、たぶんあなたは連れていけないわ」お母さんが言った。

「危《あぶ》ないことが多すぎると思うんだ」お父さんが言った。

「聞いたこともないような病気がいろいろあるし」

「水の中には、危険《きけん》な生物がうじゃうじゃいる。大きなものから小さなものまで」

「危険な動物や虫や、ばい菌《きん》なんかがね」

「子どもを連れていくようなところじゃないんだ」

「それに、あなたがいたら宣教師《せんきょうし》の仕事に集中できないわ」お母さんが言った。「あなたの安全に気をつけるのでせいいっぱいになって」

「そんなの、自分で気をつけるよ」ぼくは言った。

「アフリカじゃ無理《むり》よ」

「何カ月間か、マグノリアおばさんとピッグおばさんといっしょに暮《く》らしなさい」お父さんが言った。

「そんなに長くアフリカに行ってるの？」ぼくは不満《ふまん》でいっぱいになって、ききかえした。マグノリアおばさんとピッグおばさんとそんなに長くいっしょにいて、たえられるとは思えなかった。

「まだわからないけど」お母さんは夢《ゆめ》みるような目つきになって言った。「もっと長くなるかもしれない。この仕事、きっとうまくやれると思うのよ」

「宣教師《せんきょうし》の仕事を、か！」お父さんは鼻で笑《わら》った。「くだらないからやめにしろって、さんざん言ったじゃないか」

「だけど、ぼく、学年の最後《さいご》までちゃんと学校に行かなくちゃいけないでしょ？」ぼくはたずねた。「もうすぐ卒業《そつぎょう》なのに、あと少しのところでクリッツ小学校をやめさせてフロイドに行かせようなんて、ひどいよ」

「ぼくたちもそう思ったんだ。さいわい、マグノリアおばさんとピッグおばさんが、ヘンリーが卒業するまでここの家で暮《く》らしてもいいって言ってくれたよ。そのあと、夏休みになったら、おばさんたちの住んでるフロイドの家にいっしょに行けばいい」

「夏休みになっても帰ってこないつもりなの？」どういうことなのか急にわかって、ぼくは泣《な》きそうになりながら叫《さけ》んだ。こんなこと、信《しん》じられない。夏休みにフロイドに行けって？　野球はどうするんだ？　夏休みには、ぼくはいつも家の横の原っぱで野球をしていた。夏休み最高の楽しみは野球だったんだ。

「たぶんね」お母さんが言った。「どうなるかわからないけど」

「わかってるだろ」お父さんが言いかえした。「七月までにもどる、って会社には言っちゃったぞ」それから、ぼくの顔を意味ありげに見た。〝しょうがないからお母さんのわがままをきいてやろう、今好《す》きにさせてやればあと十年か十五年は落ち着いていてくれるだろう〟とお父さんが思っているのがわかった。あとで男同士《どうし》で話したとき、「女というのは、中年になるとものすごく突拍子《とっぴょうし》もないことを言いだしたりするもんだ」とお父さんは言っていた。若《わか》いうちに釣《つ》っておいて、そういうことになる前に放してしまうのがいちばんだ、でも実際《じっさい》には、情《じょう》が移《うつ》ってそのころにはどうもできなくなってしまうもんなんだ、と。

「今こういう話をしておくのは大事なことなんだ」お父さんはぼくの肩《かた》を叩《たた》きながら言った。

「万一ってこともあるからな」

「万一って?」ぼくはきいた。

「アフリカにいると出会うようなことに万一ぼくらが出会ったら、ってことだ。いろいろ危険《きけん》があるだろう。病気とか、セスナ機《き》の事故《じこ》とか、悪い飲み水に当たるとか。でなけりゃ猛獣《もうじゅう》とか。そういう心配がないふりをしてもだめだ、だってほんとうにほんとうに危険なんだから。そういう危険について、事前にわかっておいてほしいんだ。もちろん、ふつうに考えたら、おもしろい写真でもいっぱい持って元気で帰ってくるだろうけど」

「そうじゃなきゃ困《こま》るよ」ぼくは言った。

「だれだって困るはずだ」お父さんが言った。「ただ、お母さんだけはちがう。たぶん、お母さんは危険《きけん》な部分をいちばん楽しみにしてると思うんだ」

「ぼくの面倒《めんどう》を見てくれる人って、マグノリアおばさんとピッグおばさん以外《いがい》の人じゃだめなの？」ぼくはたずねた。

「おばさんたちのどこが気に入らないんだ？」お父さんはおどろいたように言った。そうきかれると、なんだかうまく説明《せつめい》できなかった。

　マグノリアおばさんとピッグおばさんは、祭日に食事をしにぼくたちの町に来たことがあったけれど、二時間ぐらいしかいなかったし、家の中にはあまり入らないで外にばかりいた。ふたりともタバコを吸《す》うんだけど、お母さんが家の中で吸ってはだめだと言ったからだ。それに、ふたりともぼくにはいっさい話しかけなかった。子どもが好《す》きじゃないんだと思う。もしかしたら男の子が嫌《きら》いなだけかもしれない。ふたりはものすごく大人《おとな》っぽい大人たちで、ぜんぜんふざけたりしなかった。ぼくはいつも、食事を終えてすぐテレビの前に飛《と》んでいっても大目に見てもらっていたけれど、お母さんはおばさんたちに対して、なんだかぼくのことを恥《は》ずかしいと思っているようだった。ぼくのテーブルマナーがよくないとか、動作《どうさ》がのろいとか、人なみの会話ができないとか（というより、おばさんたちの前ではぼくの発言はゼロだったけど）そういう理由かもしれなかった。

「もう少しぼくのことを好《す》きな人がいいな、と思ったんだけど」ぼくは言った。

「おばさんたちがおまえと仲《なか》よくなるいい機会《きかい》じゃないか」お父さんはまたぼくの肩《かた》を叩《たた》きながら言ったけれど、うわの空みたいな様子《ようす》で、もう心は次のことに飛《と》んでいっているようだった。腹《はら》を割《わ》った話しあいはもう終わりだ、さて荷造《にづく》りはどうしよう、なんて思っていたんだろう。

「おまえにとっても、おばさんたちと仲よくなるいい機会だ！」急に思い出したのか、お父さんはおまけのようにそうつけ加《くわ》えた。

こうしてお母さんはアフリカ行きの計画を進めていった。だけど、モルモン教に入ってもそんなにすぐに宣教師《せんきょうし》にはなれない、ということがわかってしまった。教会の人は、「今回は残念《ざんねん》でしたが、それでもアフリカに行くということなら、向こうにいるあいだにモルモン教徒《きょうと》になることをぜひ考えてみてください」と言った。ほかにいろいろな人にきいてみるうち、お母さんがボランティアをやっていたホームレス施設《しせつ》の〈マスタードの種《たね》〉の人が、アフリカで学校を建設《けんせつ》するのを手伝《てつだ》っている知りあいがいるから手紙を書いてみたら、と教えてくれた。手を貸《か》してくれる人があとふたり来れば歓迎《かんげい》してくれるんじゃないか、ということだった。お母さんは、ただで泊《と》まれて食事も提供《ていきょう》してくれるところをさがしていただけなんだと思う。それでも、お父さんの考える〝お母さんに好《す》きなことをさせる息抜《いきぬ》き旅行〟というのよりもっと立派《りっぱ》な目的《もくてき》がこの旅行にはあるのだ、とお母さんは思いたかったんだ。かたよった見方かもしれないけど、少なくともぼくにはそう見えた。お母さんはお父さんに、やっぱりみんなにはモルモン教の宣教師《せんきょうし》として行くって言うつもりだ、と話した。

「そんなことで嘘《うそ》をつこうっていうのか？」お父さんはおどろいた。今までにこんな騒《さわ》ぎを起こしたことはなかったお母さんが、次々にとっぴなことを言いだすので、お父さんはどんどん困《こま》っていき、うろたえていた。

「いつだって信者《しんじゃ》になれるそうだし」お母さんは言った。

「嘘をつくのはいやだよ」お父さんは言った。「そんなのどうかしてる」

そのあとどうなってしまうのか、ぼくには予想もつかなかった。たぶん、お父さんが旅行をとりやめにするだろうと思っていた。まさか、あんな状況《じょうきょう》でお母さんといっしょにアフリカに行くなんてことはしないだろうと信じていた。でもお父さんは結局《けっきょく》行ったんだ。

風《か》邪《ぜ》

おばさんたちがうちに来たとき、ぼくはクローゼットの中に閉《と》じこもった。ふたりからできるだけ遠く離《はな》れていたかったからだ。おばさんたちは最初《さいしょ》の週にはぼくの部屋《へや》をのぞきに来もしなかったのに、懐中電灯《かいちゅうでんとう》と、枕《まくら》を何個《こ》かと、毛布《もうふ》を何枚《まい》か、それに本をたくさん持ってクローゼットに入り、ドアを閉《し》めて、おばさんなんかどこにもいないと思いこもうとした。じつはそのとき、ふたりのおばさんはぼくのことなんかまるで無視《むし》して一階にいた。おばさんたちがぼくの居場所《いばしょ》を知っているとわかったのは、二週目に入ってからだった。

「ヘンリー！　クローゼットから出てきて」ピッグおばさんが階段《かいだん》の下で叫《さけ》んだ。ピッグおばさんは、二階にあるあき部屋や両親の寝室《しんしつ》で寝《ね》るのをいやがっていた。ぼくの寝息が聞こえるほど近くにいたくなかったからだ。そう言われたわけではなかったけど、そんな感じがした。おばさんは、だから地下の娯楽室《ごらくしつ》のソファで寝《ね》ていた。最初《さいしょ》の一週間で、ピッグおばさんとマグノリアおばさんの力関係《かんけい》が、ぼくにはすっかりわかってしまった。マグノリアおばさんがなんでも先に取っていた。自分の見たいテレビ番組を先につけ、自分の食べたい夕食のメニューを先に選《えら》び、自分の寝たい部屋《へや》を先に取った。二階の部屋を使わないとなると、いちばんいい寝場所はリビングルームのソファだった。ピッグおばさんが寝ることになった娯楽室とちがって、リビングルームにはクーラーがあったからだ。そのときはアメリカ南部全体が、春なのにとても暑くなっていた。朝になるとすぐに、すごく気温があがった。地下室にも冷房《れいぼう》を入れるべきだったけれど、クーラーが、お父さんによれば〝欠陥《けっかん》商品〟だったので壊《こわ》れてしまっていた。

「ヘンリー」お父さんは言った。「おまえが大きくなって買うもののうち、かなりのものが欠陥商品で、すぐだめになるんだよ。これは、どうしようもないことなんだ。自分を責《せ》めちゃいけない。自分の妻《つま》を責めてもいけない。おたがいに責任《せきにん》をなすりつけあわないようにしなさい」

「クーラーを作った会社に責任があるんじゃないの？」ぼくはたずねた。

「そうとはかぎらないよ」お父さんの意見は公平だった。

いちばん大事なクーラーというものがないことを別《べつ》にすれば、娯楽室はなかなかいい部屋だった。トイレもついていたし、テレビもあったし、ビリヤード台も（もしもピッグおばさんが夜中にビリヤードを楽しむ趣味《しゅみ》があればだけど）あった。マグノリアおばさんが寝ていたリビングルームよりはよっぽどプライバシーもあった。リビングルームのほうは、入り口に立っただけで、ソファで寝《ね》ているマグノリアおばさんの姿《すがた》や、そこらじゅうに散《ち》らかった毛布《もうふ》や、転がっているクラッカーのあき箱や、こぼれているコーラなんかがぜんぶ見えてしまった。といっても、最初《さいしょ》からそんなに散らかっていたわけじゃない。マグノリアおばさんは、風邪《かぜ》をひく前は身のまわりをきちんとする人だった。ピッグおばさんがぼくを呼《よ》びにきた理由は、その風邪だった。かわいそうだな、とぼくは思ったけれど、なにをしてあげればいいかぜんぜんわからなかった。マグノリアおばさんがトイレで吐《は》いている音が聞こえていた。

「ものすごく具合《ぐあい》が悪いみたいで、心配だわ」ピッグおばさんはこぶしを握《にぎ》りしめ、落ち着きなく歩きまわりながら言った。「禁煙《きんえん》したせいで気持ち悪くなった、ってマグノリアは言ってるんだけど、ぜったいちがうわよね？　わたしだってここに来る前に禁煙したんだもの。あなたのお母さんが家の中で吸《す》われちゃ困《こま》るって言うから、いい機会《きかい》だと思ってタバコをやめたのよ。でもわたしは吐いたりしてないでしょう。お母さんたちのかかりつけのお医者さんに電話してみようかと思うの。お医者さんの名前、教えてくれない？」

ぼくが自分のお医者さんの名前を言いかけると、「マグノリアを小児科医《しょうにかい》にみせてどうするの？」とピッグおばさんはさえぎった。「そのぐらいわかるでしょ」おばさんは冷《つめ》たくてよそよそしかったけど、わざと意地悪にしているわけじゃなくて、マグノリアおばさんの病気を心配するあまりそんなふうになってるんだろう、とぼくは思った。でも、あとで考えると、そのときはまだおばさんたちのことをよく知らなくて、ふたりが意地悪になったらどれほどおそろしいか、ぜんぜんわかってなかったんだ。

「ぼくもよくああいう風邪《かぜ》をひくよ」ぼくはピッグおばさんに言った。小学校では、みんながしょっちゅう吐《は》いた。お母さんは、大人《おとな》になってから吐いたことなんかないと言っていたけど、ぼくが小学校に入って学校からばい菌《きん》を持ち帰るようになると、家族みんなが吐きはじめた。「小学生のいる家にいたらしょうがないんだ、慣《な》れるしかないよ」

「そうは言っても、マグノリアをどうにかしてあげなきゃ」ピッグおばさんは言った。「親のお医者さんの名前を知らないんなら、お父さんの机《つくえ》を勝手に開けて調べてみなくちゃ」

「お父さんの机の中には、そんなものないと思うな」ぼくは言った。あるわけがなかった。机にしまってあるのは、ほとんどブラシばかりだった。お父さんは、会社からもらってきたたくさんのブラシの見本を、使い道をメモしたラベルをきれいに貼《は》って整理していた。なにしろお父さんはブラシのセールスマンなんだ。机にしまうものなんかブラシ以外《いがい》にあるはずない。

「じゃあパソコンのアドレス帳《ちょう》の中にあるんじゃないの」ピッグおばさんは言った。

「知らない」それ以上なにも役に立てそうになかったので、ぼくは話を終わらせて学校に行った。

家に帰ってくると、ピッグおばさんもマグノリアおばさんもいなかった。じゃあ結局《けっきょく》、お医者さんに行ったのかな、とぼくは思った。クローゼットに入らなくてもひとりでゆっくり午後の時間をすごせるなんて、うれしかった。夕食の時間ぐらいになってふたりは帰ってきた。真っ青な顔のマグノリアおばさんは、ピッグおばさんの肩《かた》にもたれかかって、すごいうめき声を出していた。

「うああ……うああ……」何度も何度もそういう声を出してから、おばさんはトイレに飛《と》びこんで吐《は》いた。かわいそうなおばさん。すごく苦しいんだろうな、とぼくは思った。

「紅茶《こうちゃ》をいれてあげようか？」ぼくはきいてみた。お母さんに教わって、紅茶のいれ方は知っていた。まず電気ポットに水を入れて、スイッチをポンと押《お》して、沸騰《ふっとう》がやんだらティーバッグを入れたカップにそのお湯を注《そそ》ぐ。これを教わったときは、紅茶をいれられてなにか役に立つことがあるんだろうかと思ったけど、とうとう役立てるチャンスがやってきた。マグノリアおばさんにぼくの紅茶をすすめて元気づけてあげるんだ。

「いいからあっちに行って！」マグノリアおばさんはぼくの親切をはねつけた。

「うわごとよ。病気で錯乱《さくらん》してるの」ピッグおばさんが、マグノリアおばさんがソファに寝《ね》るのに手を貸《か》しながらささやいた。でもぼくはちがうと思った。錯乱しているふりさえすれば失礼《しつれい》なことが言える、いいチャンスだと思ったんじゃないか。でも別《べつ》にぼくは平気だった。具合《ぐあい》が悪いときには、気がまぎれることをしたほうがいい。

マグノリアおばさんの病気は二週間たっても治《なお》らなかった。そのあいだ、家の中が静《しず》かだったので、クローゼットの中でずいぶんたくさんの本が読めた。でも、おばさんたちがうちに来て四週間目になるころ、ピッグおばさんがそわそわしだした。すごく弱って、食べられるのはわずかなクラッカーだけ、というマグノリアおばさんまでそわそわしだした。紅茶《こうちゃ》を出してあげればよかったんだろうけど、マグノリアおばさんの失礼《しつれい》な態度《たいど》が頭にきて、ぼくはティーバッグを隠《かく》してしまった。ピッグおばさんに向かって「あの子は年のわりに背《せ》が低《ひく》すぎる」と言っているのを聞いてしまったからだ。言っとくけど、そんなことはぜんぜんない。そんなに小さくはない。マグノリアおばさんは「ずっとクローゼットに閉《と》じこもっているなんて、精神的《せいしんてき》におかしいんじゃないの」とも言っていた。あと、「ひとりっ子だから性格《せいかく》がゆがんでるんでしょうね。母親だって、モルモン教の宣教師《せんきょうし》になりすまそうなんてどうかしてる」とも。

「あの子、ずーっとあそこに閉じこもったままなにをしてるんだと思う？」マグノリアおばさんが言った。

「見に行ってみる？」ピッグおばさんが言った。

「うん、行ってみよう！」

ぼくはあわててクローゼットから飛《と》びだして、両親の部屋《へや》にくっついたバスルームにかけこみ、ドアに鍵《かぎ》をかけた。あとから枕《まくら》や毛布《もうふ》なんかも持ってきて浴槽《よくそう》の中に敷《し》いて〝バリア空間《くうかん》〟と名づけた。おばさんたちが階段《かいだん》をのぼってくる音がするたびに、ぼくはそこにこもった。ただおたがいに意固地《いこじ》になっているだけの、ちっともおもしろくない追いかけっこだった。

「もう出ちゃったみたい」ピッグおばさんがクローゼットからしのび足で出てきて、ささやくのが聞こえた。

「わたしたちが来る音を聞いて逃《に》げだしたんでしょ」マグノリアおばさんがささやいた。

「もっと速く階段をのぼってくれれば間に合ったのに……」ピッグおばさんが言った。

「ちょっと、冗談《じょうだん》じゃないわよ。わたしは病人なのよ、ピッグ。だけど、ずっと寝《ね》てたら、すごーく退屈《たいくつ》になってきちゃって」マグノリアおばさんが言った。「ものすごーく、ひどくひどく退屈で」

「わたしだって退屈だわ」ピッグおばさんが言った。

「キャサリンの家具を動かして、模様《もよう》がえしちゃおうよ」マグノリアおばさんが言った。

そして、さっそくそれを実行に移《うつ》した。

急に模様がえだなんてずいぶん変《へん》な感じだけど、ふたりのおばさんたちにとってはいちばんいい気晴らしだった。ふたりは〈ピッグ・デザイン〉というインテリアの会社を経営《けいえい》していたからだ。ひどい会社名だとぼくは思ったけど、ぼくのまわりの人はだれも変だと言っていなかった。

おばさんたちは経営者《けいえいしゃ》だからこそぼくの家にしばらくのあいだいることができた。すごく大もうけしている会社だったので、ふたりは仕事を助手たちにぜんぶまかせて、親戚《しんせき》のおばさんの役をはたしに出てこられたというわけだ。

「面倒《めんどう》を見にきてくれる親戚を確保《かくほ》しておいたおかげだよ」お父さんはぼくに言った。「タバコを吸《す》ったり悪い言葉を使ったりテレビの昼メロを見たりというような、どうかと思うお行儀《ぎょうぎ》の悪い行動は、まあ大目に見て、食事に招待《しょうたい》したりして日ごろからつきあっておくのが大事なんだよ。それから誕生日《たんじょうび》をぜったいに忘《わす》れないのも大事だ」そう言われたときは、たまに頼《たの》みごとをするだけなのにそんなにしょっちゅう気配りしなくちゃいけないのか、と思ったけど、あとになってみるとそう言っておいてもらってよかった。

マグノリアおばさんはまだひどく弱っていて、リビングルームの中心にある、ものがぐちゃぐちゃに散《ち》らかったままったただなかのソファに寝《ね》たまま、指示《しじ》をするだけだった。ピッグおばさんがそれを行動に移《うつ》した。家具の配置《はいち》を変《か》えることから始めてみたけど、すぐに収拾《しゅうしゅう》がつかなくなって、今度は、濃《こ》いオレンジ色で家じゅうを塗《ぬ》りなおすことにした。家具は部屋《へや》の真ん中に積《つ》み重ねられた。ピッグおばさんは、筋骨《きんこつ》たくましい大学生を何人か雇《やと》って家具を運ばせた。でも、ペンキを塗るのはぜんぶ自分でやった。「とにかく、いそがしく動きまわることが大事なのよ」おばさんはそんなようなことを、ぼくの耳もとでゴソゴソとささやいた。ぼくに言っているというよりも、自分に言い聞かせてる感じだな、とぼくは思った。ピッグおばさんは、自分が思っている以上《いじょう》にマグノリアおばさんのことを心配していた。それはわかったけど、ぼくが学校から帰ってきたあとしょっちゅう二階にあがってきては、ぼくの二の腕《うで》をぐいっとつかんでそういうことをささやくのは、ぎょっとするからやめてほしかった。そろそろ来るぞと思っていても、おばさんが近づいてきて急につかみかかると、やっぱりおどろいて心臓《しんぞう》が止まりそうになった。

ピッグおばさんは、お母さんはあの色が好《す》きかしら、とぼくにきいてきた。もちろん、お母さんは濃《こ》いオレンジ色なんか大嫌《だいきら》いに決まっていたけど、それでも、モルモン教の宣教師《せんきょうし》になりすまそうとなんかすればこんな目にあってもしかたないんだと思った。だけどお父さんはかわいそうだった。ぜんぜん悪くないお父さんが、同じ目にあわなきゃならないなんて。

「クローゼットの中にいたいんだから、ここを塗《ぬ》るのだけはやめてよ」ぼくは言った。

「まあ、そうはいかないわ」ピッグおばさんはぼくの言葉にショックを受けたように言って、禁《きん》煙用《えんよう》に貼《は》っているニコチンのシールをぱちぱち叩《たた》いた。「だけど、心配しないでね。クローゼットは濃いオレンジ色に塗ったりしないから」

「ふうん」とぼくは言った。インテリアの話を長々とされるのはいやだったから、できるだけ短く返事をした。

「クローゼットは、灰色《はいいろ》がかった青で塗るわ」

RANG
OLA
TISSUE
KLE
KERS

「オレンジと青を組みあわせるの？」ぼくは思わず大声を出した。

「もちろん、そのとおりよ。坊《ぼう》や、なかなか色のセンスがあるわね。あなたぐらいの年の男の子っていうのは、なかなかそういう発想ができないものだけど。濃《こ》いオレンジ色と灰色《はいいろ》がかった青って、変《へん》な組みあわせよね？」

「うん！」ぼくは死にそうな声で言った。

「でもね、見ててごらん！」ピッグおばさんは指先で鼻を叩《たた》きながら言った。ぼくはその動作《どうさ》から目が離《はな》せなくなってしまった。どうして鼻なんか叩くんだろう。でも、やがて、自分がほんとうに気になっていたものはなにか、わかってしまった。ピッグおばさんの鼻は、ほんとうにブタみたいだったんだ。低《ひく》くて上を向いていて、しかもその鼻と、生まれつきめくれあがった唇《くちびる》とのあいだにかなり長い距離《きょり》があった。それまで、真正面からピッグおばさんの顔を見ないようにしてきたけれど、今やっと、どんな顔かがわかった。もし暗い夜道で出会ったら、さっと道の反《はん》対側《たいがわ》に逃《に》げてしまいたくなるような、そんな顔だ。口も『バットマン』に出てくるジョーカーの口みたいで、笑《わら》っていないときでも笑っているように見えた。

ペンキ塗《ぬ》りがどんどん進んでいくと、ぼくはクローゼットを明けわたさなければならなくなった。

「まさかバスルームは塗《ぬ》らないよね?」ぼくは浴槽《よくそう》の中からたずねた。

「そうねえ、最終的《さいしゅうてき》にはなにか手を入れなきゃと思っているけど」マグノリアおばさんが用心ぶかく言った。おばさんはなんとかかんとか階段《かいだん》をのぼって二階に来ていた。家じゅうよろよろと歩きまわり、いちおう仕事を手伝《てつだ》ってはいたが、どう見てもまだ具合《ぐあい》が悪そうだった。もう吐《は》いてはいなかったけれど、棒《ぼう》のようにやせ細って、体じゅう大きなみにくいあざだらけで、歯ぐきからずっと血を流しつづけていた。あごまでダラーっと血がたれさがっているのに自分で気づかないこともしょっちゅうだった。まるで、じわじわと血をたれ流しながら少しずつ死んでいくみたいに見えた。マグノリアおばさんの姿《すがた》は、置《お》きっぱなしにされてドロドロになったバナナを思い出させた。おばさんの髪《かみ》の毛の中に小バエが発生するんじゃないかという気がした。もしおばさんの体にさわったら、皮膚《ひふ》の下がブニョブニョになっていそうでこわかったので、ぜったいにさわらないように気をつけた。「お願《ねが》いだから寝《ね》ててよ、マグノリアおばさん」ぼくはおばさんの横を通りすぎるたびにそう言った。そう言うほかに、ぼくにできることはないと思った。アフリカにいるお父さんへの手紙に「お願いだから、マグノリアおばさんに寝ているように言って」と書いたけど、手紙がアフリカにとどくにはとても時間がかかるので、そういうことを手紙でたのんでも意味がない、ということがあとでわかった。返事はなかなか来なかった。やっと返事が来たのは、とうとうなにかが起こってしまったときだった。

「まあ、とうとうなにかが起こったのかしら」ある日、マグノリアおばさんがお父さんから来た電報《でんぽう》を開けながら言った。

なにが起こったかというと、お母さんがいなくなったのだ。お母さんはモルモン教の宣教師《せんきょうし》のふりをするのに飽《あ》きてしまった。お母さんはお父さんといっしょに学校建設《けんせつ》の手伝《てつだ》いをしていて、それはそれでいそいそと宣教師なみにがんばっていたのだけれど、人に話して感動してもらえる仕事でもないと思ってしまった。そんなとき、アフリカ各地をめぐる動物学者たちとしゃべって、ウガンダにいるチンパンジーに興味《きょうみ》をそそられた。それでとつぜん、ケニアを出てウガンダに行き、チンパンジーの生態《せいたい》を調査《ちょうさ》している動物学者のチームを見るツアーに参加《さんか》することを決めた。みんながお父さんとお母さんに、それじゃあふつうと逆《ぎゃく》だ、と言った。ふつうは最初《さいしょ》にウガンダに来させられて、早くケニアに落ち着きたいと望《のぞ》むものだけど、お母さんがふつうの人と同じことをするはずがなかった。ふたりはウガンダに行って少し観光《かんこう》をしたあと、ほかの大勢《おおぜい》のツアー参加者たちといっしょに森の中に入ってチンパンジーを見た。最初のうちみんなといっしょにいたお母さんは、あっという間に、動物学の学生のひとりといっしょにチンパンジーのあとを追いかけて行ってしまい、そのままもどってこなかった。ほかの動物学者たちは、「あの学生は、あんなふうに急にいなくなることがしょっちゅうで、でもいつだって無事《ぶじ》で帰ってくるから心配しなくていい」と言ったけど、お父さんは当然《とうぜん》心配した。〝チンパンジー研究者チーム見学ツア

―〟を企画《きかく》したガイドに、お父さんは、これをいったいどう思うんだ、と詰《つ》めよった。

「アフリカで失踪《しっそう》するというのはよくないことですね」ガイドは言った。

「キャサリンったら、自業自得《じごうじとく》ね」マグノリアおばさんは、ソファに横になって電報《でんぽう》を二回くりかえして読んでから言った。「だけど、すごく長い電報よね。ものすごく高くついたはずよ。どうして電話ですませなかったのかしら？　まあ、とにかく困《こま》ったことね、ピッグ？」

「アフリカになんか行かないほうがいいって言ったのに」ピッグおばさんが言った。「でもたぶん、キャサリンは元気でいるわ」

「たぶん、って、どういう意味？」ぼくはどなった。おばさんたちの、お母さんへの思いやりのなさに、ぼくはもうがまんできなくなっていた。

「ああ、キャサリンは、自分の面倒《めんどう》を見るのも他人の面倒を見るのもうまいってこと。たぶん、お父さんのこともツアーのことも忘《わす》れて、病気のサルの看病《かんびょう》をしたり、学生の研究を手伝《てつだ》ったりしてるんじゃないの。サルの知られざる生態《せいたい》に関《かん》するグラフ作りだとかって」マグノリアおばさんが言った。

「お父さんのことを忘れた、だって！」ぼくは叫《さけ》んだ。あまりにも腹《はら》がたったので、ぼくはバスルームに閉《と》じこもって朝食の時間まで出ていかなかった。でもじつを言うと、お母さんにはマグノリアおばさんが言ったようなところが少しあった。お母さんはいつも、いっしょにいる人にすぐ夢中《むちゅう》になるので、お母さんと離《はな》れるとみんな、忘《わす》れ去られたような気がして悲しくなる。でも、またお母さんと会うと、お母さんのやさしさに包《つつ》みこまれたような気持ちになって、どうして自分が見捨《みす》てられたなんて思ったんだろう、と不思議《ふしぎ》に感じる。そしてまたお母さんから離れたとたんに、自分が永遠《えいえん》に消えてしまっても気にしないんだろうな、と考えてしまう。お母さんはこれを〝くっつきすぎない仲《なか》〟と呼《よ》んでいるけれど、できるだけ人とくっつこうとするお父さんのやり方とは正反対だった。これは、〝人間はみんないつだって元気にやれるし、なにがあってもだいじょうぶ〟というお母さんの信念《しんねん》から生まれた考え方だと思う。だけどまわりの人は、お母さんがもうちょっと自分のことを心配していてくれたらうれしいな、少しぐらい会いたいと思っていてくれたらいいな、と思っている。それなのに、お母さんはぜったいにそういう態度《たいど》を見せない。お母さんのもとにかけつけると、ぜんぜん会いたいと思われていなかったとわかってしまう。そういう愛《あい》は、人を怒《おこ》らせる。

朝食の時間になると、ピッグおばさんはバナナワッフルを作ってくれた。これはたぶん、人を心配する前に「自業自得《じごうじとく》」なんて言ってしまうような性格《せいかく》でごめんなさい、という意味なんだろうとぼくは思った。朝食のころになったら、おばさんたちもずいぶんお母さんのことを心配していたので、許《ゆる》せるような気がしてきた。だからといって、もしおばさんたちがふたりして、食べたバナナワッフルをぜんぶそこらじゅうに吐《は》きまくったとしても、それでも許せるというほどではなかった。ぼくの怒《いか》りはまだ消えてはいなかった。

学校から帰ると、ピッグおばさんがぼくに襲《おそ》いかかってきた。「希《き》望《ぼう》の光よ！」とおばさんは言った。

「ねえピッグ、もっとくわしく」マグノリアおばさんが言った。

ピッグおばさんはぼくに電報《でんぽう》をわたした。お父さんからだった。そこにはこう書いてあった。

「ジャングルで、キャサリンと学生が着ていたのと同じ色の服を着たふたりの人を、観光客《かんこうきゃく》が目《もく》撃《げき》した。無事《ぶじ》にちがいない。道に迷《まよ》っているだけだ。キャサリンはドリトル先生にでもなったつもりで楽しんでいるんだろう。またなにかわかったら伝《つた》える。心配しないでほしい」

今のところ、それだけしかわからないらしい。おばさんたちはまた室内改装《かいそう》の作業《さぎょう》にもどった。ぼくは両親に手紙を書くことをあきらめてしまった。ふたりとも手紙どころじゃないに決まっていたからだ。

様子《ようす》がおかしいマグノリア

「ああ、ピッグ、ああ、ピッグ……わたし、もうだめだ」マグノリアおばさんはソファにぐったりと横になっていた。でも指だけはしっかり、ピッグおばさんが塗《ぬ》りそこねた部屋《へや》のはしっこをさしていた。灰色《はいいろ》がかった青は汚《きたな》らしい色だったけれど、ピッグおばさんが予言したとおり、濃《こ》いオレンジ色と組みあわせてみると悪くなかった。家の改装《かいそう》なんて責任《せきにん》の重いことをやりだす人たちは、さすがにプロらしい仕事をするんだなと思った。

マグノリアおばさんはどう見てもひどい病気だった。それはぼくでもわかった。でもピッグおばさんはぜったいに認《みと》めようとしなかった。家の改装がぜんぶ終わってから医者に行けばいい、と言いつづけていた。もしマグノリアおばさんに入院でもされたら、改装の仕事をひとりでやるはめになるからだ。

「さあ、布《ぬの》の色を選《えら》びましょう」そう言って、ピッグおばさんは、ひと束《たば》の布見本をマグノリアおばさんのどんよりした目の前に突《つ》きつけた。

「これがいいんじゃない」急に乗り気になったように、マグノリアおばさんが答えた。なにかを選ぶ場面になるとマグノリアおばさんは元気になる。それができるからこそ、おばさんはインテリアの仕事を選んだのかもしれない。

「ええっ、それはぜったいちがうわよ」ピッグおばさんが言った。「あのオレンジ色とぜんぜん合わないでしょ。明るいオレンジと濃《こ》いオレンジの組みあわせなんて」

「まさかソファの布を替《か》えようとしてるんじゃないよね？」ぼくは声をかけた。学校から帰ってきたぼくは、キッチンのテーブルでクッキーと牛乳《ぎゅうにゅう》のおやつを食べながら、入り口ごしに改装《かいそう》の作業《さぎょう》をのぞき見していた。うちはリビングとキッチンがつながった広い間取りなので、おばさんたちの近くへ行かなくても作業がよく見えた。

「え？　今の声、なに？」マグノリアおばさんが、熱《あつ》い額《ひたい》にそっと手の甲《こう》をのせながら、たずねた。「近所の人がうろうろしてるの？」

「ううん、ヘンリーよ」ピッグおばさんが言った。「キャサリンの息子《むすこ》で、十二歳《さい》なの。このうちに住んでるのよ」

「ヘンリーがだれかぐらいわかってるわよ！」マグノリアおばさんは怒《いか》りを爆発《ばくはつ》させた。

「ちょっと試《ため》しただけよ」ピッグおばさんは、すまして言った。

「試したって、なにを？」マグノリアおばさんはとげとげしく言った。

「きっとそのうち……」ピッグおばさんは言いかけてから、ふと気づいて途中《とちゅう》でやめた。この前ピッグおばさんは、ぼくに「マグノリアの病気がそのうち頭にまわって、食事のときにはよだれかけをつけてあげなきゃならなくなるかもしれない。ふやけたシリアルをスプーンですくって、食べさせてやる日が来るかもしれない」と言っていたんだ。

「で、なんだっていうの、ヘンリーは？」マグノリアおばさんは不機嫌《ふきげん》そうに言った。貴婦人《きふじん》のようになよなよと弱って死んでいくのならぜんぜんかまわないけれど、ぼけてしまうかもしれないなんて思われると腹《はら》がたつ、とおばさんは前に言っていた。〝ぼけ〟にはロマンチックなところなんかぜんぜんないからだ。

「ヘンリーは、ソファがどうなるか心配してるのよ。あなたが選《えら》んだ布《ぬの》の色が気に入らないみたい」ピッグおばさんは勝手に話をでっちあげていた。

「そんなに色にくわしいなら、ロードアイランド・デザイン学校にでも行きなさい、って言っといて。明るいオレンジ色でいいの。見本の中でいちばんいいでしょ、ピッグ」

「ソファの布を替《か》えちゃうなんて、お母さんはいやがると思うけどな」ぼくは思いきって言った。

「どうしてわかるの？」ピッグおばさんがたずねた。

「ぼくはお母さんのことをよく知ってるから」ぼくは答えた。

「じゃあ、お母さんがモルモン教の宣教師《せんきょうし》になりすますだろうってことも、小さいころから予想がついていてたっていうの？」マグノリアおばさんは、すごく意地悪な言い方をした。

そう言われても、ぼくは毅然《きぜん》としてすわっていた。というか、ふくれっつらでだまっていた。

「まあ、つまりは」マグノリアおばさんは勝ちほこったように言った。「わたしたち、愛《あい》するキャサリンがアフリカで羽をのばしてお楽しみになるために、こうしてご奉仕《ほうし》してさしあげてるってことなのよね」

「もう、やめてよ！」と言って、ぼくは二階にあがり、浴槽《よくそう》の中に入った。シーツや毛布《もうふ》や枕《まくら》をたくさん持ちこんだのに、それでも浴槽はあまりいいすわり心地《ごこち》とはいえなかった。クローゼットのほうがずっといいと思ったけど、そのときクローゼットは灰色《はいいろ》っぽい青のペンキを塗《ぬ》りたてだった。もう乾《かわ》いたかな、と思うたびに、ピッグがやってきてまたラッカーを重ね塗りした。なにもかも、どんどんたえがたい状態《じょうたい》になってきていた。そしてついには、キッチンの流し台の運びだしが始まった。

キッチンは改装《かいそう》でしっくいのかすだらけになり、食事のしたくができなくなってしまった。朝食はパックのジュースと甘《あま》いスナックですませ、学校のお弁当《べんとう》も適当《てきとう》なものですませた。でも夕食は外でするしかなかったので、ぼくたちは毎晩《まいばん》、青あざだらけのマグノリアおばさんをかつぎあげて車に乗せ、レストランまで運んだ。クリッツの町には、選《えら》べるほどいろいろなレストランがあるわけじゃなかった。最初《さいしょ》の晩《ばん》は、〈キャプテン・サムズ（サム船長のレストラン）〉に行った。次の晩は、〈メイン・ストリート・ベーカリー・アンド・カフェ〉に行った。三日目の晩はまた〈キャプテン・サムズ〉に行った。

「エビの食べ放題はいかがですか」ウェイトレスがやってきて言った。

「この前もそう言ったわよね」マグノリアおばさんが不機嫌《ふきげん》そうに言った。

「はあ」いきなりそう言われて、ウェイトレスは気を落としてしまったようだった。かわいそうだな、とぼくは思った。きっとこの人も、クリッツ高校を中退《ちゅうたい》して楽な仕事で自活しようと思ったのに、世間《せけん》はきびしいということを思い知らされている落ちこぼれのひとりなんだろう。「前回、エビの食べ放題になさらなかったんですか？」

「冗談《じょうだん》じゃないわ、大嫌《だいきら》いよ」マグノリアおばさんは答えた。「だから、こないだはタラバガニにしたのよ」

「じゅうぶんご満足《まんぞく》のいくまでめしあがれましたか？」困《こま》りはてたウェイトレスは言った。

「冗談じゃないわ、だいたい、タラバガニは食べ放題じゃないでしょ。わたしの言ってること、なにかまちがってます？」

「まちがってません」ウェイトレスはあわれな様子《ようす》で言った。運悪く出会ってしまったこのお客に、えんえんとまちがいを注意されつづけたのはウェイトレスのほうだった。

「カニの殻《から》と格闘《かくとう》して、たったひとかけらの身を取りだすのに十分もかかったのよ。じゅうぶんご満足《まんぞく》がいくわけないでしょう。まあ、殻だけは〝じゅうぶん〟にあったけどね。そのことを言ってたのかしら？　ばか長い脚《あし》が四方八方にのびてて、その脚が歯ぐきに刺《さ》さって血が出ちゃったのよね」

見てはいけないと思いつつも、ウェイトレスの目は、マグノリアおばさんの歯ぐきから今も血が出ている様子《ようす》につい釘《くぎ》づけになってしまった。おばさんの口のはしからは、細い糸のような血がたれつづけていた。

「お医者さんにみせたほうがいいと思いますよ」ウェイトレスは言った。「わたしの親戚《しんせき》のノームおじさんっていう人も歯ぐきの病気にかかって、ちょうどそんなふうに血を流してましたよ。あ、そうだ、歯の病気なら、お医者さんじゃなくて歯医者さんに行くべきですよね」ウェイトレスは一瞬《いっしゅん》、元気になった。小さなことでも、マグノリアおばさんの健康《けんこう》に役立つことが言えたのでうれしくなったらしい。

「わたしはただ、夕食を食べに来ただけなんだけど」マグノリアおばさんは断固《だんこ》とした調子で言った。

「なにになさいます？」ウェイトレスは消え入りそうな声で言った。もう口をきくのもおそろしくなっていたけれど、とにかく注文をとるだけはしなくちゃと思ったようだった。

「メニューはないの？」マグノリアおばさんは冷《つめ》たく言った。「メニューも出さずに、とにかく調理場からエビをじゃんじゃん投げつけてやろう、ってつもり？　エビの投げ放題？」そう言ってから、おばさんは急に鼻を鳴らして笑《わら》った。自分自身も笑ってしまうようなジョークを言ったことに、不意《ふい》を打たれたみたいだった。ウェイトレスはおびえていた。

「メニューをお持ちします」そう言うなり、ウェイトレスは控《ひか》え室にかけこんだ。そこでぼくたちのテーブルを指さして主任《しゅにん》になにか言っているのが見えた。そのあと、別《べつ》のウェイトレスがやってきた。

「ねえ、マグノリア」帰りの車の中で、ピッグおばさんが言った。「具合《ぐあい》が悪いのはよくわかるけど、だからってウェイトレスに当たり散《ち》らすのはよくないと思うの」

「ちゃんとした医者をさがさなきゃ！」マグノリアおばさんはわめいた。「だけど、自分でさがす元気なんかない。だからピッグ、あなたがさがしてちょうだい、このあいだみたいにひどい医者じゃない人をね。あのヤブ医者はただのバカだった」

「キッチンの改装《かいそう》が終わったら、すぐさがすわ」ピッグおばさんは冷静《れいせい》に答えた。「どうせ、ただの風邪《かぜ》なんだから。あのお医者さんが言ってたでしょう」

「あんなの嘘《うそ》よ」マグノリアおばさんは、しわがれ声で叫《さけ》んだ。

「キッチンの椅子《いす》とカーテンの布《ぬの》、自分で選《えら》びたかったんじゃないの？　わたしはギンガムがいいと思ってるんだけど」

「ギンガムなんてだめよ、ピッグ、お願《ねが》いだからギンガムはやめて」急にむきになり、医者の話を忘《わす》れたマグノリアおばさんは、ピッグおばさんのほうに顔を向けてそう言った。

「たぶん、きれいなピンク色か、黄色がいいわね」

「ちょっと、ピッグ、まだわからないの？」

誕生日《たんじょうび》パーティー

ピッグおばさんとマグノリアおばさんは、二週間かけてキッチンの改装《かいそう》をした。キッチンには大学生たちが出たり入ったりしていた。ピッグおばさんは「大学生の男の子たちがここに来ては、ミケランジェロの話をしていくの」なんて何度も言っていたけど、それは嘘《うそ》だ。ほとんどプロ・フットボールの話ばかりしていた。でなければ、ぶうぶう文句《もんく》を言っていた。キッチンの設備《せつび》がすごく重かったからだ。おばさんたちは部屋《へや》の中を飾《かざ》ることにかけてはすごくいい感覚《かんかく》を持っていたのに、庭に関《かん》してはなんの美学《びがく》も持っていなかった。いらなくなった流し台や家電製品《せいひん》をどこに置《お》けばいいかと学生たちにきかれると、ピッグおばさんは「うーんと、あそこに……」とガラクタが山積《やまづ》みになった小さな裏庭《うらにわ》を指さした。

「近所の人から苦情《くじょう》が来るんじゃないかなあ」ぼくは言った。

「あら、どうして？」ピッグおばさんは言いかえした。「だれも気がつかないわよ、あんなに大きな裏庭《うらにわ》なんだから」

「小さいよ。もうガラクタでいっぱいになっちゃってるよ」ぼくは必死《ひっし》で抗議《こうぎ》した。

「わたしたちのうちの裏庭よりは大きいわ。小さいっていうのは、うちぐらい小さいのを言うんだからね。ほんとに小さいのよ、ハニー」ピッグおばさんが〝坊《ぼう》や〟じゃなくて〝ハニー〟なんて呼《よ》ぶから、やさしくしてくれたのかと一瞬《いっしゅん》思ったけど、そういえば学生たちのこともハニーと呼んでたっけ、とすぐに気づいた。「ここにあなたの面倒《めんどう》を見にきて、ほんとうによかったわ」

「ほんとうに？」ぼくはびっくりしてきいた。

「あら、ほんとうよ」ピッグおばさんは言った。「だれにも邪魔《じゃま》されずに、自由に家ぜんぶを改《かい》装《そう》できるなんて、わたしたちも初めてなのよ。統一感《とういつかん》を出せるから、ほんとうにやりがいがあるわ。ねえ、そう思わない？」

それを聞いて、ぼくは二日間バスルームの中にこもった。ぼくは統一感の中に入りたくなかった。でもおばさんたちは、ぼくがこもっていることに気づいてもいないようだった。あとでわかったことだけど、マグノリアおばさんの四十歳《さい》の誕生日《たんじょうび》が近づいてきていたんだ。〈キャプテン・サムズ〉で食事をしているときに、マグノリアおばさんが自分でその話を持ちだした。

「このレストランで誕生日の食事をするのはぜったいにいやよ。だからキッチンを三日以内《いない》に仕上げなくちゃ、ピッグ」そう言ったマグノリアおばさんは、座席《ざせき》にぐったりともたれかかって、テーブルの上には顔だけしか出していなかった。ぼくたちはもう〈メイン・ストリート・ベーカリー・アンド・カフェ〉には行かなくなっていた。カフェの金属《きんぞく》の椅子《いす》はかたくて、マグノリアおばさんが食事の終わりまでまっすぐにすわりつづけていられなかったからだ。「もしわたしが誕生日《たんじょうび》までに治《なお》ってたら、だけど」

「言ったでしょう、新しい流し台が明日入るわ、そうしたらもう完成《かんせい》よ」ピッグおばさんはうれしそうに言った。食べ放題のエビはバター焼《や》きだけでなく網焼《あみや》きでも出してくれると知って、ついにその誘惑《ゆうわく》に負けたおばさんは、すごい勢《いきお》いでエビを次々フォークに突《つ》き刺《さ》して食べていた。

「エビ、おかわり！」ウェイトレスが調理場から出てくるたびに、おばさんは楽しそうにそう呼《よ》びかけた。店の従業員《じゅうぎょういん》たちは、今度おばさんたちにつかまるウェイトレスはだれか、賭《か》けをしていた。「こっちにもっとエビを持ってきて！　あら、マグ、元気出しなさいよ、あなたはわたしより長生きするわ！」ピッグおばさんはエビをむしゃむしゃ食べるのに夢中《むちゅう》で、なにも心配していなかった。

じつはマグノリアおばさん自身も、たいして心配していなかった。おばさんの誕生日の朝は、先生たちの研修《けんしゅう》で学校が休みだったので、ぼくは遅《おそ》く起きた。そして、ピッグおばさんが約束《やくそく》どおりに仕上げたキッチンで朝ごはんを食べた。そのあとトイレに行こうとして廊下《ろうか》を曲がったところで、マグノリアおばさんと出会った。

「四十歳《さい》の顔がどんなものか、見てみたら？」おばさんはそうつぶやいて、ぼくのほうをふりかえった。ひと目見るなり、ぼくは思わず恐怖《きょうふ》の叫《さけ》びをあげてしまった。

「つまんない冗談《じょうだん》、やめて」マグノリアおばさんは言った。

ぜんぜん冗談ではなかった。寝《ね》ているあいだに唇《くちびる》を歯でひっかいたのか、おばさんは顔じゅう血だらけになっていた。唇やあごやほおには、血のかたまりがこびりついていた。夜のうちに血が乾《かわ》いてしまったのだろう。そこに髪《かみ》の毛がへばりついていた。顔色はほとんど真っ白、目の下には大きなくまができていて、首には青あざがあった。世界一死人に近い人、それがマグノリアおばさんだった。

ぼくの叫び声を聞いて走ってきたピッグおばさんは、マグノリアおばさんをひと目見て言った。

「ああっ、マグ、新しいお医者さんにみてもらわなきゃ」

ピッグおばさんは、マグノリアおばさんを連《つ》れていくお医者さんを電話帳《でんわちょう》でさがした。ぼくたちは車に乗ってそこに向かった。

看護師《かんごし》さんも、マグノリアおばさんをひと目見るなり、ぼくと同じように思わずおどろきの叫び声をあげてしまった。「だから出る前に顔を洗《あら》ったほうがいいって言ったのに」ピッグおばさんは、マグノリアおばさんを看護師さんが診察室《しんさつしつ》に連れていってしまうと、雑誌《ざっし》を取ってすわりながらそう言った。お医者さんはマグノリアおばさんにいろいろ検査《けんさ》を受けさせたので、ぼくたちはそれに付《つ》き添《そ》ってあっちこっちへ移動《いどう》した。やっと家に帰ると、午後、お医者さんから検査結果《けっか》を知らせる電話が来て、マグノリアおばさんは〝突発性血小板減少性紫斑病《とっぱつせいけっしょうばんげんしょうせいしはんびょう》〟という病気だということがわかった。最初《さいしょ》にこの病名を聞いたとき、ピッグおばさんとぼくはびっくりして、マグノリアおばさんはもうぜったい死ぬんだと思った。けれどすぐに、この病気は体が過剰防衛《かじょうぼうえい》してしまって、外から侵入《しんにゅう》したばい菌《きん》だけでなく出血を止める自分の血小板まで殺《ころ》してしまうというものだ、と説明《せつめい》された。おばさんがダラダラ血を流していたのは、そのせいだったんだ。

「誕生日《たんじょうび》のプレゼントに病名をもらっちゃった」お医者さんからの電話のあと、マグノリアおばさんは暗い声で言った。

「でも食事はしていい、っていうのがせめてもの救《すく》いね」ピッグおばさんが言った。「おいしいチョコレートのバースデイケーキがあるのよ」

「なんにも食べたくない」ソファに寝《ね》たマグノリアおばさんは言った。「ここで横になったまま、ずーっと血を流してるわ」

「ところで、家具のカバーの色、何色にしてもしっくりこないのよね」ピッグおばさんが言った。マグノリアおばさんの室内改装《かいそう》への興味《きょうみ》がつづくようにと、ピッグおばさんはすべての布《ぬの》を選《えら》ばせ、選ばれるたびにその色に文句《もんく》をつけた。

「四十歳《さい》のお誕生日《たんじょうび》おめでとう」ぼくは言った。

でも、そう言ってはいけなかったようだった。マグノリアおばさんは不機嫌《ふきげん》になって言いかえした。「チンパンジー女、じゃなくて、あなたの母親はお元気かしらね？」

おめでとうなんて二度と言ってやるもんか、とぼくは思った。

夕食の時間になったので、お祝《いわ》いの食事をトレーにのせて持っていってあげたけど、マグノリアおばさんは、気分が悪いからいらない、と言った。となりの家の人が、いい香《かお》りのする花をつけたヒヤシンスの鉢《はち》を持ってきてくれた。すてきな、春の香りだった。でもとなりの人はピッグおばさんに、「月曜日までに庭のガラクタの山をどけてください、どけてもらえなければ警察《けいさつ》を呼《よ》びますよ」と言っていた。

ピッグおばさんは、マグノリアおばさんが寝《ね》ている横のテーブルにヒヤシンスを置《お》いた。マグノリアおばさんは、それに気づかないふりをしていた。でも、ぼくがそーっとしのび足でリビングルームに入っていくたびに、おばさんがひそかにヒヤシンスに鼻をつっこんでいるのが見えた。生命力を分けてくれるかのような花の香りをふかぶかとかぐと、おばさんは、またもとにもどって病《やまい》の床《とこ》に横になった。

「ああ、ヘンリー、わたし死ぬ」ぼくがこっそり通っていくのが見えてしまったときは、おばさんはうめいてみせた。「ああ、死ぬわ……」

マグノリアおばさんの思いつき

さいわいなことに、日がたつにつれてマグノリアおばさんの血小板《けっしょうばん》の検査結果《けんさけっか》はよくなっていき、なんでも無差別《むさべつ》に破壊《はかい》してしまう体は、ふつうの体にもどっていった。それにつれて、マグノリアおばさんは冷《つめ》たい表情《ひょうじょう》でソファに横になったままなにか考えこむようになった。その様子《ようす》がなんだかいやな感じだとぼくは思ったし、ピッグおばさんも不安に感じているようだった。

こうして、家の中の人間関係《かんけい》はすっかり変《か》わってしまった。今まではおばさんふたりがぼくに注意の目を向けていたのに、急に、ぼくとピッグおばさんがマグノリアおばさんに注意していなければならなくなった。ぼくが学校から帰ってくると、ピッグおばさんがぼくのところにやってきて、こそこそと「またなにか考えこんでるわ。なにを考えているのかしら?」なんて言うようになった。

なにを考えているのか、ぼくたちには想像《そうぞう》もつかなかった。マグノリアおばさんは、まだ弱々しかったけれど、明らかに少しずつ元気を取りもどしてきていた。たくさんあったあざも消えてきたし、歯ぐきからの出血も止まった。けれども、目は不気味《ぶきみ》に輝《かがや》いていた。まるで、怒《いか》りから生まれたおそろしい思いつきがおばさんに力を与《あた》え、おばさんを復活《ふっかつ》させたように見えた。

「ねえ、ピッグ、わたし、人生でなにをしてきたんだろう？」マグノリアおばさんは夕食の最中《さいちゅう》にたずねた。おばさんは今でもまだソファに食事を運んできてほしいと要求《ようきゅう》していたけれど、もう食卓《しょくたく》まで歩いてくることとぐらいできるはずだ、とぼくたちは気づいていた。それでも、ピッグおばさんとぼくは食卓で、マグノリアおばさんはソファで、と離《はな》れて食べていた。

「えーと……えーと……」質問《しつもん》されたピッグおばさんは困《こま》って口ごもった。答えがもし気に入らなければ、マグノリアおばさんはかっとなるに決まっていたからだ。病気から回復《かいふく》するときにはだれでも気むずかしくなるんだから、気にしなくていい、とピッグおばさんは言っていたけど、それはちがうんじゃないかとぼくは思った。歯ぐきから血が出はじめたときだって、マグノリアおばさんはかんしゃくばかり起こしていた。たぶん心の中が暗く、ひねくれているんだ。

「なにもしてない！」マグノリアおばさんはどなった。「なにも！」

「ちょっと、大声はやめて」ピッグおばさんは言った。ぼくたちは裏庭《うらにわ》のガラクタを片付《かたづ》けて、やっとご近所の信頼《しんらい》を回復したところだった。今度はけんか騒《さわ》ぎを起こしてる、と思われたくなかったんだろう。

「わたし、スペインに行ったことある？　ないわ！　ハイヒールをはいてクラブで夜遊びしたことある？　ないわ！　山羊《やぎ》の乳《ちち》のチーズを食べたことがある？　ないわ！」

「山羊乳のチーズ、買ってきてほしいの？」ピッグおばさんはびくびくしながらたずねた。

「ちがう！」マグノリアおばさんはつっぱねた。「自分の人生に足りないものを数えあげてるだけ。グレート・ソルト・レークにぷかぷか浮《う》かんでみたことがある？　ないわ！」

「ぼくのお母さんだって行ってないよ」瞑想《めいそう》するように長々と食べ物を噛《か》みながらぼくは言った。人に芝居《しばい》がかった大騒《おおさわ》ぎをされると、ぼくは逆《ぎゃく》に、ものすごく冷静《れいせい》になってしまう。「そこならお母さんが行くべきだよ。ソルト・レーク・シティって町はモルモン教の本拠地《ほんきょち》なんだよね」

「カンフーの踊《おど》り方を習ったことがある？　ないわ！」

「カンフーは武術《ぶじゅつ》じゃないの？」ピッグおばさんが言った。

「なにもしてない！」マグノリアおばさんは叫《さけ》んだ。「ぜんぜん、まったく、なんにもしてない！」

「あのーう、正確《せいかく》に言えば、ぜんぜんってことは、な、な、な、ないんじゃないかしら」ピッグおばさんは言った。

「わたし、海に行ってみたい！」マグノリアおばさんが絶叫《ぜっきょう》した。それから、いきなり身を起こしてきちんとすわり、まるでなにごともなかったかのようにお行儀《ぎょうぎ》よく夕食の残《のこ》りを食べおえた。たぶん、叫《さけ》ぶことで体の中から悪い成分を出してしまったんだろう。

と思ったら、そうじゃなかった。次の日にも悪い成分は残っていて、ぼくたちは海に行くことになってしまった。いつ帰るかも決めないまま、三人そろって出かけるはめになったんだ。ピッグおばさんはぼくの学校の先生に手紙を書かなければならなかった。「週末から旅に出ることになりました。学校の授業《じゅぎょう》は卒業《そつぎょう》までまだ少しありますが、もう出席《しゅっせき》できません。その分を宿題にして持たせていただけませんか？　旅行中はそれで勉強させますので」

「ああ、もちろんいいですとも」ぼくがわたした手紙を読んで、先生が言った。「お母さんがウガンダで行方《ゆくえ》不明になってしまったのよね？　おばさんたちが、あなたをアフリカにいるお父さんのところに連《つ》れていくのは当然《とうぜん》のことですね。お父さんもあなたも、そのほうが心づよいでしょうから」先生は目に涙《なみだ》を浮《う》かべていた。もう、「海に行くだけなんです」とはとても言いだせない雰囲気《ふんいき》になってしまった。

金曜日、担任《たんにん》の先生と校長先生がふたりで、用意した宿題をわたしてくれた。それから「アフリカで着てね」と言ってクリッツ小学校のTシャツをくれた。

「くよくよしないで、がんばって」と先生たちは言った。よく言う決まり文句《もんく》だってことも、やさしい気持ちから言ってくれたってこともわかってる。だけど、ウガンダで行方不明になった親のことを一瞬《いっしゅん》だって忘《わす》れられるわけがないって、先生たちには想像《そうぞう》できなかったんだろうなと思う。

でも奇妙《きみょう》なことに、いったん旅行に出たら、ぼくはしばらくのあいだそれを忘れることができた。そのひとつの理由は、巨大《きょだい》な毛糸玉だった。

巨大な毛糸玉博物館《はくぶつかん》へ向かう車の中で、マグノリアおばさんとピッグおばさんはずっと言い争《あらそ》いをしていた。そこに展示《てんじ》してあるものが、ただの大きな毛糸玉なのか、それとも世界一大きい毛糸玉なのか、という議論《ぎろん》だった。それからふたりは、マグノリアおばさんのお医者さんが「もういいです」と言ったのは、もうだいぶ具合《ぐあい》がよくなったから旅行をしてもいい、という意味だったのか、とんでもないことを言いだすから「もういい、話をしたくない」と怒《おこ》ったのか、どっちだったのかという言い争いもした。また、フロイドの家に寄《よ》って、暑くなったときのために水着とリゾート用の夏服を取ってくるか、または必要《ひつよう》なものは途中《とちゅう》で買うことにして海にまっすぐ向かうか、ということでも言いあいをしていた。マグノリアおばさんが携帯《けいたい》電話を取ってきたいと言ったので、結局《けっきょく》フロイドにもどって、おばさんたちの会社に寄ることになった。会社では六人の助手たちが心配そうにふたりを待っていた。おばさんたちは従業員《じゅうぎょういん》に、クリッツの家が留守《るす》だと知ったらぼくの両親が会社に電話してくるかもしれないから、そのときは携帯の番号を教えてあげるように、と言いわたした。それからおばさんたちの自宅《じたく》に行った。でも、〝とても小さな裏庭《うらにわ》〟というのを見ることはできなかった。失礼《しつれい》なことに、おばさんたちは荷造《にづく》りするあいだ、ぼくを家に入れてくれず、車の中で待たせたんだ。荷造りが終わると、また車は出発した。ぼくはまた後部座席《ざせき》で大の字になって寝転《ねころ》がった。

ほんとうはマグノリアおばさんが後部座席に寝転がったほうがよかった。一日じゅうふつうにすわっていられるほど元気にはなっていなかったからだ。でも、もう車じゅうを血だらけにするようなことはないのがせめてもの救《すく》いだった。だからこそ旅に出ることができたんだ。けれどもおばさんは、どこにすわるかが身分を表わすと思っていたようで、後部座席などという位置《いち》に身を落とすことは断固《だんこ》として拒否《きょひ》した。そのかわりに、助手席のシートを深く深く倒《たお》した。たまたまシートの後ろにあるぼくの体の、どこにでも平気で頭をのせてきそうな感じだった。事故《じこ》にあったりしたら、ぼくたちは大きなひとかたまりのパン生地《きじ》のようにくっつきあってしまうかもしれない。そんなのは、おそろしすぎて考えたくもないことだった。

おばさんたちは、家から出てきて、たぶんリゾート用の夏服が詰《つ》めこまれているはずのスーツケースを車のトランクに投げこんだあとは、ドライブのあいだじゅうずっと、持ってきた服がヴァージニア・ビーチにふさわしいかどうかで口論《こうろん》していた。その言い争《あらそ》いを一日聞きつづけたらあらたな怒《いか》りがわいてきて、「おばさんがふたりともまたまた大嫌《だいきら》いになった」とはっきり言ってやりたくなった。そう考えるだけで痛快《つうかい》だったけど、ときどき、少し不安な気持ちにもなった。

〝親戚《しんせき》を（たとえどんなに嫌《きら》いな親戚でも）電車の線路に縛《しば》りつけるのにいちばんいい方《ほう》法《ほう》〟なんてことを真剣《しんけん》に考えている自分にふと気づくと、いい気分はしないものだ。

とうとう巨大《きょだい》な麻《あさ》ひもの玉（ピッグおばさんは毛糸玉だと言っていたけど、ちがったので、また言い争《あらそ》いになった）の展示《てんじ》してあるところにたどり着いた。でもそのころには三人とも、暑くて、のどが渇《かわ》いていて、麻ひもの玉なんかどうでもよくなっていた。ぼくはいちおう、博物館《はくぶつかん》とおみやげ売り場に入って、ボーモント・ウィルク大佐《たいさ》という人の大きな麻ひも玉作りへのすごい執念《しゅうねん》を見てみたいと思っていた。それにまずなによりも、車の外に出たくてたまらなかったんだ。でも、ピッグおばさんとマグノリアおばさんは、博物館

の外にコーラの自動販売機《はんばいき》があるのを見つけると、お楽しみはこれでじゅうぶんだから、もう博《はく》物館《ぶつかん》の中には入らないと言いだした。入場料《にゅうじょうりょう》を取られると知って、とつぜん、そのわずかなお金を節約《せつやく》したい気持ちがわきあがってきたらしかった。

「結局《けっきょく》、あなたの両親がもどってくるまで一カ月とか、二、三カ月とかのあいだ海辺《うみべ》に滞在《たいざい》することになるんでしょう。だったら、お金を節約しなきゃ」マグノリアおばさんは言った。おばさんが買ってきた一本のダイエット・コーラを分けて飲んでいたときだった。

そこでタイミング悪く、ピッグおばさんがまた自動販売機に十セント硬貨《こうか》をひとつ入れてしまった。つづいて十セントをあと十四枚《まい》入れようとしていたおばさんの手を、マグノリアおばさんがいきなりバシッと叩《たた》いた。ほんとうは、ただ手を軽く払《はら》いのけようとしただけだったんだと思う。その証拠《しょうこ》に、かなりの勢《いきお》いで叩いてしまったとき、ピッグおばさんやぼくと同じぐらいマグノリアおばさん自身もびっくりしていた。

「ああっ！」怒《おこ》るよりなにより、とにかくおどろいて、ピッグおばさんは声をあげた。

「ピッグ、もうコーラは買わないで」マグノリアおばさんは、あやまるなどという時間の無駄《むだ》づかいはしなかった。「モーテルに着くまで、まだだいぶ時間がかかるんだから」

「ああ！」ピッグおばさんはまたそう言って、車にもどっていった。

ぼくはそっとコイン返却口《へんきゃくぐち》に手を入れ、十セント硬貨を取って、ひそかにポケットに入れた。

うさ晴らしのつもりじゃなかったと思うんだけど、なんでそうしたのかよくわからない。

「そうだ」マグノリアおばさんは、とつぜんくるりとふりかえって自動販売機《はんばいき》のほうにつかつかと歩いていった。「十セント玉を取りかえさなきゃ」返却《へんきゃく》ボタンを押《お》してもなにも出てこなかったので、おばさんはボタンをもっと乱暴《らんぼう》にバチバチ押してみた。それから、販売機を叩《たた》いて、しまいには蹴《け》りを入れた。とうとう博物館《はくぶつかん》から男の人が出てきて、「やめてください」と言った。

「十セント玉を取られちゃったのよ」マグノリアおばさんが言った。

「コーラの値段《ねだん》は一ドル五十セントだって、はっきり書いてあるじゃありませんか」男の人は言った。「十セントじゃコーラは買えませんよ」

「バカじゃないの、そのぐらいわかってるわよ」マグノリアおばさんは言った。「十セント入れたところで、気が変《か》わって買うのをやめたのよ」

「それを信《しん》じろっていうんですか」男の人が言った。「あなたは博物館で小銭《こぜに》をせびって歩いてる人かもしれない。観光客《かんこうきゃく》相手の仕事をしてて、そんなのいちいち信用してたらやってられないですよ」

「十セント返して！」マグノリアおばさんは言った。

博物館の人は背《せ》を向けて、建物《たてもの》の中に入っていってしまった。ぼくは拍手《はくしゅ》を送りたい気持ちになった。もしあの人がマグノリアおばさんに十セントわたしていたら、もちろんぼくは自分が取ったことを白状《はくじょう》して、男の人に十セントを返さなければならなかっただろう。その点でも、あの人はいいことをしてくれた。

「ああ、ピッグ、もったいない。ほんとうにほんとうにもったいないわ」車にもどりながら、マグノリアおばさんは言った。そして頭からビーチタオルをかぶると、「車、出して」と言った。

すてきなすてきな、旅の一日目だった。

ヴァージニア・ビーチ

夕暮《ゆうぐ》れどきにヴァージニア・ビーチに着いた。ぼくたちはますます暑さにまいって、疲《つか》れて、不機嫌《ふきげん》になっていた。ピッグおばさんは、どうしてエアコンもついていないぼくの両親の車を選《えら》んだのか、どうして自分たちの車で来なかったのか、と言って怒《おこ》っていた。

「わたしたちの車で行こうって言ったのに」ピッグおばさんは言った。「三カ月間、蒸《む》し風呂《ぶろ》みたいな中にじっとすわってなきゃいけないのよ。この車にするのが当然《とうぜん》だなんて、あなたが言ったせいで」

「だってそのとおりでしょ。子どもの面倒《めんどう》を見てやって、なおかつ自分の車にまで乗せてやって車を消耗《しょうもう》させるなんて、そこまでしてあげるのはおかしいわよ」

そこで運よくマグノリアおばさんの携帯《けいたい》電話が鳴ったので、この言い争《あらそ》いは中断《ちゅうだん》された。ピッグおばさんが、駐車場《ちゅうしゃじょう》に車を入れてひとまわりしてまた外に出て、という独自《どくじ》の方法《ほうほう》でモーテルを鑑定《かんてい》しながら、ぱっとしないモーテルからぱっとしないモーテルへとわたりあるいているあいだに、ぼくはお父さんからの電話に出た。お父さんは元気のない声を出していた。

「元気かい、ヘンリー？」お父さんは暗く言った。

「元気だよ」海に行くところだと言う必要《ひつよう》はないだろうとぼくは思った。「お母さんは見つかった？」

「目撃《もくげき》はされた。今のところ、それだけだ」お父さんはそう言ったきり、だまりこんだ。次になにを言おうかと、ふたりともじっと考えていた。

「遠くから目撃されたの？」なにか言わなきゃと必死《ひっし》になって、ぼくはそうたずねた。

「目撃者の男性《だんせい》は、双眼鏡《そうがんきょう》を使ってたらしいよ」

「ああ」ぼくは言った。

「だから、たしかな話じゃないんだ」

「そうだろうね」

「でも目撃された人物は、お母さんが行方《ゆくえ》不明になったときと同じオレンジ色のサファリシャツを着ていたんだ。そのそばに、動物学の学生が着ていたのとそっくりな明るい色のシャツが見えたそうだ。はっきり言って、このことはいい兆候《ちょうこう》なんじゃないかと思うんだ。その男性が見たものは少なくともサルじゃなかったって証拠《しょうこ》だろ。服を着てたんだからね。遠くからだと、サルと人を見まちがえることもよくあるんだろうけど」

「ほんとうに？」ぼくはやんわりと言った。「見まちがえないような気もするけど」

ずけずけ言いあわない会話を久《ひさ》しぶりにして、ぼくはほっとした。

「ヘンリー、今どこにいるんだ？」お父さんがたずねた。「家にいないのは知ってるよ、電話しても出なかったから、おばさんたちの会社に電話したんだ。そうしたらマグノリアの携帯《けいたい》の番号を教えられた」

「外食してるんだ」ぼくは言った。マグノリアおばさんが狂《くる》ったように手を振《ふ》って電話をかわれと合図したので、ぼくはいやいやながら携帯をわたした。

「ノーマン！」マグノリアおばさんは電話口でどなった。「ノーマン、どこにいるの？　まだアフリカなの？」

ほかにどこにいると思ってるんだろう。お母さんが見つかってないんだからアフリカにいるに決まってる。

「そうよ、ノーマン、もちろん外食はこれからするわよ、でもその前にモーテルをさがさなきゃ。今ちょうど、ピッグが〈ドッグズ・オ・ドゥードル・モーテル〉ってところの駐車場《ちゅうしゃじょう》に車を入れたわ。たいしてよくもなさそうなんだけど、ピッグはなぜか気に入ったらしくて、車をおりて受付《うけつけ》のほうに歩いてった。まあね、わたしはモーテルなんかどこだっていいのよ。ノーマン、あなたは今夜どこに泊《と》まるの？　えっ、バス・トイレ共同《きょうどう》のホテル？　あんまり居心地《いごこち》よさそうな感じじゃないけど、少なくとも学者だかなんだかといっしょにわらぶきの小屋に泊《と》まったりはしなくていいのね。え、どうして今〈ドッグズ・オ・ドゥードル〉にいるかって？　ああ、それはね、ピッグとわたしはちょっと旅行をしてるの、ヘンリーも連《つ》れて。もちろん、ヘンリーを置《お》いてなんか行けないでしょ。そうよ、ノーマン、わたし、体を壊《こわ》しちゃって、だいぶひどい目にあったの。わたしの健康状態《けんこうじょうたい》のことなんか今初めて聞くんでしょうけど。とにかく、それが結局《けっきょく》は治《なお》ったから、じゃあこれからは生きよう、生きてやりたいことをやろう、ってことになったの。え？　あのね、〝生きよう〟って言ったのよ。そうしたら、悪いけどクリッツじゃ生きられない、って思った。クリッツは退屈《たいくつ》すぎて。あれじゃフロイドと同じだから。ううん、そうじゃなくて、海に行くの。そのほうがヘンリーのためにもなるわ。ヘンリーって血色が悪いじゃない。真っ白い顔をしてる。まるで――」ここでマグノリアおばさんはぼくの顔をちらっと見ると、すばやく口を手で隠《かく》して、ささやいた。でもぼくにはしっかり聞こえてしまった。「――塩漬《しおづ》けのブタ肉みたい」そう言ってから、おばさんはぼくに携帯《けいたい》を返した。

「ヘンリー」お父さんが言った。

「なに？」ぼくのことも心配しなくちゃいけなくなって、お父さんはほんとうにかわいそうだと思った。ぼくは、旅行のことは言わないでおこうと思っていたのに。

「アンズを食べなさい」

「えっ？」ちゃんと聞こえたんだけど、ぼくは思わずそう言ってしまった。あまりにも思いがけないことを言われたのでびっくりした、というのは想像《そうぞう》がつくだろう。

「ビタミン豊富《ほうふ》なんだよ」

「そうなんだろうね」ぼくはしかたなく言った。こんなに役に立つアドバイスをしてくれた人が今までにいるだろうか？　アンズを食べなさい、とはおそろしく役に立つ。一部の人にとっては、だけど。

「ただし、添加物《てんかぶつ》を使っていないアンズジャムにするんだよ。添加物を入れるというのは悪魔《あくま》のしわざだ」

お父さんは、まるで宣教師《せんきょうし》のような口ぶりになっていた。

「お母さんの情報《じょうほう》がまた入ったら電話してくれる？」ぼくはたずねた。

「ああ連絡《れんらく》するよ、でもぼんやり待ってるだけじゃだめだと思って。だからアンズの話をしたんだ。ぼくが今いる場所には読むものが少ししかなくてね。ジャングルの中じゃどこもそうだ。想像がつくだろうが、相当《そうとう》へんぴな場所にいる」

ぼくは〈ドッグズ・オ・ドゥードル〉の駐車場《ちゅうしゃじょう》の中を見まわして、ただうなずくしかなかった。

「でも、だれか親切な人がここのテーブルの上に、健康雑誌《けんこうざっし》をどっさり置《お》いていってくれたんだ。だからそれを読んで勉強してたんだよ」お父さんは大まじめに言った。「そこにアンズに関《かん》するとても興味《きょうみ》ぶかい記事が出てたんだ。とてもおもしろかった。細かい内容《ないよう》は忘《わす》れたけどね。でも、要点《ようてん》だけはおぼえてる。もっとたくさんアンズを食べなさい、ってことだ」

お父さんもぼくも、読んだり聞いたりしたことをおぼえるのが苦手だった。たとえば、テレビの自然《しぜん》科学番組で〝バナナが絶滅《ぜつめつ》する〟というおもしろい特集《とくしゅう》をやっていて、ふたりで夢中《むちゅう》になって見ているとする。でも、お母さんがホームレス施設《しせつ》のボランティア活動を終えて家に帰ってきたところで、おもしろかったテレビの内容をお母さんに説明《せつめい》してあげたいと思っても「すごくおもしろい番組だった」とか「いろいろ勉強になった」とか「そうそう、バナナって木の上ではさかさまになってるんだね」とかいう以外《いがい》になにも言えない。でもお母さんはそんなぼくたちを怒《おこ》ったりしない。他人の欠点《けってん》を受け入れてくれる人なんだ。だからホームレスの人たちとうまくつきあえるんだと思う。

「もっとたくさんアンズを、だね」ぼくはうなずきながら言った。「わかったよ。食べるよ」

「おまえの顔が見たいよ」お父さんが言った。

「ぼくも」ちょっと泣《な》きたいような気持ちになりながら、ぼくは言った。

「お母さんもだと思うよ」お父さんが言った。「どこにいるにしても、おまえを恋《こい》しがっているだろう」

「どこにいるにしても」ぼくはくりかえした。それからぼくたちは電話を切った。話すことがなくなってしまったからだ。

ドッグズ・オ・ドゥードル

電話を切ったちょうどそのとき、ピッグおばさんが速足で車にもどってきた。おばさんはしかめっつらをしていて、いつもはめくれあがっている唇《くちびる》がすぼまっていた。
「マグ、ちょっと受付《うけつけ》に行ってみてよ。ひと部屋《へや》に一泊《ぱく》するだけで百十ドルもするなんて言うのよ」
「なにさまのつもり？　ヒルトン・ホテルじゃあるまいし」ずるずると体を起こしてすわろうとしながら、マグノリアおばさんが言った。「ピッグ、もう一回受付に行って、言ってやりなさい、うすぼけたブルーとピンクのペンキを塗《ぬ》った安っぽいモーテルのくせに、ふざけるな、って。まったく、あきれたわ！」
ピッグおばさんとマグノリアおばさんは、じつはこの二十年間に旅行なんて一度も――近場の小旅行さえ――したことがなかった。ふたりはインテリアの会社をおこして、ただひたすら毎日働《はたら》いてばかりだった。もしも、マグノリアおばさんが四十歳《さい》の誕生日《たんじょうび》に自分の体を自分で破壊《はかい》する病気になって、残《のこ》りの人生が長くないかもと思ったりしなければ、きっと今も働きつづけていただろうし、貯金《ちょきん》を崩《くず》して旅行に出るなんてこともしなかっただろう。……というようなことを、おばさんたちは受付《うけつけ》の係の人の前で言いあっていた。ピッグおばさんは、モーテルの値段《ねだん》が高いのを知って、もう家に帰りたくなっていた。一方、マグノリアおばさんは次のモーテルをさがしてみようという意見だった。

「どこに行くっていうの？　値段はどこも同じでしょ」ピッグおばさんは、受付の人の前に置《お》いてあったつまようじの入れ物から一本取って、それをいじりながら言った。

「知らないわよ」と言いながら、マグノリアおばさんもつまようじを取って、ピッグおばさんをつついた。部屋《へや》の備品《びひん》はなにがあるのか受付の人にたずねながら、ふたりは下のほうでゴソゴソつっつきあいをしていた。受付の人は、それを見ておどろいたような、でも退屈《たいくつ》しているような顔をしていた。きっとこの人は〈ドッグズ・オ・ドゥードル〉で働きはじめてからずっと退屈してるにちがいない、とぼくは思った。モーテル全体に、だるい空気がたちこめていた。

そこに年配《ねんぱい》の夫婦《ふうふ》が入ってきた。パステルカラーの服を上品に着たその夫婦は、おばさんたちがふざけているのを見て一瞬《いっしゅん》ぎょっとしたようだったけれど、すぐに礼儀《れいぎ》を取りもどして見ないふりをした。ピッグおばさんとマグノリアおばさんは、つっつきあいをぴたりとやめた。受付《うけつけ》の人の前でふざけるのは平気だったのに、南部の上品な旅行者の前でそれをやるのは恥《は》ずかしかったようだ。

「さきほども申《もう》しましたけど」ピッグおばさんは、せいいっぱい南部人らしく上品に言った。「お部屋《へや》を取っていただけないかしら。二十年でそんなに宿泊料金《しゅくはくりょうきん》があがったなんて知らなかったから、おどろいていただけなんですよ」

「それから、子ども用の簡易《かんい》ベッドを入れていただけないかしら」マグノリアおばさんが言った。

「そうするとまた追加《ついか》料金がかかるんですわよね」おばさんは目をぱちぱちさせながら、まるでオオカミの前に寝《ね》そべって自分をさしだす獲物《えもの》のように、老夫婦《ろうふうふ》を横目で見た。

「二十ドルです」受付の人はまた完全《かんぜん》に退屈《たいくつ》した様子《ようす》にもどって、面倒《めんどう》くさそうに言った。おばさんたちがふざけているのを見て、この人はすごくおもしろがっていたのかもしれないな、とぼくは思った。

「ああ、わかったわ。ねえねえ、マグ、モーテルの経営者《けいえいしゃ》って自分のモーテルに住んでるのかしら」ピッグおばさんが言った。

「シーッ」マグノリアおばさんが言った。「さっさと終わらせて、ピンクの服のご夫婦に早く順《じゅん》番《ばん》をゆずらなきゃ」

後ろにいた老夫婦《ろうふうふ》は、ほとんどまばたきもしなかった。ふたりは〝無邪気《むじゃき》な子どもを見守る笑《え》顔《がお》〟を作ってぼくにほほえみかけた。たぶんぼくのことをかわいそうな子だと思っていたんだろう。老夫婦にほほえみかえして、養子《ようし》にしてくださいと、とたのもうかと思ったその瞬間《しゅんかん》、自分がどういう目で見られているかがぼくにはとつぜんわかってしまった。〝ひどい環境《かんきょう》にいるあわれな子で、まともな人間になる望《のぞ》みはいっさいない〟——どう見てもふたりはそう思っていた。家の中で乱暴《らんぼう》な言葉を使ったことなどないような人たちなんだろう。夕食には南部の伝統的《でんとうてき》な料理《りょうり》を静《しず》かに楽しみ、家族みんながおだやかな調子で話すような、そういう種族《しゅぞく》だ。

「ヘンリー、おいで」ピッグおばさんはそう言って、ぼくを外にひっぱっていった。「あのおばあさん、あなたを食べちゃいたいって顔して見てたわ」

「そんなことないよ」ぼくは言った。「すごく上品な人に見えたけど」

「ああ、おなかがすいた」マグノリアおばさんが言った。

ぼくたちはモーテルの部屋《へや》に荷物《にもつ》を置《お》いてから、レストランをさがしに出かけた。〈ドッグズ・オ・ドゥードル〉の受付《うけつけ》の横にも小さなレストランがあったけれど、おばさんたちがさっきのつまようじの一件《いっけん》を恥《は》ずかしがってそこはいやだと言うので、海岸の近くで食事をすることになった。ぼくたちが見つけたレストランは、白髪《しらが》の老人《ろうじん》たちでいっぱいだった。道を歩いている人たちも、モーテルにいる人たちも、レストランにいる人たちも、全員白髪だった。まだ学校が休みになっていない五月に、春にしては暑い気候《きこう》になっていたので、老人《ろうじん》たちがみんな旅に出て、まるでバナナの皮にアリがたかるように観光地《かんこうち》にどんどん集まったんだと思う。マグノリアおばさんは夕食に文句《もんく》たらたらだった。

「なんでも茶色じゃないの」おばさんは、自分のとったシーフードフライを指さして、不愉快《ふゆかい》そうに言った。茶色くなるまで揚《あ》げた帆立貝《ほたてがい》、茶色くなるまで揚げたエビ、そして茶色くなるまで揚げた魚に、茶色のフライドポテトが添《そ》えてあった。

「そうね、でもほんとうは揚げ物が大好《だいす》きなんでしょ、マグノリア。今までは食べられなかったけどね」ピッグおばさんはサラダをつつきながら言った。

「どうして食べられなかったの?」ぼくはマグノリアおばさんにたずねた。

「太るからよ」マグノリアおばさんは、骨《ほね》ばったお尻《しり》を叩《たた》いてみせた。「生まれつきほっそりしてるように見えるかもしれないけど、体重が増《ふ》えないように努力《どりょく》してきたからなのよ、ヘンリー」

ハニーとか坊《ぼう》やじゃなくて、久《ひさ》しぶりにちゃんとヘンリーと呼《よ》んでもらえてうれしかった。旅に出たらクローゼットに隠《かく》れるわけにもいかず、ぼくはいやおうなしにふたりのおばさんとの会話に巻《ま》きこまれていた。そうしたら、マグノリアおばさんは空腹《くうふく》じゃなくて眠《ねむ》くなくて退屈《たいくつ》もしてなくてそわそわもしてないときには、それほど悪い人じゃないということがわかってきた。

「風邪《かぜ》だか変《へん》な免疫《めんえき》の病気だかであれだけ体重が減《へ》っちゃったんだから、もうなんでも好《す》きなものを食べられるじゃない。デザートだって食べたらいいわ、マグ」ピッグおばさんが言った。

ぼくは、自分がとったハンバーガーとフライドポテトをながめた。このほかにデザートがないなんてまっぴらごめんだと思った。「デザートはぜったいに食べなくちゃ」ぼくは言った。「デザートをはずしちゃだめなんだよ」

「あなたは女性《じょせい》じゃないから好きにすれば」ピッグおばさんは神経質《しんけいしつ》そうに言った。

「お母さんは女だけど、いつもデザートを食べるよ」ぼくは言った。

「それは、キャサリンが外見を気にしない人だからよ」ピッグおばさんが言った。

「お母さんは別《べつ》にふつうだよ」ボックス席《せき》にはまりこんだぼくは、テーブルの下でひそかに立ちあがりながら必死《ひっし》になって言った。

「ぽっちゃりしてるじゃない」マグノリアおばさんが言った。「昔からずっと太りぎみだったから、あなたは気づいてないかもしれないけど。キャサリンってね、人からどう見られようが気にしない人なのよ」

「お母さんはふつうだってば」ぼくは言った。お母さんはきれいだ、って言おうかと思ったけど、考えてみたらきれいじゃなかった。お母さんは、ちょっと太りぎみの猟犬《りょうけん》に似《に》ていたんだ。道でお母さんに出会った人は、ほおのたれた猟犬が服を着て歩いてる、とすれちがいざまに思うだろう。でも、そういうお母さんの姿《すがた》がぼくは好《す》きだ。世界一のお母さんだと思う。「それにね」ぼくは反撃《はんげき》の言葉を考えついた。「お母さんは人生を楽しんでる」

マグノリアおばさんはしばらくのあいだ打ちひしがれた様子《ようす》になった。ぼくたちはだまりこくって食事を終えた。

夕食のあと、疲《つか》れているから海岸の散歩《さんぽ》はしたくない、とマグノリアおばさんが言った。

「だけど、一日じゅうドライブしてやっと着いたのよ！」ピッグおばさんが言いかえした。「ちょっと海岸に寄《よ》って、できたら海に入ったりしてみない？」

「意地悪なこと言うのはやめてよ」マグノリアおばさんが言った。「あなたたちふたりとも、死ぬような病気をしたことないからわからないのよ。どれだけ疲れきって、やつれてしまうかわかってないんだわ」

「疲れてるのはわかってるけど、ちょっと海を見てみるぐらいいいでしょう、マグノリア」ピッグおばさんが言った。「でなければ、あなただけモーテルに送っていって、そのあとヘンリーとわたしと二人で散歩に出てもいいけど」

ピッグおばさんのこの提案《ていあん》を聞くと、マグノリアおばさんは気を取りなおした。「まあいいわ。そんなに海に行きたいんなら、三人で行きましょうよ」

「ううん、だめよ」ピッグおばさんが言った。「疲れてるんでしょ、マグ」

「ううん、わたしを送るためだけにわざわざモーテルまで運転させるわけにいかないわよ。茶色いフライのおかげでなんだか元気になって、なんでもできるような気がしてきた」

「ほんとに疲《つか》れてないんだったらいいけど」ピッグおばさんが言った。

「車、出して」マグノリアおばさんが言った。

ぼくたちの乗った車は、ぐるぐる同じ道をまわっているのかと思ったら、偶然《ぐうぜん》のようにしていきなり海辺《うみべ》の駐車場《ちゅうしゃじょう》に行き着いた。目の前に大西洋が広がっていた。海は、はるか向こう岸にいるはずの見知らぬ多くの人たちとぼくたちとのあいだに横たわる、大きな謎《なぞ》のようだった。それからぼくは、急に気がついた——波の向こうでこっちを見て、ぼくたちのことを想像《そうぞう》しているヨーロッパの人たちだけじゃなくて、水の中で生きて動いている何十億《おく》もの生き物もいるんだ。海の生き物たちはみんな、何百メートルも上にある陸《りく》の生き物のことを知らない。海の中の毎日はぼくたち人間のことなど考えないままつづいていくし、ぼくたちは海のことを考えないまま暮《く》らしていく。人は、自分の小さな世界に閉《と》じこもると、自分のいないところ、知らないところで海の毎日がつづいているということを忘《わす》れてしまいがちだ。

蒸《む》し暑い一日だったけれど、足の裏《うら》にふれる海岸の砂《すな》はひんやりして、空気はきれいだった。まるで自分が洗《あら》われていくようだった。ぼくは靴《くつ》を脱《ぬ》いで、波打ちぎわまでかけおりていった。でも、波にさらわれたら二度ともどってこられなくなるよ、と前に聞いたことがあったので、砕《くだ》ける波には近づかなかった。

「ビリはだーれだ！」ピッグおばさんはそう叫《さけ》んで、服を着たまま海の中にざぶざぶ入っていった。ぼくは波打ちぎわで口を開けて見ていた。マグノリアおばさんも、ゆっくりよろよろと歩いてきた。今でもまだ、マグノリアおばさんは死人っぽく見えた。夕食のときピッグおばさんとぼくとでつらく当たりすぎてしまったかな、とぼくはその様子《ようす》を見て反省《はんせい》した。マグノリアおばさんはたぶん、せいいっぱいがまんしていたんだ。

「ねえ」マグノリアおばさんはぼくに近づいてきて言った。「あなたも、服のまま飛《と》びこんでビショビショになってみたら？」

ぼくは言われたとおりにした。

海岸

ピッグおばさんは、モーテルに帰る途中《とちゅう》で道に迷《まよ》ってしまった。地図を持っていなかったし、海岸を出たときにはもうたそがれどきだったからだ。マグノリアおばさんが助手席《じょしゅせき》で寝《ね》てしまったので、ぼくがピッグおばさんのナビゲーターにならなければいけなかった。

「えっ、ここだと思うよ。ちかちか光るオレンジの、でっかい看板《かんばん》をすぎたでしょ」オレンジかなにかの広告《こうこく》を指さしながら、ぼくは言った。ピッグおばさんもたぶん疲《つか》れていたのだろう、口数が少なくなって、わずかな望《のぞ》みに賭《か》けながらひたすら同じところをぐるぐる運転していた。ぼくがここだと言った場所もどうせ、さっきから何百回も通っているのとまた同じところだろう。と思ったら、ちがっていたらしくて、ついに〈ドッグズ・オ・ドゥードル〉の建物《たてもの》が見えた。自分の家に帰ったみたいにほっとして、どっと疲れを感じた。

ぼくたちはゆっくり静《しず》かに駐車場《ちゅうしゃじょう》に入っていった。泊《と》まっているお年寄《としよ》りたちがみんなぐっすりと寝《ね》ているのか、モーテルはおだやかに静まりかえっていた。スーツケースを先に部屋《へや》に置《お》いてきたおかげで、あとは部屋に入って体を拭《ふ》くだけでよかった。ぼくたちはマグノリアおばさんを起こしたけど、おばさんはなにも言わなかった。怒《おこ》っていたからじゃなくて、ただ疲《つか》れていたせいだと思う。部屋の隅《すみ》には、モーテルの人が持ってきたぼく用の簡易《かんい》ベッドがもう置かれていた。

「あんなところじゃ寝られないよ」ぼくはふたりの顔を見つめて言った。おばさんたちと同じ家で寝るっていうだけでいやだったんだから、同じ部屋で寝るなんてとんでもなかった。「バスルームで寝るよ」ぼくが枕《まくら》を浴槽《よくそう》に運びこもうとすると、おばさんたちが止めた。夜中にだっておけしょうしつ化粧室《けしょうしつ》を使わなくちゃいけないから、というんだ。トイレのことを〝お化粧室〟なんて言うのはいやな感じだ、と思いながら、ぼくは自分のパジャマを抱《だ》きしめて簡易ベッドの上にすわり、マグノリアおばさんがバスルームで着替《きが》えおわるのを待っていた。いちばん疲れていそうなのはマグノリアおばさんだから、当然《とうぜん》のように最初《さいしょ》に着替えることになった。でも、話しあって順番《じゅんばん》を決めたほうがいいんじゃないか、とぼくは眠《ねむ》い頭で考えた。バスルームから出てきたおばさんは、ばばくさいフランネルの長いネグリジェを着て、鼻に変《へん》なクリップのようなものをつけていた。

「いびきストッパーよ」ピッグおばさんがぼくにささやいた。マグノリアおばさんはベッドの上にあおむけに横たわると、青いゼリーみたいなものが入ったアイマスクを目の上にのせた。まるでエイリアンのような顔だ。さらに耳栓《みみせん》もして、それから胸《むね》の上で手を組みあわせた。

このまま埋葬《まいそう》しちゃえばいいんじゃないか？　バスルームまでドスドス歩いていきながら、ぼくは思った。荷物《にもつ》の中に入れてきた懐中電灯《かいちゅうでんとう》を持って、ぼくは簡易《かんい》ベッドに入り、なんとかプライバシーを守ろうと、毛布《もうふ》をテントのようにしてその中にこもった。こんな泊《と》まり方をさせられるなんて、男子にとっては最悪《さいあく》だ。もう本を読む元気もなくなっていた。懐中電灯の光で学園ものマンガを読みながら、ぼくは世界を呪《のろ》った。

ピッグおばさんも、同じような年寄《としよ》りくさいネグリジェに着替《きが》えてバスルームから出てきた。そして、やっぱりアイマスクと耳栓をした。でもいびきストッパーはしなかった。おばさんはエアコンを強くして、部屋《へや》の明かりを消した。だけど、眠《ねむ》れなかったみたいで、ラジオを出してきて、耳栓をはずしてからイヤホンをつけて聞いていた。それでもかすかにもれてくる音が、何時間も何時間も聞こえていたように思う。ぼくはぜんぜん眠れなかった。ぼくにはアイマスクも耳栓もなかった。おばさんたちの寝息《ねいき》がモーテルの部屋の闇《やみ》の中でずっと聞こえてるなんて、こんな最悪なことがいったいこの世にあるだろうか。ひどい気分だった。それに皮膚《ひふ》がジャリジャリした。最初《さいしょ》、なんなのかぜんぜんわからなかったけど、しばらくして塩《しお》だと気がついた。シャワーを浴《あ》びて洗《あら》い流しておけばよかったんだ。でも、海水浴《かいすいよく》なんかしたことがなかったから、そん

なに体が塩《しお》だらけになるなんて知らなかった。自分が塩をかけた茶色いフライになって、お皿の上にのっかってるような気持ちになった。落ち着いて寝《ね》られず、変《へん》な夢《ゆめ》ばかり見た。

〈ドッグズ・オ・ドゥードル・モーテル〉に泊《と》まると、簡単《かんたん》な朝食がただでついてくるということだったけれど、翌朝《よくあさ》行ってみると、表面にうっすら水滴《すいてき》がついたドーナッツと、オレンジジュースと、コーヒーがロビーに置《お》いてあるだけだった。

「こんなのまともな朝食とは言えないわよ」マグノリアおばさんは文句《もんく》を言った。リゾートウェアを着こんだおばさんは、おしゃれしたおかげで、また強気になれたようだった。そのとき、モーテルの受付《うけつけ》に年配《ねんぱい》の紳士《しんし》が出てきた。

「おはようございます」紳士は言った。「朝食をご自由にお取りください。ヴァージニア・ビーチ滞在《たいざい》をお楽しみくださいますように」

マグノリアおばさんは、もうこれ以上《いじょう》出しゃばったおしゃべりはするな、とでもいうように、その紳士をにらみつけた。おばさんは朝に弱い人だった。

この態度《たいど》に、心あたたかいもてなしをしているつもりだった紳士は、むっとしたみたいだった。

「自己紹介《じこしょうかい》をいたしますと、わたくし、従業員《じゅうぎょういん》が病気なのでかわりに出てきました、ここのオーナーです。〈ドッグズ・オ・ドゥードル〉を始めてから三十年になります」

「あなたがドゥードルさんですね？」マグノリアおばさんが言った。

「オ・ドゥードルです」ものすごく大きなちがいだとでもいうように、紳士《しんし》は言った。

ぼくたちは形式的《けいしきてき》にうなずき、オ・ドゥードルさんに見張《みは》られながらドーナッツを食べた。そのあいだもぼくは、名字《みょうじ》がオ・ドゥードルで名前はドッグズなんだろうか、と気になってしょうがなかったが、恥《は》ずかしくてきけなかった。

「さあ、ピッグ、もう海岸に行かなくちゃ」マグノリアおばさんが言った。

「ああ、マグ」車に乗りこみながらピッグおばさんが言った。「長いことずっと、この日を待ってたのよ。ついに、まる一日、海でのんびりすごせるのね」

「そうね」マグノリアおばさんも夢《ゆめ》みるように言った。「取引先もいなければ電話もかかってこない、仕事はなにもなくて、ただ太陽の下で本を読んでいればいいだけ、っていう日ね」

でもじつは、海岸はすごい暑さだった。どうして来てみるまで気づかなかったんだろう、とぼくは思った。たぶん、雑誌《ざっし》の広告《こうこく》なんかに出てくる水着の人たちがすごく気持ちよさそうな顔をしているのを見て、海辺《うみべ》はいつも快適《かいてき》な気温なのかと勘《かん》ちがいしていたんだろう。ぼくたちはビーチタオルを敷《し》いて砂浜《すなはま》に寝転《ねころ》がった。ぼくは、おばさんたちの体にハエがとまろうとしては、気が変《か》わってまた飛《と》んでいくのを、しばらくのあいだ見守っていた。やがてマグノリアおばさんが起きあがった。「ピッグ、ちょっと暑すぎるわ」おばさんは言った。

「それはそうだけど」ピッグおばさんは答えた。「でも、もう少しこうしていましょうよ」

ふたりはまた寝転《ねころ》がった。しばらくしてマグノリアおばさんが言った。「もう少しって、どのぐらい？」

「そうだ、まず冷《つめ》たい海に入ればいいんだわ」ピッグおばさんが言った。「それから日に当たれば、ちょうどいい温度になるでしょ」

「海になんか入りたくない」マグノリアおばさんは拒否《きょひ》した。そこで、ピッグおばさんひとりで海に入った。そして、キャーッと叫《さけ》びながら帰ってきた。向こうずねが長いみみず腫《ば》れだらけになっていた。

「クラゲね」マグノリアおばさんはじっと考えて言った。「テレビで見たことあるわ。すごく痛《いた》むのよね」

「いた、いたた！」ピッグおばさんは叫びながら、刺《さ》されていないほうの脚《あし》でケンケンして跳《は》ねまわった。

「ほら、横になって、刺されたところに湿《しめ》った砂《すな》をのせてごらんなさい」マグノリアおばさんが提案《ていあん》した。

「そんなことするものなの？」ピッグおばさんはおどろいてたずねた。

「知らないけど」マグノリアおばさんはまた横になり、目を閉《と》じながら言った。「ねえ、だんだん気持ちよくなってきたわ。涼《すず》しいそよ風が吹《ふ》いてきた」

そよ風というよりは突風《とっぷう》だった。風がビュービュー吹き荒《ふあ》れて、目に砂《すな》が入った。口の中や髪《かみ》の毛も砂だらけになった。一時間もすると、風の音と波の音がうるさすぎて、おたがいの話し声も聞こえなくなってしまった。そのほうがいいような気もしたけれど。

風がやんだころには、もう午後の遅《おそ》い時間になっていた。ぼくはもう飢《う》え死《じ》に寸前《すんぜん》だった。ぼくたちは、海岸の売店で買ったポテトチップスとチョコレートバーとコーラだけ、というみじめな食事しかしていなかった。ぼくたちというか、ぼくとマグノリアおばさんだけだ。ピッグおばさんは〝シナーズ〟とかいう名前のダイエット食品を食べていた。おがくずみたいなものをかためて表面にハーブ入りの塩《しお》をくっつけた、まがいもののポテトチップスで、すごくまずそうだった。ぼくはピッグおばさんに、そんなのが健康《けんこう》にいいの？　ときいた。おばさんは少し考えてから、低《てい》カロリーだから、少なくとも悪くはないと思う、と答えた。ピッグおばさんは〝少なくとも悪くはない〟食べ物しか食べなかった。

「おがくずを食べているような感じは別《べつ》にしないわよ」ピッグおばさんは、袋《ふくろ》の底《そこ》に残《のこ》ったシナーズのかすを拾いながら言った。

「やせたままでいてもいいんだけど、ふらふらしちゃうのよね」マグノリアおばさんが言った。

「もう、やせすぎて向こうが透《す》けて見えそう」

「悪いけど、そこまでやせてないわよ、マグ」ピッグおばさんが言った。

「ねえ、これだけなの?」マグノリアおばさんがきいた。

「これだけって、なにが?」ピッグおばさんがききかえした。

「海辺《うみべ》の休日がよ」

「これだけってどういう意味?」ピッグおばさんが言った。

「寝転《ねころ》がって、ほんとうは体に悪いジャンクフードをバリバリ食べて——ヘンリーもそう思うでしょ——食べなきゃよかったなって後悔《こうかい》して、しばらくするといやな気持ちになって」

「食べると不快感《ふかいかん》をおぼえる」ぼくは言った。

「不快感をおぼえる?」マグノリアおばさんが言った。「十歳《さい》の子にしちゃあ、生意気《なまいき》な言葉づかいね」

「ぼく、十二歳なんだけど」ぼくは訂正《ていせい》した。マグノリアおばさんは、ぼくに関《かん》するデータをすぐに忘《わす》れてしまうんだ。

「本に出てきた言葉でしょ。ヘンリーは読書ばっかりしてる子だから」ピッグおばさんは、またマグノリアおばさんをなだめた。怒《いか》りをぶつけさせないように気をつかってばかりだ。

実際《じっさい》、その言葉は午前中に読んだ本に書いてあったんだけど、もちろん意味はよくわかっていた。海岸で、ぼくは持ってきた本をほとんど読んでしまった。海に入って泳いだりなんかぜんぜんしたくなかった。クラゲや高波がこわかったわけじゃなくて、寝不足《ねぶそく》だったんだ。いびきストッパーは効果《こうか》ゼロだったし、ガリガリの死人みたいなおばさんたちのひどい寝息《ねいき》がひと晩《ばん》じゅう聞こえつづけていた。もういやだ、いつもダイエットのことや爪《つめ》のことを気にしているような人たちじゃなくて、お母さんみたいにふつうの体格《たいかく》の人といっしょにいたい、とぼくは思った。でももしかしたら、ダイエットとかなんとかは、マグノリアおばさんとピッグおばさんが独身《どくしん》だということとなにか関係《かんけい》があるのかもしれなかった。

「不快感《ふかいかん》をおぼえる、ってぜんぜんまちがってない言い方でしょ」ぼくは言った。

「まちがってないけど、そういうかたくるしい言葉づかいをすると、ちょっと妙《みょう》な感じはするわね」マグノリアおばさんが、立ちあがってタオルの砂《すな》をぱたぱた振《ふ》り払《はら》いながら言った。ピッグおばさんとぼくも同じことをした。また移動《いどう》するときが来たようだった。ピッグおばさんとぼくは、車へと歩いていくマグノリアおばさんのあとを、とぼとぼついていった。

　ピッグおばさんは駐車場《ちゅうしゃじょう》を囲《かこ》むセメントの低《ひく》い塀《へい》の横でぼくたちを待たせた。おばさんは塀にどっかりすわって、足の指のあいだの砂を払い、それからサンダルをはきなおしていた。

「わたしの質問《しつもん》にまだ答えてないじゃない」マグノリアおばさんは言った。「海辺《うみべ》の休日って、これだけしかすることがないの？」

「うん、そうだと思う」ピッグおばさんは言った。

　次の日、ぼくたちは山に向かった。

シェナンドア

それから丸二日間、マグノリアおばさんが行きたい場所を思いつくまで、ぼくたちはドライブをつづけた。ぼくはすごく不満《ふまん》だった。

「三カ月ぐらいずっと海にいるんじゃなかったの？」そうするものと思いこんでいたぼくは、抗《こう》議《ぎ》した。午前中に宿題をやってから午後にみんなで海に行ったり、またはそれを逆《ぎゃく》にやったりして毎日をすごすはずだった。一日分の宿題なんて、たかだか二時間ぐらいでできてしまうに決まっていた。学校ですごす時間のほとんどは、すわれとか聞けとか発言しろとか絵を描《か》けとか言われて、無駄《むだ》につぶれているんだ。もしも、そういう時間つぶしみたいな部分を引き算して考えたなら、ほんとうに勉強している時間は一日に二時間程度《ていど》だ。だけど、そのときのぼくは、学校じゃなくて走っている車の後部座席《ざせき》で勉強していたので、気が散《ち》ってしょうがなかった。窓《まど》の外の

景色《けしき》があんまりすばらしいせいだ。ぼくの両親は車で旅行なんかしたがらなかった。お父さんはしょっちゅう出張《しゅっちょう》していたので、仕事以外《いがい》で旅をしたいとなんか思わなかったし、お母さんも「それじゃいつもと同じになっちゃうわね」と言っていた。だからぼくたち家族は遠くまでドライブするのはやめにしていた。休暇《きゅうか》を楽しみたくなったら、カシノー湖畔《こはん》のバンガローを借《か》りて滞在《たいざい》した。それでじゅうぶんだった。おばさんたちと行き先も決めずに旅行をしていると、ぼくはまるで誘拐《ゆうかい》でもされたような気分になった。

「もうたくさんよ」マグノリアおばさんはぼくの質問《しつもん》に答えて言った。「せっかくの旅行なんだから」

「でも、どこに行くの？」ぼくはきいた。

「行きたいところに行くのよ。それが旅行よ」ピッグおばさんが言った。

そう言われてぼくは考えた。最初《さいしょ》はそうかな、と思ったけれど、ほかの子がふつうはどういう旅行をしているかを思い出した。みんなもっと計画を立てて旅行をしていた。三カ月間、行きたいところをさがしながらでたらめにドライブしてまわるなんて聞いたこともない。ぼくがそれを言うと、ピッグおばさんが言った。「そのとおりよ、行きたいところをさがしながらでたらめにドライブしてるのよ。うまいこと言うわね、ヘンリー」

そのとき、地図を見ていたマグノリアおばさんが言った。「あ、シェナンドア川に行ってみようよ」それを聞いたぼくは、急にまたこの旅が楽しくなってしまった。

「そこ、行ってみたかったんだよ！」ぼくは熱狂《ねっきょう》して叫《さけ》んだ。赤ちゃんのとき、お母さんはぼくをゆすりながら『シェナンドア』という歌を歌って寝《ね》かしつけてくれた。まさかそんな小さいときのことをおぼえているわけじゃないんだけど、大きくなってからも、病気で寝てるときとか、なかなか寝つけないときなんかに、お母さんはこの歌を歌ってくれた。もちろん、そんなことをおばさんたちに話すつもりはないけど、とにかく、シェナンドアというのは、きっとすごくきれいなところなんだろう。〝はるか遠く、流れていく川よ〟っていう歌詞《かし》に出てくる川を、ぼくも見てみたい。だからぼくはおとなしく後部座席《ざせき》にすわり、計画の変更《へんこう》について文句《もんく》を言ったりなんかもうしないことにした。

どんどん車を走らせていくうちに、少しずつ気温があがっていった。お昼になったので、ぼくたちはドライブスルーに寄《よ》った。ぼくはハンバーガーとポテトとシェイク、マグノリアおばさんもハンバーガーとポテトとシェイク、ピッグおばさんはダイエット・ドレッシングをつけたLサイズのグリーンサラダをたのんだ。マグノリアおばさんは、暑苦しい駐車場《ちゅうしゃじょう》にとめたまま車の中で食べるのはいやだし、店内に入って〝汚《きたな》らしい地元民《じもとみん》〟といっしょに食べるのもいやだ、と主張《しゅちょう》した。涼《すず》しく食べる方法《ほうほう》はただひとつ、窓《まど》を開けて高速道路を走りながら食べることだ、と。マグノリアおばさんはピッグおばさんに言った。ピッグおばさんがその意見にしたがったので、またひどいことになって言い争《あらそ》いになるぞ、とぼくは思った。ピッグおばさんは、マグノリアおばさんは一度死にかけたんだからなんでも言うことをきいてあげよう、と思っているみたいだった。なんとか紫斑病《しはんびょう》よりもっと深刻《しんこく》な病気だったら、死んでいたかもしれない。とにかく、ぼくたちの車は高速道路にあがり、ピッグおばさんは運転しながら、小さなプラスチックのフォークをあやつっていっしょうけんめいグリーンサラダを食べようとした。でも野菜《やさい》はドレッシングもろとも、ぽろぽろと落っこちてばかりだった。その前にドレッシングをかけるのもひと苦労《くろう》で、ピッグおばさんは「だめだ、半分ぐらいサラダ容器《ようき》の外にこぼれちゃった」と叫《さけ》んでいた。

「あら、かわいそうに」マグノリアおばさんが言った。「ほんと、銀色の小さい袋《ふくろ》に入ったドレッシングって開けにくくて、いやね。ここを切ってくださいって書いてあるところはぜったい切れないって決まってるのよ。で、勢《いきお》いよく破《やぶ》くと、そこらじゅうにぶちまけちゃったりするのよね。走ってる車の中じゃ、なおさらやりにくいわよね」

ピッグおばさんは、ただうめいただけだった。さっきから片手《かたて》でフォークを持って野菜を口に入れようとけんめいになっていた。もう一方の、ハンドルを握《にぎ》っている手の親指は、サラダの容器を必死《ひっし》でハンドルに押《お》しつけていた。フォークですくいあげた野菜は五十パーセントの確率《かくりつ》でひざの上に落下していた。落とすたびにがっくりするせいか、ピッグおばさんがフォークを持ちあげるといつも、車のスピードが落ちて時速六十キロぐらいになっていた。ついに、後ろにいた車の運転手が、怒《おこ》って中指を突《つ》き立てながらぼくたちの車を追いぬいた。

「見ちゃだめよ」ピッグおばさんはぼくに言った。

マグノリアおばさんとぼくは、シェイクをすすっていた。ズズッという音がするたびに、ピッグおばさんの視線《しせん》がちらちらとぼくたちの方向にさまよってきたけれど、ピッグおばさんは意地でもぼくたちと目を合わせないようにがんばっていた。ピッグおばさんの問題のひとつは、いつもおなかをすかせているということだ、とぼくは思った。すごく空腹《くうふく》かちょっとだけ空腹かというちがいはあっても、とにかくおばさんはたえず空腹だった。おかげで少女のように細かったけど、そのためにひどい代償《だいしょう》を支払《しはら》っているように思えた。

「ポテト食べる?」ぼくはピッグおばさんにきいた。

「ありがとう、でもいらないわ、ハニー」ピッグおばさんは言った。それでも、一個《こ》か二個つめばおばさんの機嫌《きげん》がよくなるんじゃないかと思ったぼくは、ポテトの袋《ふくろ》をわたそうとした。するとおばさんは「そんなもの見たくもないってば!」と噛《か》みつくように言った。

「ピッグ、そんな言い方することないでしょ」マグノリアおばさんが言った。「ねえ、今晩《こんばん》はプールつきのところに泊《と》まってみない? ちょっと高くつくとは思うけど……」

「わたしは、コーラの自動販売機《はんばいき》をバンバン叩《たた》いたりするようなケチな女じゃないから」ピッグおばさんは言った。

「そんな話、してないでしょ」マグノリアおばさんはひどく気を悪くしたような声で言った。今日のマグノリアおばさんは、明らかにすごく上機嫌《じょうきげん》でおおらかな感じだったけど、それは朝ごはんのワッフルとお昼のシェイクのおかげだったようだ。人間ってそういうものなんだ、勉強になるな、とぼくは思った。

「ヘンリー、今夜プールで泳ぎたい？」ピッグおばさんがぼくにきいた。

「どっちでもいいよ」ぼくは気をつかってそう答えた。

「坊《ぼう》やはどっちでもいいって。じゃ、どこでも手ごろなところに泊《と》まればいいわね。もし、たまたまプールつきなら、それでもいいってことで」ピッグおばさんは、運転のしすぎで明らかにうんざりしている様子《ようす》だった。

「でも、やっぱりプールつきじゃないと」マグノリアおばさんが言った。「わたし、海よりプールのほうが好《す》きなんだと思うの。なんで海がいやだったかって言うと、すごく汚《よご》れるからよ。砂《すな》だの塩《しお》だのがジャリジャリついて、ぜんぜんさわやかな気持ちになれない。でも、きれいなプールにポチャンと飛《と》びこんで、ひと晩《ばん》じゅう泳ぎつづけたら気持ちいいだろうなあ、と思うの」

「ねえ、マグ、泳ぐような元気があるんだったら、運転をかわってくれるっていうのはどう？」ピッグおばさんは、すごく怒《おこ》っているみたいだった。その証拠《しょうこ》に、車のスピードがどんどんあがってきていた。

「でもあなたは運転の名人じゃない、ピッグ」マグノリアおばさんは、すまして言った。

「〝名人〟ってなによ」ピッグおばさんが言った。「わたしはもうへとへとなのよ。朝の九時から運転しつづけて、それでもまだたどり着かないのよ、あなたのお望《のぞ》みの場所には（おばさんはここを特《とく》に意地悪な調子で言った）。夕食までに着くのは無理《むり》。わたし、別《べつ》に脅《おど》してるんじゃなくて、すごく当然《とうぜん》の質問《しつもん》をしてるだけなんだけど――もしも泳ぐような元気があるんだったら、運転をかわってくれないかしら？」

ぼくは後部座席《ざせき》でドスンと倒《たお》れて、ラジオを貸《か》してとピッグおばさんに言った。そしてイヤホンをして、おばさんたちの声が聞こえないようにした。でも、そのころにはもうどなりあいになっていたので、完全に聞こえなくするのはむずかしかった。細かいところまで聞こえなくても、車のスピードが速くなったり遅《おそ》くなったりするリズムや、ときおり叫《さけ》ばれる言葉が耳に入るので、様子《ようす》はわかった。どうやら、子どものころからくりかえされてきたけんかをむしかえしているだけらしかった。ぼくは宿題と音楽に集中しようと思ったけれど、好《す》きな音楽をやっているラジオ局がなくて、ずっとダイヤルをまわしつづけているうち、女性《じょせい》の心理学者がしゃべっている電話相談《そうだん》の番組に出くわした。いい声だなと思ったし、内容《ないよう》もためになりそうでおもしろかったので、それを聞くことにした。ブルーリッジ山脈《さんみゃく》をながめながら、心をしずめてくれるその声にぼくは耳を傾《かたむ》けた。ビーチタオルを頭からすっぽりかぶればいいじゃないか、と思ってやってみた。すると、開いている窓《まど》から吹《ふ》きこむ風でタオルがばさばさ舞《ま》いあがって、ピッグおばさんがぼくに向かってなにかわめいている声が聞こえてきたから、ぼくはタオルをはずしてずるずると横になった。モーテルに着くころには、ピッグおばさんとマグノリアおばさんはだまりこくって口をきかなくなっていた。少なくとも静《しず》かにはなった、とぼくは思った。

四時ごろにピンク色のモーテルに着き、ぼくたちの車は駐車場《ちゅうしゃじょう》に入っていった。ピッグおばさんは、結局《けっきょく》はマグノリアおばさんのささやかな望《のぞ》みを無視《むし》できなくて、プールつきのモーテルを見つけてあげたんだ。予想したよりも早く到着《とうちゃく》することができたので、ピッグおばさんの機嫌《きげん》はよくなっていた。

「やった」ピッグおばさんは言った。「思ったより早く着いたわ」

「ビリはだーれだ」水着に着替《きが》えたマグノリアおばさんはそう言って、さっそくすぐ外のプールに泳ぎにいった。ピッグおばさんは、モーテルの部屋《へや》に入るとまずエアコンを強くしてから、いつもの手順《てじゅん》で備品《びひん》を整えはじめた。ティッシュペーパーの箱をベッドの横のテーブルに移《うつ》し、洗面所《めんじょ》にあるガラスのコップや石鹸《せっけん》を包《つつ》んだ紙をはずした。それから自動販売機《はんばいき》のところに行って、大きな容器《ようき》にいっぱいの氷と、冷《ひ》えたコーラを買った。そしておばさんは、外にある小さな椅子《いす》にすわって脚《あし》をのばして、汗《あせ》をかいたグラスからコーラを飲んだ。あんなに運転したあとだったから、さぞかし天国のように思えただろう。ピッグおばさんは、生まれつき運転が得意《とくい》なタイプじゃないと思う。今日みたいに山道をのぼっているときでも、海に向かう道をくだっているときでも、いつでもおばさんは、わざとらしく眉間《みけん》にしわを寄《よ》せて運転していた。

マグノリアおばさんはプールの中でバシャバシャ泳いで、めいっぱい楽しんでいた。

「ヘンリーも泳げば？」ピッグおばさんはぼくに言った。もしかしたらぼくを追いはらいたいのかな、と思った。こうやって三人で旅行していると、ひとりの時間を見つけるのがむずかしいからだ。

ぼくはピッグおばさんのコーラのグラスをじっと見た。ぼくの視線《しせん》に気づくと、おばさんはしぶしぶ言った。「ごめんね、ハニー、あなたにもコーラを買ってあげればよかったのね。ほんとうに暑い日だったからね。じゃあ、部屋《へや》に入って、机《つくえ》の上にあるお財布《さいふ》を取ってきて。小銭《こぜに》があるかどうか見てあげるから」そうしておばさんがわたしてくれた小銭で、ぼくは首尾《しゅび》よくコーラを買ってプールサイドにもどってきた。ぼくはマグノリアおばさんがバシャバシャやっているプールになんか、いっしょに入りたくなかった。悪いけど、あそこまで大暴《おおあば》れされるとおそろしい。

結局《けっきょく》、ぼくが冷《つめ》たいシャワーを浴《あ》びて出てきたところで、マグノリアおばさんが部屋《へや》に入ってきてベッドにひっくりかえったので、ぼくは入れ替《か》わりに部屋からかけだしてプールに飛《と》びこみ、ひと泳ぎした。レディーたち（それほどお行儀《ぎょうぎ》が悪くないときにはそう呼《よ》んでもいいような気がしてきた）は、おなかがすいたので早めの夕食をとりたいと言った。泳いでいると、モーテルの人がぼくたちの部屋《へや》に簡易《かんい》ベッドを運んでくるのが見えた。この生活にもようやく決まりごとができたんだな、とぼくはうれしくなった。いつ終わるのかわからないこの旅に出る前は、毎日くりかえす決まりごとがちゃんとあって、ぼくはそれがとても好《す》きだった。でも、次になにが起こるかわからないし、それをできるだけうまく切りぬけなければいけない、というのもそれはそれで好きだった。今までのところうまくやってきた、とぼくは思った。

体を冷《さ》まして、また元気になったぼくたちは、夕食を楽しみにしながら車で町に行った。おばさんたちはふたりとも、どこで食べてもかまわないと言ったので、ぼくがよさそうなレストランを見て、ここにしようと言った。マグノリアおばさんは、船の中みたいな演出《えんしゅつ》をしていない店だからまあいいんじゃない、と言った。〈キャプテン・サムズ〉がよっぽどいやだったんだろうな、とぼくは思った。でも、入ってみたら、メニューが来るまで長いあいだ待たされた。ピッグおばさんはお昼にあのサラダしか食べていなかったし、マグノリアおばさんはそもそも短気な人だったので、夕食は最悪《さいあく》の雰囲気《ふんいき》になった。ぼくはハンバーガーとポテトとシェイクをとった。シェイクはただの牛乳《ぎゅうにゅう》みたいだったし、ポテトは死んだナメクジみたいだった。ハンバーガーには腐《くさ》りかけた茶色のレタスがはさまっていた。がっかりだったけど、おばさんたちも自分のお皿を失望《しつぼう》の目で見つめていたので、ぼくはなにも言わなかった。そこにいるあいだは全員がだまりこくっていた。外に出たとき、マグノリアおばさんが「ヘンリーにレストランを選《えら》ばせるのは二度とごめんだわ」と言った。ふいにそんな意地悪なことを言われたので涙《なみだ》が出そうになってしまい、ぼくは顔をそむけた。お母さんが行ってしまってもうずいぶんたつけど、お母さんならそんなことはぜったいに言わなかっただろう。冗談《じょうだん》にするとかなんとかして、おもしろく言ってくれたはずだ。お母さんは人を傷《きず》つけるようなことを言ったりなんてぜったいしない。少なくとも、わざと言ったりはしない。

「今夜はもうこれでおしまいね。帰りましょ」ピッグおばさんが憂鬱《ゆううつ》そうに言った。ぼくたちはみんな一日の疲《つか》れを感じ、同時に、この旅への退屈《たいくつ》も感じはじめていた。

「ええっ、ピッグ、わたしはいやよ。これからひと晩《ばん》じゅうずっとホテルの部屋《へや》でぼけっとしてるなんて。冗談じゃないわ、まだ六時半なのに」マグノリアおばさんが言った。

「じゃあなにをするの？」ピッグおばさんが冷静《れいせい》な口調《くちょう》で言った。

「わからないけど」マグノリアおばさんが言った。「この近くになにかおもしろいものがあるんじゃないかしら」

ぼくたちは冷房《れいぼう》のきいた玄関《げんかん》ホールのドアの前に立って、また蒸《む》し暑い戸外《こがい》に出ていく勇気《ゆうき》が出ないままぐずぐずしていた。すると、杖《つえ》をついた白髪《しらが》の紳士《しんし》が入ってきて、「ご婦人《ふじん》がた」と声をかけた。「口をはさむようで恐縮《きょうしゅく》ですが、なにかこの近くに行くところはないかとおさがしなら、アパラチア山道の入り口がほんの数キロ先にありますよ」

「アパラチア山道。わあ、いいじゃない。昔から見てみたかったのよ、ピッグ」マグノリアおばさんが言った。「地図を買って、行ってみましょうよ」

「すぐそこの観光案内所《かんこうあんないじょ》にパンフレットがありますよ。ここから歩いて行ける距離《きょり》です」帽子《ぼうし》をちょっと持ちあげながら紳士《しんし》は言った。「ピクニック用のお弁当《べんとう》を持って、日の出と同時に歩きはじめるといいでしょう。のぼってみると、すばらしいながめですよ。ほんとにすばらしい。来てよかった、とぜったいに思うはずです。わたしがまだ歩けたころ、うちの妻《つま》といっしょによく行ったもんですよ」それから紳士はひと言追加《ついか》した。「まだ妻が生きていたころにね」

ぼくたちがお礼を言うと、紳士はうなずいた。大きくなったらぼくもああいう南部の紳士になりたい、と思った。お母さんはいつも、お行儀《ぎょうぎ》悪くしていると北部の人みたいになってしまうわよ、と言ってたので、ぼくは南部に生まれてよかったなと思っていた。南部の紳士にあこがれるなんて最近《さいきん》のはやりじゃないってことはわかってるけど、なりたければ南部の紳士にだってなんだってなれるはずだ。でも、もしだれかに「南部の紳士になりたい」なんて言ったら、うすバカだと思われるだろう。いや、大バカだと思われて、軽蔑《けいべつ》されるかもしれない。

ぼくたちは案内所に向かって歩きだした。ピッグおばさんが言った。「なんて親切な人。明日さっそく、お店を見つけてお弁当を買って、あの人が言ったとおり、山歩きをしてピクニックをしましょうよ。だから今夜は早く寝《ね》なくちゃね」

「でもピッグ、わたしは今、元気がありあまってるのよ」マグノリアおばさんが言った。「今すぐ行きたい」

「こんな時間にハイキングをするの？」ピッグおばさんはあきれた。

「ハイキングをしようっていうんじゃなくて、ただ車で、アパラチア山道の入り口まで行ってみたいだけ。ちょっとだけ歩いてみてもいいし」

「マグ、わたしとっても疲《つか》れてるんだけど。あーあ……もう……」ピッグおばさんは言った。

ぼくたちは地図をもらったあと、ピッグおばさんの運転する車で坂をのぼっていき、アパラチア山道に入る道のところまでやってきた。パンフレットによれば、アパラチア山道はジョージア州《しゅう》からメイン州までつづく約《やく》三千二百キロの道で、はしからはしまで歩きとおす人もいるのだそうだ。駐車場《ちゅうしゃじょう》で車から出ると、〝クマに注意〟と書かれた標識《ひょうしき》があちこちにあった。

「森の中に入っていくにはもう遅《おそ》すぎるんじゃない？」ピッグおばさんがもう一度言った。

「クマの晩《ばん》ごはんの時間だってこと？」マグノリアおばさんは悪魔《あくま》のように笑《わら》った。

「もうすぐ真っ暗になるってことよ」ピッグおばさんはそう言って、まだ明るかったので、マグノリアおばさんにだまって見つめられてため息をついた。それでぼくたちは、アパラチア山道の入り口に向かって歩いていった。駐車場にはもうほかの車なんか一台もなかったし、歩いている人もいなかった。森の道は静《しず》まりかえっていた。

歩きはじめるとかなり長い道のりだった。マグノリアおばさんはなぜだかビーチサンダルをはいていたので、なにかあったら文句《もんく》をつけてやろうとおたがいのあらさがしをしていたふたりのあいだで、怒《いか》りがふくれあがってきたのがわかった。森の中を歩くのも午前中なら気持ちいいだろうけれど、長い一日のあとで疲《つか》れきって、どこまで行っても鬱蒼《うっそう》とした森の風景《ふうけい》ばかりつづく山道をずっとのぼっていると、だんだんイライラしてくる。ピッグおばさんがなんと言ってマグノリアおばさんを責《せ》めるかは、たやすく予想がついた。でも、マグノリアおばさんはなんと言ってピッグおばさんを責めるのか、興味《きょうみ》しんしんだった。ところが、そう思ったところで、急に道が開けて、アパラチア山道そのものに出てしまった。ぼくたちの目の前に、シェナンドア渓谷《けいこく》が夢《ゆめ》のように広がっていた。やわらかなたそがれの薄明《うすあ》かりがさしていて、渓谷には雲がかかり、山々の青い霧《きり》が地面にもうもうと流れでていた。日が暮《く》れる瞬間《しゅんかん》、さまざまな色あいに空が染《そ》め分けられた。そして一番星が、ほかの星を呼《よ》び寄《よ》せる灯台《とうだい》のように輝《かがや》いた。ピッグおばさんとマグノリアおばさんとぼくは、岩の上にすわってこの光景《こうけい》を静《しず》かに見ていた。

「二百年前、ダニエル・ブーンが探検《たんけん》した場所なのね」ピッグおばさんは言った。

「うん」マグノリアおばさんは言った。

「ダニエル・ブーンって人は、一カ所に住み着いても、だれかの家の煙突《えんとつ》から煙《けむり》がのぼって、自分の敷地《しきち》から見えるところにほかの人間が住んでることがわかると、すぐに別《べつ》の場所に移《うつ》ったんだって」

「孤独《こどく》が好《す》きな人だったのね」マグノリアおばさんが言った。

「さあねえ」ピッグおばさんが言った。「たぶん、自分が孤独だとは思わなかったんでしょう。この山々だけあれば、ほかになにもいらないと思ってたんじゃないかしら。たぶん、人間がごちゃごちゃいるといやだったんでしょうね。自分と山とが、なんというか、うまく言えないけど、すごく完璧《かんぺき》な関係《かんけい》だって感じたんでしょうね。まるで山と結婚《けっこん》してるみたいに」

この言葉におどろいて、ぼくとマグノリアおばさんはピッグおばさんをしばらく見つめてしまった。でも、自然《しぜん》にまたシェナンドア渓谷《けいこく》に視線《しせん》がもどっていった。ぼく

たちは崖《がけ》っぷちに腰《こし》かけて空中で脚《あし》をぶらぶらさせながら、今までにないほど幸せな気持ちで、このおどろくような瞬間《しゅんかん》を味わっていた。

ショッピングモール

次の日は一日じゅうずっと車に乗っていた。マグノリアおばさんが地図を見ても行きたい場所をぜんぜん見つけられなかったので、ピッグおばさんはただひたすら前を見て運転しつづけていた。最初《さいしょ》は北に向かっていたのだけれど、急にマグノリアおばさんが、ケンタッキーの緑の牧草《ぼくそう》地《ち》が見たい、と言いだしたので、ピッグおばさんはだまって南に方向転換《てんかん》した。具合《ぐあい》がよくなったマグノリアおばさんが運転をかわってくれることをピッグおばさんは期待していたのに、あいにく、マグノリアおばさんはアパラチア山道から帰るときに右足をけがして、アクセルを踏《ふ》めなくなってしまったんだ。三人で崖《がけ》っぷちにすわってぼーっとしていたらあたりが暗くなってしまい、駐車場《ちゅうしゃじょう》に帰ろうと歩きだすと、すごい勢《いきお》いでどんどん真っ暗になっていった。そのスピードがクリッツよりもずっと速く思えた。マグノリアおばさんは「山の向こうに日が沈《しず》んだとたん

に、急にどーんと暗くなるからよ」と言った。「昔、ケンタッキー州《しゅう》に住んでいたときもそんな感じだった」おばさんたちとお母さんは、アパラチア山脈《さんみゃく》のふもとにあるぼくのおじいさんの農場に住んでいたのだそうだ。山の夕暮《ゆうぐ》れどきというのは、たそがれの薄明《うすあ》かりがずっとつづいているかなーと思ったら、いきなりどーんと暗くなって夜になってしまうんだという。ぼくたちが真っ暗な道をちょっとパニックになりながらあわてておりているとき、そう話していたマグノリアおばさんが急に叫《さけ》び声をあげた。ピッグおばさんは、クマが出たんだと思ってぼくをぎゅっとつかまえた。ほんとうに、クマに嚙《か》みつかれたと思うような叫び声だった。でもじつは、マグノリアおばさんの右のビーチサンダルがなにかにひっかかって、脱《ぬ》げてしまったんだった。棒《ぼう》かなにかだとは思うけど、万一、動物にかじられたんだったらこわいから、立ち止まらないで早く行こう、とおばさんは言った。

「急いで！　走って、走って！」マグノリアおばさんがそう呼《よ》びかけたときは、ぼくたちはもうおばさんより先にすたこら走って逃《に》げていた。あとで考えたら、こわさのあまりずいぶん自分勝手になっていた。マグノリアおばさんが無事《ぶじ》かどうかふりかえりもしなかったんだから。車にたどり着いたときにようやくぼくたちは、マグノリアおばさんが片方《かたほう》のビーチサンダルしかはいていなくて、はだしの右足の裏《うら》に大きな穴《あな》があいていることに気づいた。なにかを踏《ふ》んでしまったか、でなければ「なにかに嚙まれた跡《あと》かも」とおばさんはまた言った。

マグノリアおばさんが無事《ぶじ》だとわかって、ピッグおばさんは緊張《きんちょう》がとけたのか、強烈《きょうれつ》な言葉を投げつけた。「山歩きをするのにビーチサンダルなんかはいていったんだから、当然《とうぜん》の報《むく》いよ。もっとひどいことにならなくてすんで、ありがたいと思いなさいよ！」

「もっとひどいことってなによ？」マグノリアおばさんは言った。おばさんは血の出ている足を左足のひざにのせ、車がモーテルに着くまでずっとそのかっこうでいた。

「両足をけがしたかもしれない」しばらく考えたあと、ピッグおばさんは吐《は》き捨《す》てるようにそう言った。マグノリアおばさんにすごく腹《はら》をたてているみたいだった。はらはらさせたから、というのもあったかもしれないけど、ぼくが見たところ、ようやく運転をかわってもらえると思っていたのにその希望《きぼう》が消えてなくなった、というのが主《おも》な原因《げんいん》のようだった。

モーテルの部屋《へや》にもどると、マグノリアおばさんは水で足を洗《あら》って苦痛《くつう》の叫《さけ》びをあげた。そしてありったけのタオルを使ってしまったので、ぼくとピッグおばさんがシャワーを浴《あ》びたあとに使うタオルがなくなってしまった。あるのは砂《すな》だらけになったままのビーチタオルと、血まみれのバスタオルだけだった。マグノリアおばさんの足は、痛《いた》んではいたけれど、医者に行って縫《ぬ》ったりするほどひどくはなさそうだった。それでもピッグおばさんは、救急外来《きゅうきゅうがいらい》に行って破傷風《はしょうふう》の注射《ちゅうしゃ》を受けてきなさいとすすめていた。でもそれは、ただいやがらせで言っただけみたいだった。

そんなことがあったので、次の日の車の中は静《しず》かだった。マグノリアおばさんはサングラスをかけて（ぼくたちを見ないためだろうか、とぼくは思った）、ファッション雑誌《ざっし》のページをめくりながら、ペチャペチャ音をたててレモンドロップをなめていた。ピッグおばさんは、ふりむきたいのをこらえて首にぐっと力を入れながら運転しているようだった。きっと今夜には、マッサージをしてもらわなければならないほど首がガチガチになってしまうだろう。お母さんが愛用《あいよう》している、電子レンジであたためて肩《かた》にのせる温熱《おんねつ》パッドのことを教えてあげようかと思ったけれど、考えてみたら、ぼくたちはモーテルに泊《と》まっていて電子レンジなんか使えないんだった。だから、ぼくはピッグおばさんの後ろ姿《すがた》をちらりと見て、なにも言わないことに決めた。

お昼までにピッグおばさんは、マグノリアおばさんに抵抗《ていこう》する決意をかためていたはずだ。ぼくにはお兄さんやお姉さんがいないので、上に対してくやしい思いをして反抗心《はんこうしん》を燃《も》やした経験《けいけん》もない。でも友だちの話を聞いてだいたい様子《ようす》はわかっていた。ピッグおばさんも末《すえ》っ子なので、そういう気持ちだったただろう。「ちゃんと抵抗しなくちゃだめだ。どうせボコボコにされるってわかってても、とにかく立ち向かうんだ」と友だちがしょっちゅう言っていた。だから、ピッグおばさんも戦《たたか》わなくちゃいけない。お昼ごはんのような、一見どうでもいいことをめぐってでも、やるしかないんだ。

「サラダ食べて運転して、っていうくりかえしは、もううんざりよ」ピッグおばさんは言った。

だれにともなく言ったようだったけど、もちろんマグノリアおばさんに向かって言ったんだ。

「いいわよ」だらだらとページをめくりつづけていたマグノリアおばさんが言った。「今度からハンバーガーにしたら」

「いやよ。変《へん》なものを食べてぜい肉をつけたくないもの」ピッグおばさんは、ちょっとのあいだ道路から目を離《はな》し、マグノリアおばさんのお尻《しり》を見た。それほどでっぷりしているわけではなかったが、体のほかの部分よりはずっと肉があった。

マグノリアおばさんはピッグおばさんのほうを向いて言った。「前を見て運転して」

そう言われた瞬間《しゅんかん》に、ピッグおばさんは高速道路をおりて、ありふれた灰色《はいいろ》の巨大《きょだい》ショッピングモールの駐車場《ちゅうしゃじょう》に車を入れた。「軽食コーナーに行く」おばさんは言った。

マグノリアおばさんはおなかがすいていないとつぶやきながら、大げさに足をひきずって、ピッグおばさんのあとを歩いていった。

「でももう十二時よ、マグノリア」ピッグおばさんが言った。「お昼はいつも十二時って決めてるじゃない」

「たぶん坊《ぼう》やもまだおなかすいてないんじゃない」マグノリアおばさんが言った。ぼくが目の前にいるのに、ききもしないで勝手に決めつけるのはいやな感じだと思った。

「食べられるよ」ぼくは言った。「ねえ、ピッグおばさん、ショッピングモールの中に本屋さんはあるかな？　持ってきた本がもうすぐ終わっちゃいそうなんだ。七ドル十セント持ってるから、本を一冊《さつ》ぐらい買えるんじゃないかな」

「たった七ドルでなにが買えるの？」後ろからマグノリアおばさんが話しかけてきた。ぼくたちは、巨大《きょだい》な駐車場《ちゅうしゃじょう》の奥《おく》から売り場に向かって、えんえんと歩いていた。さっさと先に行くピッグおばさんと、だれも見ていないのにわざとらしく足をひきずっているマグノリアおばさんとのあいだになるように、ぼくはうまく歩いていた。

「マグ、ヘンリーに自分の七ドルを使わせるなんてとんでもないわ。本ぐらい買ってあげましょうよ」ピッグおばさんは言った。「お昼を食べたあとに」

「本代なら、お母さんたちがあとで払《はら》ってくれると思うよ」ぼくは必死《ひっし》になって口をはさんだ。たった一冊の本じゃ、じつは焼《や》け石に水だから困《こま》る。今までの調子だと、だいたい一日に一冊は読んでしまう。

「おもしろくて分厚《ぶあつ》い本を買いなさい」マグノリアおばさんが言った。「しかも安いやつをね」

軽食コーナーに着くと、解散《かいさん》してそれぞれ昼食を買いに行った。ぼくはハンバーガーとポテトとシェイクにした。マグノリアおばさんはおなかがすいていないと言っていたくせに、毒々《どくどく》しい真っ赤な色のソースがかかったボリュームのある中華料理《ちゅうかりょうり》を選《えら》んだ。ピッグおばさんはダイエット・ドレッシングをつけたグリーンサラダと、コーヒーと、ダイエット・コーラを買った。

「これからは十キロ進むごとに止まって、あなたを休ませてあげなきゃならないってわけね」また集合したところで、マグノリアおばさんがそう言った。ぼくたちは、学校の机《つくえ》みたいな安っぽいテーブルや椅子《いす》が、床《ゆか》に固定《こてい》されて動かせないようになっている席《せき》に着いた。

「意地悪はもうやめて」ピッグおばさんが言った。「さんざん言って、まだ言い足りないの？」しばらくして、ほとんど昼食を食べおわるころになってからマグノリアおばさんが言った。

「さんざんってなによ？」

「あら、見て」ピッグおばさんは立ちあがって、食べおわったあとのゴミを捨《す》ててトレーを片付《かたづ》けながら言った。「本屋さんよ！」なんだかとても本好《ほんず》きの町に来てしまったらしい。本屋さんのレジにならぶ長い長い列は、店の外までくねくね曲がりながらつづいていた。ショッピングモールの中のほかの店はみんな死んだように静《しず》まりかえっていた。

「そういえば、ここどこなの？」ぼくはピッグおばさんにきいた。

「わからないわ」ピッグおばさんが言った。「田舎《いなか》のショッピングモールなんてどこも同じに見える」

「読書が大好きな人たちの町だってことはたしかね」マグノリアおばさんも話に加《くわ》わった。

「なにかやってるんだと思うわ。見にいってみましょうよ」ピッグおばさんが言った。あんなちょっぴりの食事でも、食べたあとにはおばさんはすごく機嫌《きげん》がよくなる。

本屋さんではサイン会をやっていた。店の奥《おく》のほうにテーブルがあって著者《ちょしゃ》がすわっていた。そこにはふたつの行列ができていた。ひとつはその著者の本を買うための行列で、もうひとつはその本にサインをもらうための行列だった。本がたくさん積《つ》みあげられたテーブルがふたつあったので、だれの本かと一冊《さつ》取って見た。ぼくは飛《と》びあがった。

「ほら見て！　ほら見て！」ぼくは表紙の名前を指さして叫《さけ》んだ。「こないだラジオで話してた女の人だよ。デイリー・クレイマーだよ！　どうしてこんなところにいるんだろう？　ニューヨークの人じゃなかったっけ」

「ケンタッキーのショッピングモールで会えるなんて、奇《き》跡《せき》ね」マグノリアおばさんはあまり熱《ねっ》心《しん》ではない調子でそう言いながらも、ずうずうしくぼくより前に出ていって、その人の顔を見た。

「じつはね」マグノリアおばさんはそう言って咳《せき》ばらいをした。「たまたま一、二回、あの人のラジオ番組を聞いたことがあるの」有名人に会っても無《む》関《かん》心《しん》を装《よそお》う人たちというのがいて、マグノリアおばさんはまさにそういうふうにふるまっていたけれど、じつはけっこう興奮《こうふん》しているのが見てとれた。

その本は『あなたの生活に秩序《ちつじょ》を取りもどすには』という題だった。こういうテーマはだれにでも受けるんだよな、とぼくは思った。だけど、〝取りもどす〟といっても最初《さいしょ》から生活に秩序なんかない人はどうしたらいいんだろう。

「行きましょう」ピッグおばさんがマグノリアおばさんに言った。「一冊《さつ》買って、サインをもらいましょうよ」

「そうね!」ふだんはケチなマグノリアおばさんなのになぜか大賛成《だいさんせい》だった。二人が本を買う行列にならびに行ったので、ぼくは子どもの本のコーナーに行った。サインの行列のすぐ横だったから、デイリー・クレイマーを見ようとして首をのばしている人たちに足を踏《ふ》まれないように気をつけなくちゃならなかった。本を持っていないし列にもならんでいない男の人が一人、あまり目立たずになんとかデイリー・クレイマーをひと目見ようとしてぼくのすぐ横に立っていた。その人がぼくの足をひどく踏んだと思ったその瞬間《しゅんかん》、デイリー・クレイマーにサインをもらってもどってきた女の人が、ぼくの足につまずいて男の人の上に倒《たお》れかかり、三人いっしょに床《ゆか》に倒れてしまった。みんなの目が一瞬、デイリー・クレイマーからぼくたちに移《うつ》ったので、クレイマーはさぞかしほっとしただろう。でも、ぼくたちがそれ以上《いじょう》なにもおもしろい芸《げい》をしないということがわかると、みんなは関心《かんしん》を失《うしな》って、またデイリー・クレイマーに視線《しせん》をもどした。

「いて!」みんなの注意がそれたと見ると、男の人はやっと安心して、上にのっかった女の人に言った。

「ほんとうにごめんなさい、わたしが悪かったわ」男の人に手を貸《か》して助け起こしながら、女の人は言った。ぼくはそのときにはもう自分で立ちあがって、また〝おもしろくて、分厚《ぶあつ》くて、安い〟本さがしにもどっていた。「サイン会をやるならお店の外でやらないと、こんなにたくさんの人に対応《たいおう》できないわよね。そうじゃない？　もうサインしてもらったの？　まだみたいね」

「サインはいらないし、本も買わないよ。ぼくはただ、なんの騒《さわ》ぎなのか見にきただけ。ここにあの人がいるなんて知りもしなかった。ぼく、じつはあの人のファンなんだ。ぼくのあこがれの人なんだ、ほんとに。それにさ、今日はぼくの誕生日《たんじょうび》なんだよ！　すごいと思わない？　誕生日に本屋に入ったらデイリー・クレイマーに会えるなんて！」

「あら、じゃあぜひともあの本を買わなきゃ」女の人は言った。「そうしなさいな。本を買って、『お誕生日おめでとう』ってサインしてもらったらいいわ」

「いいんだ」男の人が言った。「あの人を見られれば、それだけでいい」

「でもお誕生日なんでしょう」女の人はまだがんばっていた。

「十八ドルしか持ってないんだ」男の人は言った。「でも、勇気《ゆうき》を出してあいさつだけでもしに行こうかな」

「本を持ってなければサインの列にならべない、ってお店の人に言われると思うわ」お財布《さいふ》を開きながら女の人が言った。どういうことなのか男の人が理解《りかい》するより早く、女の人は十ドルを出して男の人に手わたした。「さあ、これで本を買いなさい。お誕生日おめでとう」そう言って、女の人は背中《せなか》を向け、鉄砲玉《てっぽうだま》のような速さで店の外に出ていった。男の人もぼくも口を半開きにして、女の人が迷路《めいろ》のような暗い通路を歩いていき、やがてショッピングモールの中心に消えていくのを見送っていた。ふと見ると、列にならんでいたマグノリアおばさんもぼくたちと同じように見ていた。ぼくの視線《しせん》に気づくと、おばさんはあわてて本を開いて、熱心《ねっしん》に読んでいるふりをした。男の人はテーブルから本を一冊《さつ》取ってお金を払《はら》い、サインをもらう行列にならんだ。

ピッグとマグはついにサインをもらって、それからぼくに紙袋《かみぶくろ》いっぱいになるほどの本を買ってくれた。ぼくはおばさんたちを〝ピッグとマグ〟と——少なくとも心の中では——呼《よ》びはじめていた。〝マグノリアおばさん〟というのは長すぎて言いにくいし、〝ピッグおばさん〟というのは、いとこのオンドリくんや、メンドリねえさん、牛にいさんに山羊《やぎ》ばあちゃん、なんていう動物一族みたいな感じがすると思った。

車にもどると、ぼくは新しい本を読みはじめた。マグノリアおばさんはしばらくのあいだ、デイリー・クレイマーの本をピッグおばさんに大声で読んで聞かせていた。窓《まど》の外をケンタッキー州《しゅう》の緑の牧草地《ぼくそうち》の風景《ふうけい》が流れていた。

チェット

その晩《ばん》は、いつもよりいいところに泊《と》まった。外見はよくあるモーテルと同じ、ピンクのしっくいの壁《かべ》だったけれど、二階建《だ》てで、建物《たてもの》の裏側《うらがわ》が馬のいる農場に面していた。ぼくたちの部屋《へや》は二階だったので、バルコニーで鉄の椅子《いす》にすわって、丘《おか》をかけあがっていく馬を見ることができた。まるでモーテルと娯楽施設《ごらくしせつ》が一体になったような場所だった。

「世の中の馬は、食《く》いぶちをかせぐために働《はたら》かされていてかわいそうよね」マグが言った。けがした足をバルコニーの手すりにのせて、背《せ》の高い大きな缶《かん》のサイダーをズルズル音を立てて飲んでいた。

「じゃあ馬になにをさせたいの？　マグ」ピッグがきいた。

「ああいうふうに自由に走らせてあげたいな。走りたければ全速力で行ったり来たりできるのがいい」マグは満足《まんぞく》そうに言った。「それか、草を食べさせてあげたい」

「干《ほ》し草でしょ」ぼくは言った。

「ううん、青々とした草。馬がいちばん好《す》きなのは食べることよ。とにかくいつも食べたいの。泥《どろ》んこの中に鼻をつっこんで、小さな草の切れはしをつつきだすのが馬の本能《ほんのう》なのよ。あと、すぐにびっくりして逃《に》げるのも本能ね。馬って捕食《ほしょく》される動物だから」

「なにされる動物？」ピッグがききかえした。

「肉食動物っていうのがいるでしょう。それがすなわち捕食動物よ。馬は、捕食動物に捕食されてしまうほうなの。たとえば、犬は捕食動物でしょ。それで人間と仲《なか》よくできるわけ。犬には人から逃げるという本能が組みこまれていないの。でも馬にはそういう本能がある。人間と馬が協《きょう》調《ちょう》してやっていくっていうのは、じつは自然《しぜん》なことじゃないのよね」

「少なくとも馬にとってはね」ピッグが言った。

「どうして馬のことをそんなに知ってるの？」ぼくはたずねた。ときどき、マグの意外な面を知っておどろく。マグはいかにも動物なんか好きじゃなさそうな感じだとぼくは思っていたんだ。それも、馬みたいに大きくて手間《てま》のかかる動物はぜったい嫌《きら》いだろうと思っていた。

「子どものころ、馬を二頭飼《か》ってたの」ピッグは夢《ゆめ》みるような声になって言った。お母さんとおばさんたちの三姉妹は、子どものころのことを話すときにいつもこういう声になる。子ども時代はまるで前世《ぜんせ》のように遠く、昔読んだ本を思い出すような気持ちになるらしい。

「そう、名前はチップとバーンね」

「馬にバーン（納屋《なや》）なんて名前をつけたの？」ぼくはけげんに思ってたずねた。

「わたしたちのお父さんがつけたの」マグが言った。マグとピッグはもの思いにふけるような様《よう》子《す》でゆっくりとソーダをすすっていた。なにか考えてるんだ、とぼくは思った。ふたりは頭の中で同じなにかを考えている。ぼくの知らないなにかだ。「ねえピッグ、これから行く場所は？」

「言うまでもないわよ、マグ」ピッグおばさんが言った。

「〈境界線《きょうかいせん》またぎ〉でしょ。〈境界線またぎ〉」

「境界線またぎ、ってなに？　なんの境界線？」ぼくがたずねても、ふたりはなにも言わなかった。答えてくれたのはもっとあと、エアコンのきいたファミリーレストランのテーブルに着いているときだった。ぼくはハンバーガーとポテトとシェイク、マグはバーベキューを食べていた。ピッグは、小さくうすっぺらいハンバーグの上にカッテージチーズとパイナップルリングふたつとしなびたレタスをのせたものを食べていた。

「なんの境界線？」ぼくがしつこくくりかえしたので、マグがとうとう答えてくれた。ピッグの夕食があまりにもまずそうに見えたので、マグとぼくは気をそらしたくなったんだ。「ポテト食べる？」ぼくはピッグにきいた。でもピッグはいやな顔をして、なにも言わずにポテトを払《はら》いのけるしぐさをした。

「わたしが十歳《さい》のときお母さんが死んで、うちはヴァージニア州《しゅう》からケンタッキー州へ引《ひ》っ越《こ》したの。お父さんが農場を買ったのよ。まあ、そのときは農場として使われてたわけじゃない、ただのうち捨《す》てられた土地だった。州の境《さかい》をまたいでいて、半分がケンタッキー州で、半分がテネシー州でね。だから、その農場全体が境界線《きょうかいせん》またぎってわけ。だからそれが農場の名前になったの。〈境界線またぎ〉なんてばかみたいな名前でしょう。馬にバーンって名前をつけるのと同じぐらいばかみたい」

「ああ、マグ、そこは飛《と》ばしてよ。それより、なぜお父さんがキャサリンの家にぜったい呼《よ》ばれないかを、どう説明《せつめい》する？　それに、十二歳まで育っちゃったこの坊《ぼう》やを、今まで会うチャンスがなかったあなたの孫《まご》です、って言って農場に連《つ》れていくのも、どんなもんかしらね？」

「お父さんの性格《せいかく》が悪かったから、っていう説明はどう？　お父さんがキャサリンの家に呼ばれないのは……キャサリンが十三歳のとき以来《いらい》、ひと言も話しかけてないからなのよ」

「ぼくのおじいさんっていう人が、お母さんが十三歳のときにお母さんと口をきくのをやめたの？」ぼくはたずねた。

「お父さんはキャサリンに手を焼《や》いていたの。キャサリンは、お父さんの決めた約束《やくそく》ごとをなにひとつ守らないから、お父さんはどうしたらいいかわからなくなってしまって、ついにある日、

『おまえのことは見放した。もうおまえとは二度と口をきかない』って言ったの。それから、成長して家を出ていくまで、キャサリンはわたしとピッグとしか話さずに暮《く》らしたの」

「ふたりは性格《せいかく》が合わなかったのよね」

「まるで水と油」

「おばさんたちとおじいさんは仲《なか》がいいの？」ぼくはたずねた。

「うーん、お父さんに会いに行くのは一年半に一回とか、そのぐらいね」ピッグが言った。「マグがいっしょに行くこともあるし」

「いっしょに行かないこともある」マグが言った。

「お母さんはいつもぼくに、おじいさんの家には遠すぎて行けないんだって言ってたけど」ぼくは言った。

「ふーん、でもこれから行くわよ。もう決めたんだから。ねえヘンリー、お母さんが言ってたのは距離《きょり》が遠いって意味じゃなくて、もののたとえだと思うわよ」ピッグが言った。

「そうなんだ」ぼくは言った。

次の日、ぼくたちはあまりしゃべらずに農場までドライブしていった。おばさんたちは口が渇《かわ》いていたのか、行く途中《とちゅう》ずっと、ものも言わずに缶《かん》のコーラをちびちびすすりつづけていた。とうとう着いたところは、山の中腹《ちゅうふく》にある荒《あ》れはてた土地の一角で、もつれあった雑木林《ぞうきばやし》が、とかしていない髪《かみ》の毛のようにいちめんをおおっていた。ぼくたちが車の外に出ると、骨《ほね》と皮みたいにやせて背中《せなか》の曲がった、でも背の高い男の人がぼくのほうにやってきた。その人はオーバーオールを着ていて、茶色い深いしわが刻《きざ》まれた、年老《としお》いた猟犬《りょうけん》のような顔をしていた。お母さんがだれに似《に》たのかやっとわかった。その人は、キャサリンの子どもなんか気に入るわけがない、とでもいうようにぼくをにらみつけた。と思ったら、ぼくに手をさしだして握手《あくしゅ》を求《もと》めた。「おじいちゃんにごあいさつしなさい」とピッグが言った。

「男の子だからまだしも、だな」おじいさんはぼくに言った。「チェットと呼《よ》んでおくれ」

長い年月会えなかった孫《まご》にやっと会えても、別《べつ》に感動なんかしていないようだった。チェットは、今も飼《か》っている二匹《ひき》の馬を見せにぼくをひっぱっていった。

「この二頭が、お母さんとマグとピッグが子どものときから飼ってた馬なんでしょう?」柵《さく》で囲《かこ》われた牧草地《ぼくそうち》で草を食べている老馬《ろうば》たちを見ながら、ぼくは言った。

「いいや、こいつらは別の馬だ」チェットはそう言って、柵に寄《よ》りかかった。「わたしはいつも、二頭ずつ飼うんだ」もう少し近くで馬を見たいな、と思ったとき、いきなりチェットがふりかえってどなった。「坊《ぼう》や、学校ではちゃんとやってるのかね?」

マグとピッグがなぜぼくのことを〝坊や〟と呼ぶのかも、やっとわかった。子どものときからそういう話し方をしてきたんだ。でも、チェットが話すのを聞いたら、おばさんたちはケンタッ

キーの山奥《やまおく》を出てから、あれでもだいぶ洗練《せんれん》された話し方を身につけたんだな、とわかった。

「うん、がんばってるよ」ぼくは言った。

「じゃあなんで、あのふたりはおまえを連《つ》れだしたりしたんだ？　今はまだ夏休みじゃない、学校に行かにゃあならんときだろう？　ひょっとすると、おまえの母さんと同じで、いつでも好《す》きなときにふらふら遊びに行って好きなときに家に帰ればいい、と思っているのか？」

しかたがないのでぼくは、この旅行はおばさんたちが考えついたものだということを説明《せつめい》した。でも、マグが病気で死にかけたという部分は話さないように気をつけた。もしかしてマグはチェットにその話をされたくないかもしれない、と思ったからだ。

「ふふん」山をくだる坂道を家の前まで歩きながら、チェットはそう言った。チェットの家にはペンキが塗《ぬ》られていなくて、屋根は今にもポーチに落っこちてきそうな感じだったけど、それを別《べつ》にすれば、じゅうぶんちゃんとした暮《く》らしをしているように見えた。馬を飼《か》っているし、見たところ健康《けんこう》そうだ。ぼくたちが家に入ったら、ジャムサンドとあたたかい紅茶《こうちゃ》を出してくれたから、きっと料理《りょうり》もできるんだろう、とぼくは思った。紅茶はおいしくなかったけど、なんとか飲んだ。チェットがすぐ、ばかにしたように「ふふん」と言うのが、ちょっとこわい感じがしたからだ。

「昔からずっと、馬は二頭飼うことにしてる。金がかかってしょうがないよ、馬にいちばん金を使ってるな」

「自分が好《す》きで飼《か》ってるんでしょう」ピッグが言った。

チェットは無視《むし》してつづけた。「あるとき、わたしは新しく鹿毛《かげ》の馬を買って、引いて帰ってきた。おまえたちが出ていったあとの話だが。そうだ、おまえたちはまだ新しい馬を見ていなかったたな！」急にそう言うと、チェットは椅子《いす》のひじかけに手をついて立ちあがろうとした。

「すわっててよ、お父さん」マグが言った。「馬なんか見たくないわ」

「子どもが男の子ならよかった。娘《むすめ》たちときたら、種馬《たねうま》と子馬の区別《くべつ》もつかない。馬にからきし興味《きょうみ》がないんだから、がっかりするね。それで、その若《わか》い鹿毛馬に引き綱《づな》をつけて、聖《せい》メアリー教会の横の道を歩いてたんだ。すごくへんぴな、ほんとうになにもない場所だ。道の片側《かたがわ》に教会がぽつんとあって、その向かい側《がわ》にバス停《てい》があるだけの、町から一、二キロも離《はな》れたような場所だ。そこに急にバスがやってきたんで、馬はおどろいて暴《あば》れだした。路上《ろじょう》でメチャクチャに暴れまわって、なんと、わたしのこの足を踏《ふ》みつけにした。いいか、坊《ぼう》や、馬に足を踏まれたんだぞ。それまでも不注意で踏まれたことは何度もあったが、アスファルトの上にいて、暴れ馬が五百五十キロの体重を足の小指一本にかけてきた日にゃあ、どうだ。そんな目にあったわたしは、もちろん叫《さけ》び声をあげたよ。なんとか引き綱を離さないようにがんばって、片足《かたあし》でぴょんぴょんとびはねながら、ものすごい勢《いきお》いで馬をどやしつけた。すると、ひとりの女がバスからおりてきて、そこに立ってばかみたいな顔してわたしを見つめた。バスが走り去るとき、また馬が暴《あば》れだして、わたしは叫《さけ》び声をあげながら片足《かたあし》でとびはねた。すると、バカ女がわたしのほうに歩いてきたんで、なんだ、まるっきり低能《ていのう》でもないんだな、助けの手をさしのべようとしてるんだ、とわたしは思った。だけど、いざその女がわたしの前に立ったら、なんて言ったと思う？」

チェットがぼくたちの答えを待つ間《ま》があった。わからないのでだまっていたけど、チェットは別《べつ》に気にしていないようで、そのまま先をつづけた。

「『このへんでお食事のできるところはないかしら？』って言いやがったんだ。いったいぜんたい、暴れ馬に殺《ころ》されそうになってる男にそんなことをきくバカがどこにいる？」

「お父さん、なんて答えたの？」ピッグがたずねた。

「それが、答えのほうもばかげていた。馬に足を踏《ふ》まれるとどんな感じか、馬を放してその女にもわからせてやればよかったんだろうが、気がついたらわたしは、叫びながらこんなことを言ってしまっていたんだ、『ずっと歩いていくと町があってそこにカフェがありますよ』って。で、そう言ったら、その女はいなくなってくれたと思うか？」

チェットはまたぼくたちの答えを待ったけれど、その日のぼくたちには、答える気力がちょっと不足していた。

「それが、いなくならなかったんだ。その女は失望《しつぼう》した顔でわたしを見た。そんな答えじゃだめだ、抗議《こうぎ》しなきゃというような感じだった。『あら、それじゃ遠すぎるわ。あと一時間でお葬式《そうしき》が始まるんだもの』と言って、その女はわたしが〝そりゃたいへんですね〟とでも言うのを待っているみたいに間《ま》をおいた。『それにわたし、町までなんてとても歩けないわ。もっと近くにないかしら？』わたしたちふたりは、道の先をながめた。どちらの方向を見ても、何キロも原っぱがつづいているだけだった。わたしが『ない』とだけ言うと、その女はちょっと肩《かた》をすくめた。まるで、わたしがわざとじらしてるとでも言わんばかりだった。わたしがその女に、うちに来てチーズサンドかなにかを食べませんかと言うのを待ってるみたいだったんだ。坊《ぼう》や、これをどう思うね？」

ぼくは困《こま》った。その話は好《す》きだったけど、何十年も娘《むすめ》と口をきかないお父さんなんていう人は、ぜったいに好きになれないと思った。その娘がぼくのお母さんだったらなおさらだ。だからぼくは、そんな話はつまらない、という態度《たいど》をとることにした。チェットの顔に失望《しつぼう》の色が浮《う》かんだとき、自分のおじいさんを傷《きず》つけるなんてばかなことをしちゃったな、とちょっと感じたけど、ぼくがどう思おうがチェットは気にしないだろうとも思った。でも、考えてみたら、チェットのところに話し相手が来ることなんかめったになかったはずだ。そのとき、ピッグとマグが立ちあがった。

「おや、いつものように、来たと思ったらすぐにいなくなるんだな」チェットは立ちあがろうともせずに言った。

「もう行かなくちゃ、お父さん」ピッグが言った。

「そうか」チェットが言った。

だれも、さよならのキスとかなんとかという面倒《めんどう》なことはしなかった。この家族はキスなんかしない家族だった。ピッグとマグとぼくは車に乗り、ピッグが庭で車の向きを変《か》えた。後ろのガラスごしにふりかえると、チェットはぼくたちのほうなんか見ていなくて、ただ境界線《きょうかいせん》の向こうをながめていた。

フロリダ

次に起こったことが、たぶんこの旅の中でいちばん奇妙《きみょう》なできごとだろう。それまでは、ほとんどマグの言いなりになって行き先を決めてきたけれど、今度はピッグがフロリダ州《しゅう》のエヴァグレーズに行きたいと言いだした。マグは体重が増《ふ》えるにつれて元気になってきたので、マグとピッグが運転を半分ずつ分担《ぶんたん》することになった。そのことと、チェットの家に行くと一度自分で決めたことがきっかけになって、ピッグはこの旅行がマグだけのためではなく、自分のための旅行でもあると気づいたんだ。

「マングローブがいっぱい生えてる、エヴァグレーズの沼《ぬま》に行きたいなあ」ピッグはマグに言った。おばさんたちはふたりとも、チェットのケンタッキーなまりの影響《えいきょう》を受けて、ヴァージニアにいるときの都会的《とかいてき》な話し方とはちがった、のんびりしたしゃべり方になっていた。

「わたしたち、ちょっと芝居《しばい》がかってきてるわね、ピッグ？」マグが言った。

ぼくたちの車はどんどん走っていった。どうせなんの予定もない、とマグは言いつづけていたけれど、それでも運転手がふたりになったので、昼だけでなくときには夜にも車を飛《と》ばした。

フロリダ州《しゅう》に向かう途中《とちゅう》で、お母さんが見つかったことがわかった。でも、携帯《けいたい》電話の通話がとぎれとぎれだったので、ほんの一部しか聞きとれなかった。

着信音《ちゃくしんおん》が鳴ったとき、だるそうにハンドバッグから携帯をひっぱりだして応《こた》えたのはマグだった。それまでの二時間、車の中のぼくたちはそれぞれ自分の世界に閉《と》じこもってすごしていた。マグもそのとき、どう見てもほかのことを考えていたふうだったけれど、いきなりぼくのお母さんの声が聞こえてきておどろいていた。「キャサリンなの!?」衝撃《しょうげき》を受けて現実《げんじつ》に引きもどされたマグは、「なんてこと。ちょっと待って」と言った。それからぼくに無言《むごん》で携帯をさしだした。

「お母さん？」恥《は》ずかしいんだけど、そのときのぼくの声は震《ふる》えていた。

「わたし、見つかったのよ！」お母さんの言葉を聞いて、ぼくは讃美歌《さんびか》の『アメイジング・グレース』の歌詞《かし》を思い出した。「わたしは道に迷《まよ》い、そして見つけだされた」というその歌詞が、電話が終わるまでぼくの頭から離《はな》れなかった。その言葉だけですべての罪《つみ》が許《ゆる》されるような気がしたけど、たぶんお母さんは深く考えずに言っただけで、もしぼくがそんなことを思ったと言ったらすごくおどろいただろう。

「だれが見つけたの？」

「あら、もちろんお父さんよ」お母さんは、すぐに人を信用《しんよう》させてしまうその声で言った。「あなたはど……バリバリバリバリ、シューシュー」

「お母さん、電波が変《へん》だよ、聞こえなくなっちゃった。ねえ、聞こえなくなっちゃったよ。お母さん、お母さん？」

すると、急にお父さんの声が聞こえてきた。「なに言ってんだ……向こうの携帯《けいたい》をぼくが直すなんてできるわけないよ、キャサリン……もしもし？　もしもし？　ヘンリー？　お母さんが見つかったんだ！」

そんなのわかってるよ！

「どこで見つけたの？」ぼくが言うと、またバリバリシューシューという音が聞こえてきたので、しばらく待った。

「ジャングルで！」

お父さんが、またわかりきったことを言った。声はすぐにとぎれ、シューシューバリバリになった。

「ヘンリー、そっちの声がほとんど聞こえないんだ、どこか電波のとどきにくい場所にいるみたいだな。でもお母さんは……」

バリバリバリ。シューシューシュー。いいところで切れてしまって、ほんとうに頭にきた。

「お母さんがどうしたの？　ねえ、お父さん？　お母さんがどうしたの？」ぼくは大声を出した。

「元気だ」お父さんの声が、とつぜんはっきりと聞こえた。また接続《せつぞく》がよくなったんだ。

「ああ、よかった、ほっとしたよ」ぼくは言った。

「旅行はどう？」お父さんはまるで、お母さんの失踪《しっそう》なんかたいしたことじゃなかった、というような調子で言った。お父さんの中では、なにが重要《じゅうよう》かという順番《じゅんばん》がときどきめちゃくちゃになってしまう。

「だれが見つけたの？　どうやって？」

「あちこちで観光客《かんこうきゃく》に目撃《もくげき》されたんだ。ウガンダのジャングルには観光客がうじゃうじゃいるんだよ」お父さんは言った。

「ほんとう？」ぼくは言った。「そうは思わなかった」

「だろ、かなり意外だったよ。かなり。みんなもちろん、ガイドつきで観光してるんだけど」

「うん、そうだろうね」ぼくは言った。

「お母さんと学生は、観光客を追いかけてた。観光客は双眼鏡《そうがんきょう》を持っているから、自分たちの姿《すがた》を見つけてくれるだろうと思ってたんだ。だけど、途中《とちゅう》で観光客を見失《みうしな》ってしまった。そこで今度は、チンパンジーといっしょにいれば、チンパンジーをさがしている動物学者がチンパンジーを見つけ、ついでに自分たちも見つけてくれるだろう、って考えついたんだ。それでふたりはずっとサルを追いつづけていた」バリバリバリバリバリ。それからシューシューという音が長々とつづき、携帯電話《けいたいでんわ》は完全《かんぜん》に壊《こわ》れてしまったように思えた。でも、また急につながって、お母さんが大声で叫《さけ》んでいるのが聞こえた。「もしもーし？　ヘンリー？」

「お母さんたち、頭よかったね」ぼくは言った。「サルを追っかけたなんて！」

「お父さんはそう思ってないみたいよ。そもそも、ジャングルで迷《まよ》ったのがばかなんだ、って」

「あんまり心配だったからそんなこと言ったんでしょ」そう答えたぼくだって心配そうな声を出していた。「だれだって道に迷うことはあるよ」

「ガイドさんの注意を守っていれば、サルについていって迷子《まいご》になるなんてことはなかったんだ、ってお父さんに言われたわ……サルじゃなくて、ほんとはチンパンジーなんだけどね」

それを聞いて、ぼくはカシノー湖で釣《つ》りをしたときにお父さんが言ったことを思い出した。

「釣り針《ばり》に餌《えさ》をつけるのに、正しいつけ方と、まちがったつけ方がある」お父さんはぼくの釣り針に正しいやり方でつけなおしながら言った。

「そうなの？」ぼくのつけ方でもちゃんと釣れているのに、と思ってききかえした。

「あらゆることに、正しいやり方とまちがったやり方がある。なにが正しくてなにがまちがっているか、自分で規則《きそく》を作らなきゃならない。それが自分で善悪《ぜんあく》をはかるコンパスになるんだ。善悪のコンパスさえ持っていれば、けっして道に迷《まよ》うことはない。だれだって道に迷うのはこわいからね」

そのときのぼくは、そんなことは別《べつ》にこわいと思っていなかった。お父さんはカシノー湖の真ん中で、今回の自分の忠告《ちゅうこく》は特別《とくべつ》にすばらしかったとでもいうように、何回かうなずいていた。ぼくもいっしょにうなずいてあげた。忠告の意味がわかったからじゃなくて、ただお父さんが好《す》きだったからだ。それに、湖の真ん中でふたりしてうなずいているっていうのもいいかなと思ったんだ。お父さん流に言うなら、お母さんはジャングルでまちがったやり方をしてしまった、ということなんだろう。

それから、携帯《けいたい》がほんとうに壊《こわ》れて、二度と鳴らなくなった。両親に電話しようと思っても、どこにかけたらいいのかわからなかった。でも、州《しゅう》の境界線《きょうかいせん》を越《こ》えてフロリダ州に入ると、ぼくはものすごく心が軽くなるのを感じた。次に起こったことを考えると、そこで心を切りかえておいてよかったんだと思う。

キャンプをしよう、とピッグは決めた。ぼくたちは、ピッグが前からあこがれていたという、マングローブの沼《ぬま》があるエヴァグレーズまで車を走らせた。フロリダで会う人たちはみんなすごく親切で、ぼくたちがキャンプをしたがっていると知るとすぐに、どこのキャンプ地がいいとか、どこの海岸がいいとか教えてくれた。でも、ピッグが「海岸には興味《きょうみ》ないんです」と言うと、かならずみんなだまってしまった。ぼくたちがキャンプしたい場所は大きな沼《ぬま》のほとりだった。沈《ちん》黙《もく》したまましばらく間《ま》があったあと、相手は「どうしてなんです？」とたずねた。しばらくだまっているあいだに、自分でなにか答えを考えだそうとしたんだけど結局《けっきょく》なにも思いつかなかったんだろう。「海岸なんて一ヵ所行けばもうじゅうぶんでしょう」とマグが答えると、たいていみんな、完全《かんぜん》にだまった。でも、ある店の主人だけはこう答えた。「沼なんて一ヵ所行けばもうじゅうぶんでしょう」たしかに、とぼくは思った。

大冒険《だいぼうけん》に必要《ひつよう》な道具一式を買いそろえるあいだ、ぼくたちはモーテルに泊《と》まった。ピッグはうきうきしているみたいだった。ぼくたちはキャンプ用品店に行って、折《お》りたたみ式テント（数週間後には、これがぼくにとって役に立つものだということがわかった）と寝袋《ねぶくろ》と、小さなコンロを買った。ピッグは小さく収納《しゅうのう》できるキャンプ用のコップをずいぶんたくさん（本物のコップを持ってきたはずなのに）と、エアーマットレス（みんなから「水には入れない」と言われていたというのに、それでも沼に浮《う》かんでみたかったんだろう）を買った。沼には、毒《どく》へビや、アリゲーターやクロコダイルがたくさんいるということだった。アリゲーターもクロコダイルも、二種《しゅ》類《るい》のワニが両方ともいるなんて場所は世界でもそこしかないそうで、それじゃあ特別《とくべつ》ひどい沼なんじゃないかという気がしたけど、なぜか地元の人はすごく誇《ほこ》りに思っているみたいだった。けれども、ぼくたち三人のだれにもアリゲーターとクロコダイルのちがいがわからなかったので、そんなの似《に》たりよったりだ、ということになった。ピッグは「くだらない」と言った。「アリゲーターもクロコダイルも、どっちも見たことないし、これから運よく見るチャンスがあるとも思えない」のだそうだ。人はよく、おそろしい災難《さいなん》も自分にだけは決してふりかかってこないと決めつけてしまうんだ、とぼくは考えた。ピッグにとっては、それがアリゲーターやクロコダイルだったんだ。

ピッグは、キャンプにぴったりだと自分で思っている食べ物を買いこんだ。ピーナッツバター、ジャム、パン、ポテトチップス、そしてマシュマロサンドを作るためのグラハムクラッカーとマシュマロとチョコレートなどなど。

「マシュマロサンドなんて」マグが苦々《にがにが》しく言った。マグは旅行に出てからたくさん食べるようになったせいで、太りはじめていた。「家にいたらぜったいに買わないようなものを、どうして買うの？　そんなもの、だれが食べると思ってるの？」

「キャンプなんだもの」ピッグはうきうきしながら言った。なにを言われてもピッグのキャンプの夢《ゆめ》はしぼまないようだった。

「今週は、ご立派《りっぱ》なサラダやミネラルウォーターはやめるの？」

「やめないわよ」ピッグは言った。「あなたのために買ったのよ」

「わたし？　わたしはこんなに食べられないわよ。坊《ぼう》やだって食べられない」

「だいじょうぶよ。旅行に出てからずっと、あなたはまるで胃袋《いぶくろ》が十個《こ》もあるみたいに食べつづけてるじゃないの」

この会話のあと、いよいよキャンプを設営《せつえい》するというときまで、おばさんたちは一日半のあいだ口をきかなかった。ぼくたちは沼《ぬま》が見わたせる緑の草地を岸辺《きしべ》に見つけて、そこでキャンプすることに決めた。

「よくわからないんだけどさ」ぼくは言った。「なんでみんな、沼に入るのはいけないけど沼のそばでキャンプするだけならいいって言うんだろうね。陸《りく》の上にいれば、アリゲーターとかクロコダイルとかが水からあがってきて、寝《ね》ているぼくたちを食べるなんて、そう簡単《かんたん》にできないってこと?」

「ああ、そうよ」ピッグおばさんが言った。「そんなことが今までに起こったんなら、ここでキャンプしていいわけないでしょ? わたしが保証《ほしょう》するわよ、アリゲーターやクロコダイルなんか、もしもいたとしたって人間をこわがってるはずよ。人間がワニをこわがる以上《いじょう》にね。それに、沼の中でたらふく食べてるんだから、なんでわざわざ陸にあがってくる必要《ひつよう》がある? ここは環境《かんきょう》保護《ほご》がちゃんとされてるんだから、ワニのエサだっていやってほどあるわよ」

「こんなしょうもない、ばかな人間たちを食べるわけないわね」マグが皮肉っぽくそう言い、それをきっかけにおばさんたちの会話が復活《ふっかつ》した。

それから三日間、ぼくたちはテントで暮《く》らしながらいやみを言いあっていた。やることがなにもなくて退屈《たいくつ》だったからだ。沼《ぬま》ですごす生活に夢中《むちゅう》になっているのはピッグだけだった。ピッグは買っておいた双眼鏡《そうがんきょう》を、対岸のジャングルじみた風景《ふうけい》に向けていたけれど、なにを見ようとしているのかぼくたちにはぜんぜんわからなかった。読むものがもうなくなってしまったぼくにおばさんたちは、「ショッピングモールの本屋に寄《よ》ったときどうしてもっと買っておかなかったの」と言った。「だってあのときは、三日以上《いじょう》も沼でぼんやりすごすなんてだれも言わなかったじゃないか」とぼくは言いかえした。そしてゴムのマットレスに空気を入れてふくらませ、それに乗った。ぼくは腹《はら》をたててやけくそになっていた。そうじゃなければそんなことはしなかっただろう。そもそもピッグがなんと言おうが、ぼくは毒《どく》ヘビやワニはぜったいいると信《しん》じてたんだ。

ぼくは、空を見たりペリカンを見たりしながら、マットレスに乗ってしばらくぷかぷか浮《う》かんでいた。それからマットレスの上に腹ばいになり、ゆっくりした水の流れに乗ってそのままただよっていった。キャンプしていた場所を通りすぎ、その先の、地元の人たちの小さな家や船着場《ふなつきば》があるほうに進んでいった。家の前の岸で遊んでいたひとりの男の子が、とつぜん、沼の中にざぶざぶ入ってきた。そして、背泳《せおよ》ぎするみたいにあおむけになって、ぼくの前で浮かんだ。なあんだ、とぼくは思った。地元の子がエアーマットレスもなしに泳いでいるんだったら、ワニがどうとかっていう話はみんな、観光客《かんこうきゃく》をこわがらせて沼に来させないための作り話じゃないか。メイン州《しゅう》の人が観光客《かんこうきゃく》にかならずちがう道を教える、っていうのと同じだ。世の中の人はみんな意地悪なんだ。

そう思ったぼくは、安心しきって流れに浮《う》かんでいたけれど、やがて、その男の子といっしょにかなり遠くまで流れてきてしまったことに気がついた。家も見えなくなり、ぼくたちを取り囲《かこ》むものはマングローブだけになってしまった。流れの幅《はば》がせまくなってきたところで、男の子は立ちあがって岸のほうへ向かい、マングローブのおいしげった沼地《ぬまち》の中にどんどん入っていった。ねえ、きみ、どこに行くの？　と声をかけようと男の子のあとを追いかけたんだけど、そのせいで、とがった根っこの先がマットレスに突《つ》き刺《さ》さってしまった。たいへんだ、とぼくは思った。男の子が泳いでいるんだからワニはいないんだろうけど、それにしても万が一の場合に使えるように、エアーマットレスはとっておきたかった。

「おーい！　おーい！」ぼくは男の子に呼《よ》びかけた。遠くまで流されて人里離《はな》れたところに来てしまったので、ガイド役の地元の子にくっついていないと不安だったんだ。ぼくにはこのいまいましい沼のことなんてさっぱりわからなかった。そもそもこんなところに来ようと言いだしたのはピッグじゃないか、と腹《はら》がたってきた。一度腹がたつと、そのついでにマグにも腹がたってきた。お母さんからの電話のあとマグが「元気だってわかってたわ、自分勝手な人はいつだって元気なもんよ」と言ったからだ。この一週間、マグやチェットがお母さんのことを悪く言うのをさんざん聞かされて頭にきていて、その上さらにこんなことにまでなったので、イライラしたぼくは男の子に向かって大声でどなった。でも男の子がぜんぜん返事をしないので、ぼくは急に、この子は耳が聞こえないのかもしれない、と思った。男の子にようやく追いつくころには、もうぼくは傷《きず》だらけになって、すっかりおびえていた。水は腰《こし》のあたりまで来ていた。鬱蒼《うっそう》としたところに来て、空も暗くなってきた。ちくしょう、あの子は方向を知っているんだろうなあ、こんなところを通ってるのは町に出る近道だからなんだろうなあ、とぼくは祈《いの》るような気持ちになった。

「おい！」ぼくがまた呼《よ》ぶと、男の子はふりかえってぼくのほうを見た。その目がとろんとしていたので、ぼくはぎょっとして、どういうことだかやっと理解《りかい》した。ぼくはマングローブの沼《ぬま》の中で、頭がふつうじゃなくて自分がどこにいるかもわからない子とふたりきりでいるんだ。たぶんその子のとりえは、ぜんぜん気にしていないということだけだ。でもそれは、この状況《じょうきょう》では、ぼくよりめぐまれてるってことだ。

　信《しん》じられないことかもしれないけど、ぼくはそれから三日間、その子のあとについて沼の中を進んでいった。ほかにどうしようもなかったからだ。男の子はひと言もしゃべらなかったけど、夜になると、ぷかぷか浮《う》かんで流れに乗りながら、調子のはずれた短い歌みたいなものを口ずさんでいた。たぶんあの子にもなにか考えていることはあるんだろうけど、それがなんなのかさっぱりわからなかったし、手がかりひとつなかった。ぼくとその子はワニを見た。アリゲーターと

クロコダイルの両方に出くわしたと思う。あと、たくさんのヘビや、もっともっとたくさんの魚に出会った。夜になると、マングローブの枝《えだ》が、まるでぬかるみに沈《しず》んだ妖怪《ようかい》がのばしている腕《うで》みたいに見えて、すごくこわかった。ワニに出会うたびに、ぼくは大急ぎで逃《に》げだしたくなった。ぼくたちを生きたまま、またたく間にバリバリ食べてしまいそうに見えたからだ。でも、男の子はこわがっている様子《ようす》もなく、すごい牙《きば》をむいたワニが通りすぎるあいだ、じっと立ちつくしてクモを見つめていた。だからぼくも、しょうがなくてじっとしていた。ひとりで逃げだす手もあったけど、それだけはぜったいにしないほうがいいと思った。たぶんそのおかげで助かったんだと思う。クロコダイルはいつも、岸辺《きしべ》で銅像《どうぞう》のように動かないぼくたち（ひとりはクモに夢中《むちゅう》で、ひとりは声もなくあえいでいる）には気づかない様子で、もっと活《い》きのいいおいしそうな獲物《えもの》をさがして、すーっと滑《すべ》るように通りすぎていった。

ある晩《ばん》には雷《かみなり》が鳴って、大嵐《おおあらし》がマングローブを揺《ゆ》さぶった。稲妻《いなずま》が光り、謎《なぞ》めいた夜の沼《ぬま》を一瞬《いっしゅん》だけ照《て》らしだした。不思議《ふしぎ》なことに、ぼくには稲妻はぜんぜんこわくなくて美しいものに思え、雷鳴《らいめい》もいい音に思えた。雷なら、少なくとも今までに経験《けいけん》していて、なじみがあったからだ。でも、男の子は、稲妻が光るたびにほとんど気も狂《くる》わんばかりに取り乱《みだ》していた。「だいじょうぶだよ」とぼくは言ってあげた。「こんなのたいしたことない。ぼくはヴァージニアでもっとすごい雷にあったよ」でも、男の子はあいかわらずぼくにひと言も話しかけてこなかった。言葉がしゃべれるのかどうかもわからない。ぼくがなにを言ってもなんのなぐさめにもなっていないようだったから、たぶん、言葉を知らなかったんだろう。その晩《ばん》、男の子がずっとおびえていたのもそのせいだったんだろう。その嵐《あらし》の晩だけは、岸の上で身を寄《よ》せあってじっとしていた。嵐のとき以外《いがい》は、男の子はとにかく動きつづけたいようだった。こわがっていてもいなくても、動きつづけているのはいいことだったと思う。そのしばらくあと、昼の光の中で進んでいるとき、ぼくはあらためて「なんて不思議《ふしぎ》なんだろう」と思った。だって、男の子は稲妻《いなずま》、ぼくは沼《ぬま》の生き物とそれぞれちがうものをこわがっていて、それでもふたりともけがひとつしていなかったんだ（たくさんのひっかき傷《きず》や虫さされは数に入れないとして）。嵐にあったせいでへとへとに疲《つか》れてしまい、そのあとは、おびえてじっとしているよりは、ずっと流れをくだっていくほうがいいや、と思えてきた。今ここで生きているなら、ここがどこでもいい、というような気分だった。そして、今いる場所がどこでもいいんだったら、〝迷《まよ》っている〟ということにはならないじゃないか、と思った。

ぼくたちはひたすら進みつづけた。四日目の朝、あたりの空気が変《か》わり、口の中に塩《しお》の味を感じた。水深も深くなってきた。少し速くなった流れに乗ってぼくたちは運ばれていった。ときどき、男の子とぼくがちがう方向に流されそうになって、ぼくはあわてた。また、前に男の子がやったみたいに海水パンツを木にひっかけそうになってあせったりもした。それに男の子とぼくがそれぞれ別々《べつべつ》の運命に流されていってしまうなんて、そんな覚悟《かくご》はまだなかった。男の子は前の日に海水パンツを根っこにひっかけて破《やぶ》って、どうにもならないほどビリビリにしてしまい、今ではもうひっかける海水パンツもなかった。裸《はだか》のまま流されていても男の子は平気な顔をしていた。というか、気づいてもいないようだった。だから、モーターボートに乗った男の人がぼくたちを見たとき、ずいぶんひどい姿《すがた》だなと思ったにちがいない。沼《ぬま》からとうとう海に出たぼくたちは、モーターボートに出くわしたんだ。ボートの上では男の人が、静《しず》かに釣《つ》り糸をたらしていた。その人はまず男の子を引きあげ、それからぼくを引きあげた。「いやあ、おどろいた。こんなことってあるのか？　きみがヘンリーで、この子が自閉症《じへいしょう》のジェレマイアだろ？　そうなんだろ？　まちがいないな。それ以外《いがい》ありえない。ジェレマイアの写真、テレビで見たから。みんな、きみたちのことをさがしてたんだぞ」

「ああ、ぼく、ヘンリーです」ぼくはそう言ったけど、もうしゃべるのもめんどくさかった。結《けっ》局《きょく》、ぼくたちは、まる三日間も沼をただよってたんだ。

「警察《けいさつ》に連《つ》れていかなきゃね。きみたちのことは新聞にもいっぱい出てたよ。みんな、もうきみたちは死んだんじゃないかと思ってたんだ。軍隊《ぐんたい》が捜索《そうさく》してた。きみ、ほんと、死にそうな顔してるね」

なんて答えたらいいかわからなかった。とにかく、まだ死人じゃないことだけはたしかだった。

「ヘンリー、きみはこの子を助けたんだ。もうきみはヒーローだぞ！」男の人は言った。「きみがいなくちゃ、この子は沼《ぬま》を生きてわたれなかった」

「ちがうんです」ぼくは言った。「そうじゃなくて、ぼくがこの子のあとをついていっただけなんです」

「助けたんだよ」男の人は言った。

「ちょっとちがうんですけど」ぼくは言った。

「こわいものに会った？　ワニとか？」

「いっぱい」ぼくは答えた。

「それじゃあ、どうやって自分とこの子と、ふたり分の身を守ったんだ？　それが不思議《ふしぎ》だな。きっと神さまがきみたちを見ていてくれたんだろう」

「ああ、そうでしょう」こんなふうに、ボートに乗せてくれた人が事実とちがったとらえ方をするなら、そうだと言うしかないだろう。だれでも自分に都合《つごう》がいいように勝手な見方をしたがるもんだからしょうがない。それに、サンドイッチかなにかもらえるかもしれないから、はむかわずにいよう。「ただ流されてただけですけどね。この子のあとについていったら、ここに着いて」

「みんなにはそういう話はするなよ」男の人は言った。「だめだよ、せっかくヒーローになるチャンスなんだから。沼《ぬま》から生きて帰ったってだけでもすごいけど、そのうえきみは、この子を助けたんだからな。きみはヒーローだ。なあ、ぼくが証人《しょうにん》になってやるよ。新聞記者には『見つけたとき、きみはこの子を腕《うで》にかかえていた』って言ってあげよう。『まるでジャガイモの袋《ふくろ》をかかえるみたいに』とかって」

「言わなくてていいです」ぼくはぞっとして言った。だんだんひどいことになってきた。

「言ってやるってば。いいか、よく聞けよ。きみには謝礼金《しゃれいきん》が出るだろう。この子のお母さんはかつかつの貧乏人《びんぼうにん》だから出せないだろうけど。まあ、きみにすごく感謝はするだろう」

「もう、だまっててください」ぼくは言った。

ぼくの言葉に、男の人は腹《はら》をたてたみたいだった。でも、ぼくはもうそれ以上説明《いじょうせつめい》する元気がなかった。それから警察《けいさつ》に着くまで、男の人はだまっていた。ぼくたちはモーターボートをおりて、おんぼろの車に乗りこみ、警察署《けいさつしょ》まで行った。すりきれた汚《きたな》いビーチタオルを腰《こし》に巻《ま》きつけてもらったジェレマイアは、沼《ぬま》にいたときとまったく同じ無表情《むひょうじょう》だった。警察署に着くと、ぼくたちは椅子《いす》にすわってドーナッツを食べた。ちょっと待っていたら、すぐにマグとピッグが迎《むか》えにやってきた。警察の人に病院に行ったらとすすめられたけど、ぼくは、どこも悪くない、ただほんとうにほんとうに疲《つか》れているだけ、早く家に帰りたいだけだと言った。でも考えてみたら、そもそも家になんかいなかったんだ。旅行中だったんだから。マグとピッグはキャンプをたたんで、モーテルに泊《と》まりながらぼくが見つかるのを待っていたそうだ。お父さんとお母さんにはこのことを知らせていなかった。連絡《れんらく》のとりようがなかったし、見つかっていないならどっちみち知らせたってしょうがない、と思ったからだ。ぼくたち三人は、ぼくの両親には少なくともまだ今はこの話はしないでおこう、と決めた。

警察《けいさつ》の人はしぶしぶぼくを解放《かいほう》してくれた。警察署《けいさつしょ》を出ようとしたら、新聞記者たちがぞろぞろとやってきた。記者のひとりはぼくをつかまえて、「沼《ぬま》で見つかったヘンリーですね」と言ったけど、ぼくは「ちがいます」と答えた。ぼくたち三人は車まで走っていって、出発した。ぼくは後部座席《ざせき》に寝《ね》て、ボートに乗っていたあの男の人は、新聞記者たちに向かってどういう作り話をするんだろう、どれだけインチキで、ぼくと無関係《むかんけい》な話になっちゃうのかな、とにかく早くフロリダ州《しゅう》を出なくちゃ、などと思いながら眠《ねむ》りにつこうとしていた。

「すごくこわかったでしょ？」ピッグがぼくにたずねた。ぼくは考えた——稲妻《いなずま》が暗闇《くらやみ》をすごい勢《いきお》いで照《て》らしだしたこと、なにもしゃべらない男の子のこと、危険《きけん》がいっぱいある沼の上に浮《う》かんで流れていったこと……。「こわくなかった」ぼくは正直《しょうじき》に答えた。だけど、当分は同じことをやるのはごめんだと思った。するとマグがピッグに「そもそも、キャンプなんかしようって言いだしたのが悪かったのよ」と言い、ピッグが「じゃあ今度はヘンリーがなにをしたいか決める番にしましょ」と言った。「今いちばんしたいのは、またドライブすること。ずーっとずーっと車を走らせてもらいたい」とぼくは言った。まだ朝早かったのでそのとおりになった。車の中は暑かったけどぼくにはちょうどよくて、後部座席《ざせき》で眠《ねむ》って、眠って、日が暮《く》れるまで眠りつづけた。それからモーテルに入ると、さらにまた眠った。

四つの塔《とう》

それから三日間、ぼくは車の中で夜も昼も眠《ねむ》りつづけた。あんな冒険《ぼうけん》をしたんだから、回復《かいふく》するには冒険した日数と同じだけ時間がかかるんだと思った。ピッグとマグは、トラウマのせいだなんて騒《さわ》ぎたてていたけど、ぼくはただひたすら眠くて空腹《くうふく》だっただけだ。しょっちゅう車をとめてもらっては、がつがつ食べた。まるで車にガソリンを入れるようなものだった。なにを食べるかということはどうでもよくて、ただ詰《つ》めこんで、それからまた眠った。満腹《まんぷく》して眠りながら、きっと妊娠《にんしん》した女の人もこんなふうに感じるんだろう、と思った。三日間なにも食べないでぺしゃんこだったおなかは、今ではふだんよりふくれている感じで、中で大きな動物が動きまわっているみたいだった。三日目の夜、アーカンソー州《しゅう》に入った。〈ハワード・ジョンソンズ〉というファミリーレストランのテーブルに着くと、ウェイトレスが注文をとりにきた。ピッグはシェフ

のおすすめサラダのLをたのんだ。チーズやゆで卵《たまご》やドレッシングなんかがいろいろ入っていて、なかなかおいしそうだった。マグはフライドチキンを注文した。マグは、ダイエットをまた始めなくちゃならないような体型《たいけい》になっていたけれど、もう食欲《しょくよく》をおさえられなくなっていた。おなかいっぱい食べて満足《まんぞく》することに慣《な》れてしまったんだ。それに、一日の大半を車の中ですごしていると、自分の体が重くなったかどうか気づかない。残念《ざんねん》ながら、マグは肥満《ひまん》への道を突《つ》っ走っていた。でもぼくは別《べつ》に、太ることがよくないなんてぜんぜん思っていなかった。ただ、その事実に気がついただけだ。ぼくがハンバーガーとポテトとシェイクを注文したとき、マグがとつぜん怒《いか》り狂《くる》った。マグはウェイトレスに向かって片手《かたて》をあげて、その注文を書きとめるなと合図した。

「ヘンリー、旅行に出てからずっとそれしかたのんでないじゃない。お昼ごはんにも晩《ばん》ごはんにも、ハンバーガーにポテトにシェイク。もううんざりよ。これ以上《いじょう》がまんできないわ」

「栄養《えいよう》のバランスは完璧《かんぺき》にとれてると思うんだけど」ぼくは落ち着きはらってそう言った。「ハンバーガーにはたいてい、レタスとトマトがはさまってるから」

「あなたの健康《けんこう》のことなんかどうだっていいの」マグが言った。「ただ、同じことのくりかえしを見てるのがいやなの。言ったでしょう、もううんざりなのよ！　別のものをたのみなさい」

「マグ……」ピッグが低《ひく》い声で言った。他人がいるところで言い争《あらそ》いをされるといやなんだ。たとえ、そこに突《つ》っ立っているのが、もっと派手《はで》なけんかになるのが楽しみだという顔をしたウェイトレスだけだったとしても。

「えーと……」ぼくはメニューを開いてながめた。ぼくは今までのところ、おばさんのどちらともけんかはしていなかったし、そこで始める気もなかった。マグはたぶん、三日にわたってぼくを病人あつかいしてきてうんざりしたんだろう、というのがぼくの推理《すいり》だった。おばさんたちは、ぼくがもどってきたおかげで両親に「ヘンリーを沼《ぬま》でうっかり見失《みうしな》った」と言わずにすむと思ってホッとして、ぼくをちやほやした。でもじつは、マグは自分がちやほやされるほうが好《す》きだったんだ。ぼくの想像《そうぞう》では、マグは大食《おおぐ》いをつづけて動けなくなるほど太って、ピッグとぼくにかいがいしく仕《つか》えてもらいながら「オリンポス山のように巨大《きょだい》になっちゃってかわいそうに」とか言ってもらいたかったんだと思う。「えーと、なににしようかな……」ぼくは言った。

「ハマグリをたのみなさい」テーブルの向かい側《がわ》から手をのばしてメニューをバタンと閉《と》じながら、マグが言った。

「ハマグリなんていやだよ」ぼくは言った。

「フライにしてあるハマグリよ。殻《から》に入ったハマグリとは見た目がぜんぜんちがうんだから」マグはそう言った。そしてウェイトレスに「この子はハマグリにするわ」と言った。

「ハマグリなんか食べたくないよ」ぼくは言った。

「今までに食べたことあるの？　一度もないんじゃないの？」

「そうだよ」ぼくは言った。「食べたことないよ。だけど食べたいと思わない」

「いいからハマグリにしなさい！」マグが言った。それでおしまいだった。ぼくはふくれっつらになってだまりこんだ。レストランの人は、ぼくが何歳《さい》なのかも考えずに、クレヨンとお子さまメニューをぼくに持ってきていた。「ぼくをだれだと思ってるんだ、三日間も沼《ぬま》にいて生還《せいかん》した勇敢《ゆうかん》な少年なんだぞ」と言ってやりたかった。でも今のぼくには、じつはクレヨンはありがたかった。ぼくは紙に線を引いてひとりで○×をやって遊び、マグを完全《かんぜん》に無視《むし》してやった。ピッグはそわそわした様子《ようす》で、しきりとダイエット・コーラをすすっていた。マグはにらむような目つきになって唇《くちびる》をすぼめ、断固《だんこ》として意見は変《か》えない、という意地悪な顔をしていた。そして、砂糖《さとう》の袋《ふくろ》をひとつ、またひとつと開けてはアイスティーの中に次々入れていき、最後《さいご》はまるっきりシャーベットのようにしてしまった。ぼくたち三人とも、だれも楽しんでいなかった。せっかく二十八種類《しゅるい》のアイスクリームが自慢《じまん》のレストランにいるのに、なんて残念《ざんねん》なことだろう。

ついに料理《りょうり》が来た。ぼくは口をとんがらせて自分のお皿を見た。ピッグはそわそわとレタスをひとかけら食べた。ぼくはつけあわせのポテトを一本、二本と食べはじめた。お皿には、ちぎって丸めたティッシュペーパーを揚《あ》げたようなものが山積《やまづ》みになっている。正直《しょうじき》言ってぼくが想像《そうぞう》していたハマグリのフライとはまるっきりちがうものだった。小さなカップに入ったタルタルソースが添《そ》えてあったけど、これもすごくまずそうだった。

「いいなあ、タルタルソース、おいしいわよねえ」ピッグが言った。

だれも返事をしなかった。マグはフライドチキンを食べはじめた。

「タルタルソースなんてものを、わたしも食べられたらいいなあと思うわ。ずいぶん前から食べるのをやめてるけど」ピッグが言ったけれど、まただれも返事をしなかった。「大さじ一杯《ぱい》で百カロリーもあるのよね」

「もうやめて、ピッグ」マグが言った。それからぼくのほうを向いて言った。「ポテトばっかり食べてないで、ハマグリを食べなさい」

「そうよ、お願《ねが》い」ピッグが言った。「ハマグリを食べてくれればマグが満足《まんぞく》するんだから。もし好《す》きじゃなかったら、別《べつ》の好きなものをたのんでいいから」

「ただし、ハンバーガーとポテトとシェイク以外《いがい》」マグが言った。

ぼくはハマグリのフライをひとつ取って口に入れた。そして、いやみったらしく目を丸くしてみせてから、もうひとつ食べた。こうなったらタルタルソースも試食《ししょく》してやろうと思って、ぼくは少し食べてみた。それからポテトにタルタルソースをつけて食べた。

「もういいわ」ピッグが言った。「ちゃんと食べたわよね。ウェイトレスを呼《よ》びましょう。なにか好きなものをたのんでいいわよ」

「そんなことしなくていいよ」ぼくは不機嫌《ふきげん》な声で言って、食べつづけた。

「いいんだってば、たのんでちょうだい。おいしいと思うものを食べてほしいの」ピッグが言った。「ヘンリーはちゃんと試《ため》したでしょ、マグ」

「いいんだ」ぼくは食べつづけながら言った。

「ほんとに、ヘンリー、遠慮《えんりょ》することないわ」ピッグが言った。「そうでしょ、マグ？」

「わたしはただ、たまにはちがうものをたのんでみたらって言っただけよ」そう言いながら、マグはわざとらしい知らん顔で、チキンをむしゃむしゃ食べていた。

「じゃあ、ウェイトレスを呼《よ》びましょ」ピッグはそう言って、手をあげかけた。

「いいんだってば!!」ぼくは大声でどなった。まわりのテーブルの人たちがぼくたちのほうを見たので、ピッグは気まずそうな顔をした。

「どうしてそんなに聞きわけがないの？」ピッグが小声でたしなめた。

「これ、気に入ったんだよ！」ぼくは怒《おこ》って言った。

その言葉の意味を考える間《ま》があり、三人はだまって見つめあっていた。それから急に、笑《わら》いはじめた。一度笑いだすと止まらなくなった。別《べつ》にそれほどおもしろいことでもないのに、ぼくたちはおなかをかかえて笑い、笑いすぎて涙《なみだ》を流した。まがいものの赤い革張《かわば》りのソファにひっくりかえって、そのすてきなにせ革をバンバン叩《たた》きながら笑った。うるさすぎて追い出されるかもしれないと思ったけど、ウェイトレスは大目に見てくれて、にこにこしながらこっちをながめていた。笑《わら》いの発作《ほっさ》からやっと立ちなおったぼくたちは、デザートのアイスクリーム（ピッグだけは紅茶《こうちゃ》）をたのんだ。

アイスクリームを注文したあと、マグはトイレに行った。その帰りに、入り口の横にあった新聞販売機《はんばいき》で地元の新聞を一部買ってきた。席《せき》にもどってくるとその新聞を広げて、沼《ぬま》のニュースがないかさがした。あれから三日間、ぼくたちは興味《きょうみ》しんしんで沼の報道《ほうどう》を追っていた。というのは、ニュースからはぼくが完全《かんぜん》に消えていたからだ。記事では、ジェレマイアという少年がひとりで沼をわたったことになっていた。ぼくのことにはいっさいふれていなかった。

「どうしてこうなっちゃうの？」ぼくはマグとピッグにきいた。

「マスコミの人はどんなことをしても平気なのよ」ピッグが言った。

「自分勝手に話をでっちあげるのよ。それがいやだから、わたしはニュースを見ない」マグが言った。

「でもさ、ぼくたちが見つかるまでの三日間は、どの新聞にもぼくのことが出てたって言ってたでしょ。ふたりの少年って言ってたのが、急にひとりってことになったら、おかしいよね？」新聞がこの矛盾《むじゅん》を説明《せつめい》しようともしないので、ぼくは変《へん》だと思った。だれかが「おかしい」と言った様子《ようす》もないし、そういう投書がのるわけでもなかった。ぼくはもとからいなかったことになっていた。少年がもうひとりいようがいまいが美談《びだん》は美談だ、ということらしい。ジェレマイアは〝奇跡《きせき》の少年〟とまつりあげられていた。あんなクロコダイルやアリゲーターのいる沼《ぬま》にはまったらふつうはもどってこられない。沼には、軍隊《ぐんたい》の人たちですら行ったことがない場所があるのに、少年が、しかも自閉症《じへいしょう》の子が、生きて帰ってこられるはずがない、とみんな思っていた。ある記事には、「少年はおそらく、自閉症ゆえに救《すく》われたのだろう」と書いてあった。それからますます〝奇跡だ〟と騒《さわ》がれるようになった。〝エヴァグレーズで奇跡が起こった！〟という話がブームになり、きっと何年かあとにはローマ法王《ほうおう》が奇跡の認定《にんてい》をしにやってくるんだろうと思った。そして、モーターボートの男の人がぼくたちを助けたあたりの海岸に記念碑《きねんひ》が建《た》つんだろう。たぶん、あの男の人は、あの子ひとりだけを助けたというふうに話を変《か》えて、「男の子は、裸《はだか》で、傷《きず》だらけで、血を流していましたが、神々《こうごう》しい光に包《つつ》まれてほほえんでいたんです」とかなんとか言うんだろう。あの人は最初《さいしょ》から嘘《うそ》をつこうと言ってたんだからな。ぼくのおぼえてるかぎりでは、ジェレマイアがほほえんだのなんか一回だけで、それは警察《けいさつ》の人に自動販売機《はんばいき》のポテトチップスを買ってもらったときだった。ぼくたちはとにかくおなかがすいてたんだ。

〝奇跡の少年〟ブームのせいで、エヴァグレーズには観光客《かんこうきゃく》が大勢押《おおぜいお》しよせるようになった。みんなは少年の家の前の芝生《しばふ》に祭壇《さいだん》を立てて花を飾《かざ》り、少年の聖《せい》なる手でふれてもらおうと殺到《さっとう》した。でも、ジェレマイアはたぶん、自分が奇跡の少年だということさえぜんぜんわかっていなかっただろう。

「終わりよければすべてよし、だわ」マグは言った。「あなたは奇跡《きせき》の少年になんかされたくないでしょ」

「ああ、そんなのいやだ」ミントキャンディー入りアイスクリームをすくいながらぼくは言った。

「でも――」考えこみながらピッグが言った。目の前に紅茶《こうちゃ》しかないので、考えるほかにやることがなかったんだ。マグとぼくは、アイスクリームを心ゆくまで味わおうと夢中《むちゅう》になっていていそがしかった。「ある意味では、ヘンリー、あなたほんとに奇跡の少年だったのかも。考えてみてよ。軍隊《ぐんたい》でさえ、あなたが生きて見つかるとは思っていなかったのよ。もし自分たちのメンバーが沼《ぬま》で行方《ゆくえ》不明になって三日もたったら、もうあきらめるだろうって」

「うーん、奇跡っていうのかどうかは知らないけど」ぼくは言った。口に出しては言わなかったけど、あの沼から脱出《だっしゅつ》したこと自体は、ぼくにとって奇跡という感じではなかった。それよりも沼にいるとき、自分が迷《まよ》っているわけじゃないんだと思った、あの瞬間《しゅんかん》が奇跡だったと思う。お母さんはもしかしたら、あの瞬間のぼくと同じように考えたことがあったんじゃないかと思った。それで「人間はなにがあっても、いつでもだいじょうぶ」と思うようになったんじゃないだろうか。でもぼくはその話をおばさんたちにしなかった。ふつうの人みたいにふつうのことを考えているふりをしたほうがいいと思ったからだ。「運がよかっただけだよ。とにかく、ただ進んでいくしかなかった。止まらないで進むほかに、どうしようもなかったんだ。でも、結局《けっきょく》助からなくてもおかしくなかったと思うよ」

「わたしもそう思うわ」マグはアイスクリームを口いっぱいにほおばったまま言った。どう見ても食べすぎだった。ピッグは顔をしかめた。マグの食べっぷりに、ピッグはだんだんうんざりしてきたんだと思う。いやな顔をしているピッグに向かってマグが、「結局助かればなんだって奇跡《き》跡《せき》だと思っちゃうあなたが、奇跡的なバカよ」と言った。

そう言われたピッグはすごく怒《おこ》った。

翌朝《よくあさ》、ぼくたちはショッピングモールを求《もと》めてドライブした。ピッグとマグはぼくを本屋さんに連《つ》れていって、たくさんの本を買ってくれた。沼《ぬま》の事件《じけん》のことでおばさんたちがぼくをちやほやするのもこれが最後《さいご》だと思ったので、このチャンスを思いきり利用《りよう》させてもらった。だってほんとうに、沼でぼくをちゃんと見ていなかったのがいけなかったんだから。本屋さんを出るとピッグが、ぼくが行き先を決めていいと言った。マグはもとどおりにぼくをあつかうと決めたらしく、「たった十一歳《さい》の子どもに、どこに行けばいいかなんてわかるわけないでしょう」（マグはこのあいだ一度も、ぼくの年を正確《せいかく》に言えたことがなかった）と言った。でも、ここがルイジアナ州《しゅう》だと聞いて、ぼくはふと思いついた。「お父さんの親戚《しんせき》が住んでる〈四つの塔《とう》の家〉に行きたい」とぼくは言った。

「いったいなんなの、それは？」ピッグが言った。

「この子に選《えら》ばせるなって言ったでしょう、ピッグ」マグが言った。

「四つの塔《とう》を見にいくののなにが悪いの？」ぼくはたずねた。ほんとうのことを言えば、ものすごく見たいというほどでもなかった。車の中に本さえたっぷりあれば、行き先はどこでもかまわなかった。でも選ばせてくれると言われたからには、ちゃんと選ばせてもらわなくちゃ、と思った。当然《とうぜん》の権利《けんり》だ。

お父さんの親戚《しんせき》のチャックとルルの夫婦《ふうふ》が、塔が一つじゃなくて四つもある家を建《た》てた、と以前《いぜん》お父さんが話してくれた。お城《しろ》みたいに、それぞれの角《かど》に塔がついてるんだそうだ。その家はルイジアナ州《しゅう》のどこかにあるという話で、ぼくは行ってみたいなあといつも思っていた。

「ああ、その人たち、あなたの両親の結婚式《けっこんしき》に来てたっけね」ピッグが言った。「マグ、おぼえてる？」

「おぼえてない」マグは地図を出しながら言った。「リトルロックのラード博物館《はくぶつかん》に行こうよ」

「ほら、下の子に変《へん》な名前をつけてた人たちよ。なんていう名前だっけ？」ピッグが言った。

「パピー（小犬）」マグが言った。「ネイディーンとパピーっていう子どもがいたわね」

「あ、そうだそうだ」ピッグがほっとしたように言った。

ぼくはそのいわれも知っていた。お父さんが〈四つの塔の家〉の話をしたとき、名前の話もしてくれたんだ。ルルとチャックにはしばらく子どもができなくて、もうだめだと思ってあきらめ、「子どものかわりに小犬を飼《か》うことにしよう」と決めた。すると、そのすぐ次の日にルルが妊娠《にんしん》していることがわかった。それでふたりは赤ちゃんの名前をパピーにしたんだ。

「あんな名前じゃ、さぞかしいじめられてるでしょうね」マグが言った。

「ねえマグ、そのパピーって男の子、今ごろ何歳《さい》になってるかしらね？」ピッグがたずねた。

「ティーンエイジャーか、二十代前半ぐらいか。パピーなんて変《か》わった名前、どうして忘《わす》れるのよ、ピッグ」マグがたずねた。

「わからない。更年期《こうねんき》かしら」ピッグが不安そうに言った。

マグはばかにしたように鼻を鳴らした。「更年期なんて言うには、あなた若《わか》すぎるでしょ」ピッグはマグより三歳若《わか》い。別《べつ》に年とっているようにはぜんぜん見えないのに、そのあと運転しながら、ピッグは心配そうな顔をして「ここ数年で急に、年よりずっと老《ふ》けて見えるようになったんじゃないかしら」と何度もたずねた。あげくのはてに、モーテルに車を入れて部屋《へや》に入ると、なぜだか急に「買い物に行ってくる」と言って、ぼくとマグを薄汚《うすぎたな》いモーテルの部屋に残《のこ》してひとりで出かけてしまったんだ。しかたがないので、ぼくは折《お》りたたみ式のテントを部屋の中で組み立てた。完全《かんぜん》に開ききるには少しだけ場所が足りなかったけれど、なんとか部屋のすみっこにおさまったので、ぼくはそのテントの中に、旅の定番《ていばん》になった子ども用の簡易《かんい》ベッドから取ったマットレスと、懐中電灯《かいちゅうでんとう》と本を持ちこんだ。テントのおかげでぼくもマグも、おたがいにプライバシーが確保《かくほ》できてほっとした。やがて帰ってきたピッグを見ると、髪《かみ》の毛を短く切って、つんつんに立てて金色に染《そ》めていた。頭の上に金色の針《はり》がいっぱい生えているみたいだった。

「あら、びっくり」マグは両手をあげておどろいた。

ぼくはなんの感想もなかったけど、ピッグはとにかくうれしそうな顔をしていた。次の日、ぼくたちは〈四つの塔《とう》の家〉をさがしに出発した。車が沼《ぬま》のほうに走っていくところで、ぼくは初めて、そういえばピッグという名前だってパピーと同じぐらい変《へん》じゃないか、ということに気づいた。ぼくは〝ピッグおばさん〟と呼《よ》ぶことに慣《な》れきってしまったので、もう変だとは思わなくなっていたんだ。〝パピー〟だって、チャックやルルやネイディーンにとっては変じゃないんだろう。ルイジアナ州独特《しゅうどくとく》の深く暗い沼を見ると、ぼくはうれしくなった。今まで行ったところとはぜんぜんちがう感じだ。木の枝《えだ》から長い房《ふさ》のような植物がたれさがっていて、まるでルイジアナ州の南部全体がカビくさい昔ふうの応接間《おうせつま》で、そこらじゅうにぼろぼろのカーテンが吊《つ》られているみたいに思えた。車から出たら、きっと空気が死やカビのにおいに満《み》たされているんだろうとぼくは思っていたけれど、実際《じっさい》に出てみたら、残念《ざんねん》ながらごくふつうの空気だった。

「で、その家はどこ？　どこなの？」およそそのへんじゃないかというあたりまで来ると、ピッグはしきりとつぶやいた。「パソコンさえあれば、名前で検索《けんさく》して住所を割《わ》り出せるのにね。結《けっ》婚式《こんしき》で会ったとき、どこに住んでるか話してたはずなんだけど、あんまり前のことだから忘《わす》れちゃったわ。マグ、おぼえてる？」

「忘れた。アーカンソー州《しゅう》ゴミため横丁《よこちょう》とか、なんかそういう感じだったんじゃない」マグは《ピープル》という雑誌《ざっし》のページをだらだらとめくりながら言った。マグは、そんな家に行く計画に自分は関《かか》わりたくないし、最初《さいしょ》から反対だったということを、二、三十キロ行くごとに態度《たいど》にあらわしていた。

「ううん、ぜったいにルイジアナ州だったわよ」ピッグが言った。「そうだわ、マグ、携帯《けいたい》を貸《か》して。うちの会社に電話して、助手のだれかにインターネットで住所を調べてもらいましょうよ」

いや、携帯は壊《こわ》れてしまったんだった、とみんながそのとき気づいた。でも、マグとピッグは不便《ふべん》としか思わないようで、平然《へいぜん》としていた。ぼくの両親がアフリカにいるなんて、他人ごとなんだ。

「たいへんなことだってわからないの？　お父さんとお母さんが連絡《れんらく》をとろうとしてたら困《こま》るじゃないか！」ぼくは抗議《こうぎ》した。

「そうね、ヘンリー、たしかにそれは困るかも」ピッグはそう言ってため息をつき、道のわきに車をとめた。

「向こうがこっちの携帯《けいたい》にかけてくるしかないんだから！」ぼくはわめいた。「こっちからはかけられないでしょう、番号もわからないし！」

「静《しず》かにしてよ」マグが言った。自分以外《いがい》の人間がパニックになったり騒《さわ》ぎたてたりするのが、嫌《きら》いだったんだ。雑誌《ざっし》を置《お》いて、サングラスを鼻の先までずらすとマグは言った。「町に行って新しい携帯を買って、会社に電話すればいいわ。壊《こわ》れた携帯にかけて通じなかったら、キャサリンたちはきっと、次は会社に電話しようって考えつくはずよ。わたしたちから携帯が壊れたとかなんとかって報告《ほうこく》がなかったか、たしかめようとするでしょう。ねえピッグ、ただの充電《じゅうでん》切れじゃなくて、ほんとに壊れたのね？」

「そうよ、充電は完璧《かんぺき》にしたもの。ほら、耳を当ててみて。ひどい雑音《ざつおん》が聞こえてるでしょう」

「じゃあ、電波のとどかない場所にいるんじゃない？」マグが言った。

「ちがうわよ、壊れたのよ」ピッグが悲しそうに首を振《ふ》った。「勘《かん》でわかるわ」

「壊れたかどうかなんて、勘でわかることじゃないわよ」マグが言った。それからふたりは、バトン・ルージュに着くまでずっと、どんなことなら勘でわかるのか口論《こうろん》をつづけた。

バトン・ルージュで新しい携帯電話を買うと、さっそくピッグが会社に電話して、ルルとチャックの住所をたずねた。ルイジアナ州《しゅう》のペチュニアという小さな町とわかった。「えらくかわいいわね、花みたいな名前で」マグが、いやみを言った。行き先が自分の思いどおりにならなくて不機嫌《ふきげん》だったにちがいない。

「そう。ところでハニー」ピッグが電話に出ている助手のだれかに言った。「ノーマンかキャサリンから電話はなかった？　えっ？　なに？　あらまあ。自分たちの番号を言わなかったのね。まただわ。どうしたっていうのかしら。どこに行ったって？　ああ、そうなの。わかったわ。じゃあ新しい携帯《けいたい》の番号を言うから、今度かかってきたら伝《つた》えてね」

ピッグは困《こま》った顔をしてぼくたちのほうを見た。ぼくとマグは道のはしにとめた車の中にすわって、道行くバトン・ルージュの人たちを見ながらドライブインで買ったハンバーガーを食べていた。

「困ったことになったわ」ピッグはそう言うと、ハンバーガーを袋《ふくろ》から出してゆっくりと紙の包《つつ》みを開け、じーっともの思いにふけりながらかぶりついた。「ほんとうに、すごく困ったことになったわ」

「なによ？」マグは無関心《むかんしん》な態度《たいど》で窓《まど》の外をながめながらたずねた。〈四つの塔《とう》の家〉に行こうと決めてからというもの、マグは、なにが起こっても知らないぞという態度をとりつづけていた。

「ノーマンとキャサリンは、アフリカの東海岸に海水浴《かいすいよく》に行くんだってことを伝えようとして、何度も電話したんだって。わたしたちがつかまらなかったんで、会社に電話したら、電話に出た女の子が、『ニュースでヘンリーが行方《ゆくえ》不明だって知って、あわてて携帯に電話したけど通じなかった』って言っちゃったの。『しばらくしてから、少年がひとりだけ救《きゅうしゅつ》出されたっていう報《ほう》道《どう》もあったけれど、ヘンリーについてはなにも言っていなかった』というところまで、ぜんぶその女の子から聞いて、ノーマンとキャサリンはフロリダの警察《けいさつ》に電話しちゃったそうなの。警察が『ヘンリーも見つかったけれど、わたしたちに連《つ》れていかれて、あとはどこに行ったかわからない』って言って、あとは想像《そうぞう》がつくでしょうけど、キャサリンとノーマンはかんかんに怒《おこ》ってしまったそうなの」

「はあ」マグは指についたケチャップをなめながら言った。「キャサリンとしてはあんまり楽しくはないだろうけど」

「あんまりどころか完全《かんぜん》にだめよ」ピッグが言った。

「そんなの、自分のせいよ。家族のことも考えずにぷいっといなくなったら、まわりはどんな気がするか、やっとわかったんじゃないの。とにかく、別《べつ》にだいじょうぶよ。キャサリンはまた会社にかけるでしょ、それで新しい携帯《けいたい》の番号を聞いて、かけてくる。そうしたら、そのとき説明《せつめい》すればいいいじゃない。それでおしまいよ」

「うーん」ピッグが言った。そして車を出した。

「あと、ピッグ」マグがうれしそうに言った。

「なあに？」

「あなた、ハンバーガーを食べたわね」

ピッグはおどろいて、ひざの上に置《お》いた空《から》っぽの包《つつ》み紙を見た。「嘘《うそ》でしょ、信《しん》じられない！」そう言って袋《ふくろ》の中をのぞきこむと、自分用にたのんだサラダが手つかずのまま残《のこ》っていた。

「いいから、サラダも食べちゃって」マグが言った。「わたしはいらないから。もうおなかいっぱいなの」

「あなたの二個《こ》目のハンバーガーを食べちゃうなんて、そんなつもりなかったのよ、マグ」バトン・ルージュを出て、ペチュニアに向かって車を走らせながらピッグが言った。

「それはわかってる。でも食べたのよ」マグは愉《ゆ》快《かい》そうに言った。


ぼくたちは夕方ごろに、〈四つの塔《とう》の家〉に着いた。チャックとルルの家の電話番号を聞いてあったので、マグはあらかじめ電話して、これから行くと伝《つた》えていた。ルルは「まあ」と言ってから「うれしいわ。ぜひ泊《と》まっていって」と返事をした。でも、マグによれば、「まあ」と「うれしいわ」のあいだにだいぶ長い沈黙《ちんもく》があったそうだ。それに、マグ自身も泊まるのはモーテルのほうがいいと言った。いよいよ到着《とうちゃく》したところで、大げさな歓迎《かんげい》ぶりを見たマグは「電話よりずっとあいそがいいじゃない」と言って、作り笑《わら》いを浮《う》かべたまま後部座《ざ》席《せき》をふりかえった。

「マグ！　ピッグ！　それから、あなたはノーマンのところのヘンリーだわね！」ルルは玄関《げんかん》の前の階段《かいだん》をかけおりて車に走りよりながら、そう言った。ぼくが頭の中で想像《そうぞう》していたのは、長い房《ふさ》がたれさがった木に囲《かこ》まれ、沼《ぬま》に面した神秘的《しんぴてき》な家だった。でも目の前の家は、ごくふつうの郊外《こうがい》の、ありふれた家々がならぶ風景《ふうけい》の中に、一軒《けん》だけちょっとできそこないのように建《た》っていた。

「ぜひ泊《と》まっていってね！」こっちがまだちゃんとあいさつしないうちに、ルルがそう言った。

「いいえ、いいえ、そんな」とピッグが言ったけれど、それほどきっぱりことわっているようには聞こえなかった。でも、ルルはすかさず言った。「そうね、じつは三人も泊まれるほど部屋《へや》がないし、リフ

ォームがすむまではお客は呼《よ》ばないつもりだったの」

「あら、リフォームってどんなことをしてるの？」マグが言った。「おぼえてるかしら、ピッグとわたしはインテリアの仕事をしてるのよ」

「まあ、そうなの？」ルルが言った。「それはすてきね。うちはバスルームとキッチンを直してるんです。それから、床《ゆか》の張《は》りかえを。リビングルームも塗《ぬ》りかえたいわね。次々と手を入れたくなるのよね。今までは人を呼ぶ機《き》会《かい》が一度もなかったんだけど、そのうち考えたいわ」

「リフォームを始めてからだれも来てないの？」ポーチの椅《い》子《す》にすわると、ピッグが明るくそう言った。

「ちがうのよ、この家を建《た》てて以《い》来《らい》よ。だって、いつもなにかしら手を入れてるでしょう？　わたし、昔から家のことにはうるさいんです。母に〝片付《かたづ》け魔《ま》〟なんて呼ばれてたのよ。じゃあ、みなさんすわっててちょうだい、飲み物を持ってくるわ」

「お手伝《てつだ》いするわ」ピッグが言った。

「すわってて！」ルルが言った。「ポーチでくつろいでお茶を飲みましょうね。ちょっと待ってて」

ルルが中に入ってしまうと、マグがぼくとピッグのほうを見て言った。「家を建てて以来だれも来てないって、つまりヘンリーが生まれる前からってこと？」

「シーッ」ルルがポーチにもどってくる音が聞こえたので、ピッグがだまらせた。ピッグが大あわてでドアを開けてあげると、ルルが、切り分けたクルミのケーキをのせたお盆《ぼん》と、レモネードの入ったピッチャーを持って入ってきた。

「泊《と》まってもらえないのは残念《ざんねん》だわ」ルルが言った。「ホテルの部屋《へや》っていうのは、結局《けっきょく》は家ほど居心地《いごこち》がよくないものね」

ぼくは、壁《かべ》を濃《こ》いオレンジ色で塗《ぬ》りなおしてしまった家のことを思い出した。もう家だってそれほど居心地がよくなくなってしまったんだ。今となっては、いちばん居心地がいいのは車の中だ。もしも「どこから来たの？」ってだれかにきかれたら、「車から」って答えてやろう、とぼくは思った。

「パピーとネイディーンはまだアルバイトから帰ってきてないの。ふたりとも、放課後《ほうかご》にファミリーレストランで働《はたら》いてるのよ」ぼくたちが砂糖《さとう》のいっぱい入ったケーキを詰《つ》めこんでいると、ルルが言った。

「そう」ケーキを押《お》しつぶしながらピッグが言った。ぐちゃぐちゃにしてお皿の上に広げてしまえば食べたように見えるだろう、と思っているみたいだった。

「そう」マグも言った。ぼくたちは揺《ゆ》り椅子《いす》にすわって足をぶらぶらさせながら、ケーキを食べたり、フォークにはさまったかけらをつつきだしたりしていた。一日じゅう車に閉《と》じこもっていたあとにポーチにすわってのんびりすれば、ほんとうはいい気分のはずだったけれど、ぼくたちはルルに、まるで家に押《お》し入って不完全なところをあらさがししないかと見張《みは》られているみたいだったので、ちっとも居心地《いごこち》がよくなかった。チャックは家から出てきて、ぼくたちに手を振《ふ》ってあいさつし、そのままガレージだか〝作業場《さぎょうば》〟（チャックはそう呼《よ》んでいた）だかに、カヤック作りをするために入っていってしまった。この態度《たいど》もすごく変《へん》だと思った。たぶん、チャックという人も〝不完全〟だから見ちゃいけなかったんだろう。土曜日に、家族みんなで沼《ぬま》をカヤックでわたる予定なので、それまでに仕上げなければいけないの、とルルが言った。教会のカヤック・クラブに入っているのだそうだ。

「ヘンリー、カヤックに乗ったことある？」ルルがたずねた。ルルの質問《しつもん》のほとんどはぼくに向けたものだった。たぶんそれは、直接《ちょくせつ》の親戚《しんせき》と言えるのはぼくだけだから、もてなす必要《ひつよう》があるのはぼくだけだ、ということだったんだと思う。ぼくと同じように、ピッグとマグもそう感じたにちがいない。ぼくにとってはプレッシャーだったけど、マグはおもしろがっていたみたいだ。マグはそこの家にいるあいだずっとサングラスをかけたままで、一度もはずさなかった。

「ないですけど」とぼくは言った。

「うちの子どもたちにはそういうとき、『ありません、おばさま』と言うようにしつけてるのよ」ルルが言った。

「わたしはおばさまなんて呼《よ》ばれるのは好《す》きじゃないわね」マグが言った。「百歳《さい》になったような気がするから」

「ねえ、ヘンリー、沼《ぬま》に行ったことがある？　カヤックができあがっていなくて残念《ざんねん》だわ。あなたを乗せてあげられたらよかったのに。もちろん、わたしはカヤックに乗るなんて好きじゃないんですけど」

「好きじゃないの？」ピッグが言った。「それじゃあ、家族のみんなが沼に行くとき、あなただけ家でお留守番《るすばん》するの？」

「いえいえ、もちろんちがうわ。家族全員がカヤックに乗るのよ。チャックはカヤック作りが大好きなの。せっかく作ったら、それに乗らなくちゃ。すごく健全《けんぜん》な遊びだと思わない？　それで、ヘンリー、沼に行ったことがあるの？」

ルルが答えを待つようにしてぼくに向かって首をかしげたので、ぼくはまだ質問《しつもん》に答えていなかったことを思い出した。「ううん、ないです」とぼくは言った。ルルは明らかにニュースを見てない。ほんとうは行ったどころではないけど、そのときはそんな話をする気にもなれなかった。ルルは目を大きく見開いて、ぼくが〝おばさま〟と最後《さいご》につけるのを待ってるみたいだったけど、ぼくはそんなことぜったいにするもんかと決意していた。「もちろん、聞いたことはあるんですけど」沈黙《ちんもく》をやぶるために、ぼくはそうつけたした。

「そう。あなたのお父さんは、沼《ぬま》が好《す》きだったものね」

「ほんとに？」

「そうよ。あなたのお母さんと結婚《けっこん》する前、ノーマンはよく遊びにきてくれたのよ。そういえば電話でピッグが話してくれたけど、今ふたりはアフリカに行ってるんですって？　なにをしているのかきいてもいいかしら？」

「宣教師《せんきょうし》の仕事を」ぼくは言った。言ってしまってから、ルルが喜《よろこ》びそうな答えを言って点数をかせごうとした自分がいやになってしまった。だいたい、どうして点数かせぎなんかしなきゃいけないんだ？

「宣教師の仕事？」ルルが言った。「あなたのお父さん、そんなに信心《しんじん》ぶかかったかしら？　キャサリンにひきずりこまれたんじゃないかと思うけど」ルルは、今度はマグに向かって首をかしげた。まるでむち打ちの小鳥みたいだ、カイロプラクティックの治療《ちりょう》でも受けたら？　とぼくは思った。

「たしかに、キャサリンが言いだしたのよ」マグが同意した。「このおいしいケーキ、もう少しいただけないかしら？」

「もうすぐお夕食だからケーキはもうやめておきましょう。ポーチで早めのお夕食にしようかと思ってるの。夜遅《おそ》くなると虫が来るし、それに、あなたがたはずっとドライブしてきて疲《つか》れてるでしょうから、早めに食事をしたほうがいいんじゃないかと思って。さあ、そういうわけで、わたしは中でしたくしてくるわ。ここでくつろいで、おしゃべりでもしててくださいな。すぐにもどってくるわ」そう言うと、ルルは立ちあがって、あいたカップやお皿を持って家の中に入っていった。

「あの女、がまんできないわ。ほんとうにがまんできない」マグがそう言いだしたところで、携《けい》帯《たい》電話が鳴った。

マグがぼくに携帯を手わたしたので出ると、お母さんからだった。お父さんがマラリアにかかったという電話だった。「沼《ぬま》であなたが行方《ゆくえ》不明になったって聞いて、すぐに飛行機《ひこうき》に乗って帰ろうとしたのよ。あなたがどこにいようが、とにかくすぐに帰らなきゃ、って。お父さんはマグとピッグにすごく腹《はら》をたててるわ。それから、わたしのこともちょっと怒《おこ》ってるみたい。長く家をあけるにはヘンリーは小さすぎるって言っただろう、って。だけどね、今はどうにも身動きがとれないの。お父さんの熱《ねつ》がさがるまでは。お父さんは、マグとピッグが今すぐあなたを連《つ》れて家に帰ってくれなきゃ困《こま》るって言ってる」

「でもぼく、だいじょうぶだよ。旅行してるだけだから」ぼくは言った。

「わかってるけど。しょうがないのよ、お父さんは熱のせいでちょっとおかしくなってるの。だからしばらくはなにも言わないで」

「マグかピッグにかわろうか？」ぼくはたずねた。

「ううん、もう切るわ。電話代がたいへんだし」

そのあと、パピーとネイディーンが家に帰ってきて、ポーチに夕食のための折《お》りたたみテーブルを出すのを手伝《てつだ》った。ポーチで夕食というのはとてもおかしな感じだった。近所じゅうに夕食を見せびらかしているみたいで、プライバシーもなにもなかった。

夕食のあいだじゅう、ぼくはお父さんのマラリアが心配でたまらなかった。でもマグとピッグは、「たいしたことない」と何度も言った。蚊《か》に刺《さ》されるとだれでもすぐかかるものだ、その程《てい》度《ど》のことで西洋人は大げさに騒《さわ》ぎすぎる、というのだ。

「アフリカの人たちにとっては、ただの風邪《かぜ》みたいなものなのよ、マラリアなんて」マグが言った。「おっと、今日はマラリアにかかっちゃったかな、なんてふつうに言いあってるんだと思うわよ。たいしたことないのよ」

「黄疸《おうだん》が出て全身が黄色くなってないといいんだけど」ルルが言った。ネイディーンとパピーは夕食のあいだじゅう、ほとんど押《お》しだまってすわっていた。ティーンエイジャーのくせにおしゃべりをしないなんて世にもめずらしい人たちだと思った。チャックも、カヤック作り以外《いがい》の話はあまり得意《とくい》じゃないみたいだった。「まあ、それにしても、家族に病人がひとり出るとたいへんよねえ」

「この一カ月でふたりも出たんですけど」ぼくは言った。どうしてすぐこういうことをルルに言おうとするのか、自分でもわからなかった。ぼくたちのことをよく思っていないのはわかっていたので、同情《どうじょう》をひきそうな打ち明け話をして味方につけようとしてるんだろうか。ルルの人質《ひとじち》になったわけでもないのに。

「まあ」ルルは首をかしげながら言って、疑《うたが》うような目でぼくを見た。

「マグが具合《ぐあい》悪かったんです。血液《けつえき》がなんとかっていう変《へん》な病気にかかって」ぼくは言った。マグがどう思っているのかはわからなかった。こっちを向いていたけれど、サングラスをかけていたから表情《ひょうじょう》が読めなかった。ピッグのほうを見たら、これ以上《いじょう》しゃべるなという顔をしていた。

「病気がちの家族なのねえ」それだけ言うと、ルルはまたナマズ料理《りょうり》を食べはじめた。しばらくのあいだ、みんなだまりこくって食べていた。それからルルがみんなにカブハボタンのサラダをまわした。だれも取らなくてぜんぜん減《へ》っていなかったからだと思う。あんまり沈黙《ちんもく》がつづいて、あんまり居心地《いごこち》が悪かったので、こんなところに来たのは自分のせいだ、とぼくはやけくそになってまたしゃべってしまった。「塔《とう》のことなんですけど。どうして四つも塔を建《た》てたんですか？」

「単純《たんじゅん》なことなのよ」ルルはそう言ってから、これから長い話を始めるぞというように、姿勢《しせい》を正してひざの上で手を組んだ。「家を建てるということになったとき、塔のある家がいいと思ったの。見晴らしのいい高いところにある部屋《へや》がほしいって、ずっと思ってたのよ。でも、塔《とう》のてっぺんの部屋をだれのものにするかで、家族みんなでけんかになってしまったの。まだ四歳《さい》ぐらいだったパピーとネイディーンもいっしょになってね。それでとうとう、チャックがこう言ったの、『ひとりにひとつずつ、塔のてっぺんの部屋があればいいんだろう？』って。それで、うまい具合《ぐあい》に解決《かいけつ》したの。夜になると、自分の部屋に引きあげて、ひとりで好《す》きなようにすごせるようになったのよ」

それが、夕食の席《せき》での最後の話だった。そのあとぼくたち三人は、大急ぎで逃《に》げるようにそこをあとにした。どうしてあんなにいやな気持ちになったのかうまく説明《せつめい》できないけど、なんだかあの四人家族はひどいことになっていて、できるだけ関《かか》わりたくないと思ってしまったんだ。それはあくまであの四人の家庭の中の問題なんだけど、ぼくたちの心にいやな後味《あとあじ》を残《のこ》した。できるだけ早く、できるだけ遠くまで車を飛《と》ばして、話題にもせずにさっさと通りすぎてしまいたかった。ぼくたちは夜の暗がりの中、ルイジアナの空を流れていく星の下を突《つ》き進んでいった。流れ星もきっと、あの家をちらりと見てしまって、空の向こうに逃げていこうとしているんだろう、という気がした。

テキサス

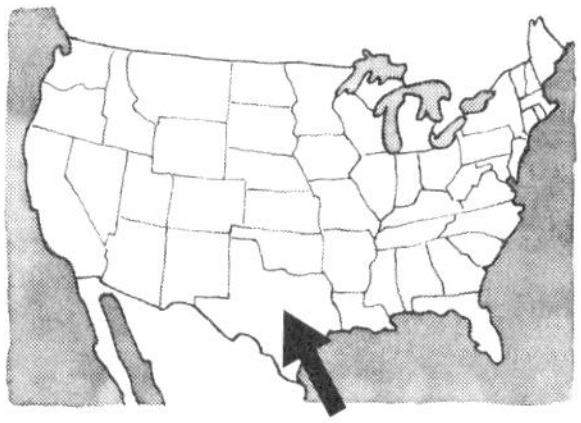

「みんな、どこに行きたい？」翌朝《よくあさ》、ピッグがモーテルのベッドの角《かど》にすわってつんつん立った金髪《きんぱつ》をとかしながらたずねた。ぼくはゆうべ、モーテルに着く前に寝《ね》てしまったんだった。でも、揺《ゆ》り起こされたのはなんとなくおぼえている。それで子ども用のベッドに倒《たお》れこみながら、どうしてこんなにすばやく簡易《かんい》ベッドを用意できたんだろう、と不思議《ふしぎ》に思ったんだった。「みんな、フォージ渓谷《けいこく》に行ってみたくない？　わたしは行きたいと思うの」

「フォージ渓谷？」マグが言った。「ペンシルヴェニア州《しゅう》かどこかじゃなかったっけ？」

「ねえ、ヘンリー、フォージ渓谷に行くのって楽しそうじゃない？」

ぼくが賛成《さんせい》すれば二対一で勝つからって、いつもこうやって利用《りよう》しようとするんだ。

「歴史《れきし》のある場所よ。兵士《へいし》たちが大勢《おおぜい》おそろしい死に方をした場所を、一度見てみたいと思ってたの。ジョージ・ワシントンに率《ひき》いられてポトマック川を越《こ》えた兵士《へいし》たちは寒い寒いフォージ渓《けい》谷《こく》に野営《やえい》して、食べ物もなく飢《う》えていたのよ。すごく悲しい話ね。ぜひともそこを見に行って、悲しみに浸《ひた》って、実際《じっさい》どんな場所なのか感じをつかんでみたいと思うのよ。ほんとに歴史《れきし》のある場所よね。すてきじゃない。兵士たちが戦争《せんそう》の中でどうやってたえたのか知りたいわよね？」

ぼくたちはその案《あん》について考えたけれど、結局《けっきょく》、テキサスに行くほうが近くていいということになった。

テキサス州はほんとうに大きかった。行くとすぐにその大きさが実感できた。ぼくはテキサスがすごく気に入った。なにもない平野がどこまでもつづいている感じが好きになったんだ。やたらと高い山だの海岸だのに行きたがる人もいるけど、そういうのよりぼくの心をかきたてるのは、地平線まで見わたせるなにもない平野だ。それが、この旅行をしてみてはっきりわかった。でもぼくが感動してることにピッグとマグは気づかなかっただろう。ぼくはただ、マグがスーパーで買ってくれた枕《まくら》に頭をのせて、いつものように後部座席《ざせき》に寝転《ねころ》がっていただけだからだ。そんなかっこうで、行っても行っても窓《まど》の外に見えつづけている、ほこりっぽくてなにもないテキサスの風景《ふうけい》をながめていた。天国みたいな風景だと思った。この世のものとも思えない、あまりにも美しい光景だったので、ぼくは残《のこ》りの人生をずっとテキサスでドライブしてすごしたいと思ってしまった。

もちろん、ぼくたちはただドライブしていただけではなかった。ときには車をおりて、マクラメ博物館《はくぶつかん》や、楊枝《ようじ》で作られた町があるという博物館を見た。そのあとまたドライブにもどると、ぼくは、たった今見たもののことを考えようか、それとも遅《おく》れぎみの宿題をやろうかと迷《まよ》った。でもそれより、今まで行った場所のことを思い出したり考えたりしたかったし、これから行く場所のことも考えたかったし、今窓《まど》の外にあるものも見たかったし、窓の外にないもの――というかなにもない空間――も見たかった。そんなことをあれこれ考えている合間合間に、ピッグとマグが食事だと言ってはぼくを車からおろした。ぼくが「また〈ハワード・ジョンソンズ〉のチェーン店に行ってハマグリのフライが食べたい」と何度もたのんだのに、ふたりはいつもバーベキューの店を選《えら》んだ。一度メキシコ料理《りょうり》の店に連《つ》れていかれたときは、ぼくのとった料理があまりにも辛《から》かったので、「もし今度メキシコ料理を食べにいくことになったらぼくは車から一歩も出ない」と言った。ぼくはふだんそういう、おばさんたちがよくやる完全拒否《かんぜんきょひ》みたいなことをめったに言わないんだけど、メキシコ料理のせいでつい爆発《ばくはつ》してしまったんだ。

「映画《えいが》の『テルマ&ルイーズ』みたいね」ピッグが今まで何十回も言ったのと同じことをまた言った。窓を全開にした車の中で、ピッグは風で髪型《かみがた》がくずれないようバンダナをしていた。「ねえ、『テルマ&ルイーズ』みたいだと思わない？」

「思うわよ、ピッグ、ほんとにそうね」マグが言った。どうしてぼくがこんなことをよくおぼえているかというと、ふたりの意見が合うのはめずらしいことだったからだ。

そのあいだもずっと、ぼくの心の中にひっかかっていることがなにかあった。なんだっけ。その日に聞いたことで、わざわざ訂正《ていせい》しなかったけどほんとうはちがってたこと。やがて思い出した。ジョージ・ワシントンがわたったのはデラウェア川であって、ポトマック川じゃない。そんなことはぼくだって知っている。ポトマック川はペンシルヴェニアじゃなくて、ワシントンDCにあるんだ。ただの言いまちがいだったんだろうか。それともほんとうに知らなかったんだろうか。もしかしたらおばさんたちは、教育を受けていないから出世《しゅっせ》できないと思って、自分たちでいっしょうけんめいにインテリアデザインの会社をおこしたのかもしれない。

マグはテキサスの風景《ふうけい》が気に入っていないようだった。マグと交代で運転していたピッグは、めったに文句《もんく》を言わないので、いったいなにが嫌《きら》いなのかはわからなかった。けれども、好《す》きなことに関《かん》してはものすごく熱狂的《ねっきょうてき》になる。近ごろ車の中でずっとだまりこんでいるところを見ると、やっぱりピッグもテキサスが好きじゃないのかもしれない、とぼくは思った。毎日毎日ドライブばかりだった。すごく暑くて、窓《まど》を全開にしても、道路ぞいに咲《さ》く花のさわやかな青さが見えても、それでもまだ暑かった。ときには青い花がまとまって咲いて波のように見える場所もあって、まるで船で海の上をわたっているようだった。いかにも涼《すず》しそうな感じだけれど、実際《じっさい》にはそんなことで涼しくなるわけなかった。ルルたち一家が夜になると不機嫌《ふきげん》になるように、ぼくたちは昼になると暑さで不機嫌《ふきげん》になった。テキサスにいるあいだじゅう、ぼくは夜になるとモーテルの部屋《へや》のすみで折《お》りたたみテントを広げて、マグとピッグから逃《のが》れるために潜《もぐ》りこんだ。マグは寝息《ねいき》がかき消されるようにエアコンのスイッチを最強《さいきょう》にした。もしも折りたたみテントの中にベッドがすっぽり入ったなら、マグとピッグはそれぞれ喜《よろこ》んでそうしただろう、とぼくは思う。じつは、車のトランクにテントは三つ入っていた。ピッグはいつの日かまた使うつもりで、マグは二度と使わないつもりでしまいこんだんだ。

テキサスにいるあいだに、ぼくたちはまったく話すことがなくなってしまったので、ラジオで毎日デイリー・クレイマーの番組を聞くようになった。デイリー・クレイマーは二時間の番組に出て、そのあと別《べつ》の局の番組にも出ていた。同じ日の再放送《さいほうそう》をもう一度聞くこともあった。それほどまでに退屈《たいくつ》していたんだ。デイリー・クレイマーはいつもいいアドバイスをしていた。でもそれを聞いていると、自分の人生がどんなにまちがっていたか、じっと考えこんでしまうのだった。そして、自分の家族がどんなにまちがっていたかについても考えこんでしまった。たまにしか家に帰ってこないお父さん、ぼくたちのことはぜんぜん考えないでアフリカになんか行っちゃったお母さん。ぼくはといえば、同年代の友だちもいなくて健康的《けんこうてき》に野球をしたりもできなくて、こうして中年のおばさんふたりといっしょに、ただテキサスじゅうをあてもなくぐるぐるドライブしている。そこまで考えてなんだか絶望的《ぜつぼうてき》な気持ちになると、ぼくは思わずラジオを消した。

マグとピッグがまだ聞きたいと言うときは、枕《まくら》で耳をふさいで、また窓《まど》の外の青い花をながめることにした。とにかく、デイリー・クレイマーの番組を何度も何度も聞いていると、一日じゅう自分の人生をふりかえることになってしまう。マグとピッグもぼくと同じで、ラジオの悪い影響《えいきょう》を受けているように見えた。だれも元気づけられていなかった。それで、テキサスにいるあいだにまた三人で話をするようになった。ぼくたちはレストランで出会う下品なテキサス人の口まねをしてしゃべった。最初《さいしょ》はただふざけてやっていたんだけど、やがて癖《くせ》になってしまった。文法《ぶんぽう》がおかしいという人もいるけど、なんだかしゃべりやすくて心地《ここち》よかったからだ。マグとピッグは、うちに帰ったらこのしゃべり方をやめなきゃいけないなんて残念《ざんねん》だと言った。やがてピッグが妙《みょう》な目つきをして「家になんか帰らなきゃいけないの?」と言った。このときからピッグの中でなにかが起こっていたことに気づくべきだった。でもぼくたちは、おたがいの様子《ようす》になんかそれほど注意を払《はら》っていなかったんだ。

ほかにしゃべることがないと、その日に聞いた番組の話を夕食のあいだにもむしかえした。そうなると、昼間ずっとラジオを聞きつづけているだけじゃなくて、夜もずっとそれについて話しあうことになってしまった。デイリー・クレイマーの番組自体が、人々が心を病《や》む原因《げんいん》になっているんじゃないか、とぼくは思いはじめた。そして、本屋さんにいた男の人――誕生日《たんじょうび》に本を手に入れたあの人は、デイリー・クレイマーの番組なんかたいして聞いていなかったんじゃないか、と思うようになった。マグとピッグにもそう話した。なにもしないでラジオで心理学者がしゃべるのをただ聞いて、他人の問題についてぐじゃぐじゃ話しあったりする生活は健康的《けんこうてき》じゃないからぼくはいやだ、それより外で友だちと野球をしたい、とも言った。でもふたりは、退屈《たいくつ》そうな、ぼんやりした目を大きく見開いて、まあいいじゃない、と言った。

「それにね」ピッグは言った。「友だちと野球するなんて無理《むり》でしょ。ここには友だちがいないんだから」

「ここはテキサスなのよ」マグがのんきな調子で言った。

そこでぼくは気がついた。こんなことじゃだめだと思っても、テキサスの真ん中にいたらどうしようもない。マグの言うとおりだ。ここはテキサスなんだ。そのあと、マグとピッグは、恋人《こいびと》の名前のタトゥーを肩甲骨《けんこうこつ》の上に彫《ほ》ろうとしている女の人のことを話しはじめた。デイリー・クレイマーは、その女の人はもう大人《おとな》なんだからやりたいようにしていい、と言っておいてから、そのあと反対のアドバイスをしまくったので、その人のタトゥー計画は完全《かんぜん》に台なしにされてしまった。その話に巻《ま》きこまれたぼくは、野球の話はもう二度と出さなかった。

ぼくは、それからしばらくしてテントで寝《ね》るのをやめることになるんだけど、そんなことを予想もせずに、ぼくたちはオクラホマ州《しゅう》に入っていた。オクラホマでぼくたちは、ピッグと別《わか》れることになるのだった。

オクラホマ

風車《ふうしゃ》になってみたい、とピッグが言いだしたのがすべての始まりだった。お母さんから電話がかかってきたのは、ぼくたちが朝早くテキサス州《しゅう》を出たあとだった。想像《そうぞう》がつくだろうけど、ぼくは胸《むね》がどきどきした。バリバリシューシューという雑音《ざつおん》ごしに、お父さんの熱《ねつ》がさがって病気がよくなったという話が聞きとれた。でも、お母さんは「まったくもとどおりのお父さんにはもどれないかも」と謎《なぞ》めいたことを言った。

「それ、どういう意味?」ぼくはきいた。

「ヘンリー、ちゃんとした食事をしてるの?」お母さんが変《へん》な質問《しつもん》をした。旅行に出たからって、ぼくがふだんとちがう食事をするはずないじゃないか。うちにいるときだって、ときどきのトマト以外《いがい》には、お母さんは野菜《やさい》なんて食べさせようとしなかったし。

「もとどおりのお父さんにはもどれないってどういう意味？」

「携帯《けいたい》がまたバリバリいってるわ。あなたたち、どこか大きな町に向かってるの？　ねえヘンリー、急いで答えて、また携帯が切れちゃう前に」

「ねえピッグ、ぼくたちどこか大きな町に向かってるの？」ぼくはきいた。

「大きな町になんか向かってないわよ。ただドライブしてるだけ」ピッグが言った。

「そうじゃなくて、お母さんが知りたいのはたぶん……」そう言いかけたところで、お母さんが「マグにかわって！」と叫《さけ》ぶのが聞こえたので、ぼくはそのとおりにした。電話を切ったとき、マグはちょっと沈《しず》んでしまったように見えた。

「ごめんね、切っちゃった。接続《せつぞく》が悪かったのよ」マグは言った。

「別《べつ》にいいよ」と言いながらぼくは、そんなのよくあることで、気にする必要《ひつよう》はなにもないのに、と思った。

「タルサで会おう、だって」マグはぼそりと言った。

「だれが？　キャサリンとノーマンが、じゃないわよね？」ピッグが言った。

「キャサリンとノーマンが、よ」マグはつっけんどんに言った。

それを聞いたぼくは、複雑《ふくざつ》な気持ちになった。両親に会うのはうれしかった。特《とく》に失踪《しっそう》していたお母さんに会えるのは。いや、特に病気だったお父さんに会えるのが、かもしれない。ピッグとマグはどちらに会うのもあまりうれしそうではなかった。もちろんなぜだかは想像《そうぞう》はついた。好《す》き勝手な旅ができなくなってしまうのが目に見えていたからだ。これまでずっと、ぼくたち三人で思いがけないことをしてきたのに。

「えーと、それでどうなるの？　みんないっしょに家に帰るの？」ピッグが言った。

「ぎゅうぎゅうになっちゃうよ、車の中が」ぼくは言った。この旅が快適《かいてき》だったのは、広々とした後部座席《ざせき》を独占《どくせん》できたからだ。お父さんとお母さんのあいだにはさまれて、窮屈《きゅうくつ》にすわってい る様子《ようす》をぼくは思い浮《う》かべた。次にマグとピッグにはさまれてすわるところを思い浮かべて、ますますぞっとした。そのあと、それ以外《いがい》の席順《せきじゅん》もいろいろ考えてみたけど、あまりにもおそろしくて想像したくもなかった。

「ねえ、もとどおりのお父さんにはもどれないって、どういう意味だったのかな？」ぼくはきいた。

「ああ、それはただ、キャサリンが大げさに言っただけよ」マグは答えた。「もちろん、お父さんはもとにもどるでしょ。まるっきり前と同じに」

「マラリア以外は前と同じに」ピッグが言った。

「うるさいわね、ピッグ」マグが言った。

「もしマラリアが再発《さいはつ》したら、ってキャサリンは言いたかったんじゃないの」ピッグが言った。

「とつぜん、また同じように熱《ねつ》が出て倒《たお》れるのよ。何度も何度もそういうことをくりかえすの。マラリアってそういう病気なのよ」

「でも風邪《かぜ》と同じようなもんなんでしょ？」ぼくは言った。

「あら」ピッグが言った。「風邪と同じようなものだっていうのは、アフリカの人にとっては、ってことよ。ところで、マグ、キャサリンとノーマンがタルサにいつ着くか、どうすればわかるの？」

「電話するって言ってた。キャサリンはタルサ行きの航空券《こうくうけん》を手配《てはい》してるところで、予約《よやく》できたら時間を知らせるって」

「わたしたちを信《しん》じてないのかしら？　ヘンリーをちゃんと家に連《つ》れて帰らないんじゃないかって」

「キャサリンは信じてるでしょうけど。ただ、キャサリンが言うには、ノーマンがちょっと旅行をしたがってるんだってよ」

「ちょっと旅行って？」ピッグが言った。

「お父さんは旅行なんか嫌《きら》いなはずだけど」ぼくが言った。

「ほら、見て、また風車があった」ピッグが言った。「遠くのほうに見えるでしょう」ピッグは風車が大好《だいす》きで、見えるたびに指をさしていた。なにもないところにぽつんと立っている風車は、まるで大海《たいかい》にぽつんと浮《う》かぶ船のようだった。大聖堂《だいせいどう》のようでもあったし、記念塔《きねんとう》のようでもあった。風車は、どんな風が吹《ふ》いてきてもまわりつづけていた。このあたりの牧場《ぼくじょう》のために発電をしてるんだろう。広い広い、どこまでもつづく牧場には牛がいるだけで、人間の姿《すがた》はぜんぜん見えない。よそに行ってるのか、建物《たてもの》の中にいるのか。人間はまるで広い空間にのみこまれてしまったような感じだった。ピッグが何度も風車を指さすので、マグはイライラしてきて今にも怒《おこ》りだしそうだったけれど、まだだまっていた。すると急にピッグが言った。「車をとめて。外に出たいの」

「なんで?」マグが言った。「写真でも撮《と》るつもり?」

この発言もだいぶ変《へん》だった。だって、今までに旅をしてきた中で、ぼくたちは写真なんか一枚《まい》も撮ったことがなかったからだ。もしふたりがカメラを持ってきてたんだとしても、ぼくは見たこともなかった。

「ちがうの、ただわたしを道ばたにおろして、見えなくなるぐらい遠くに走り去ってほしいの。自分が風車みたいになったらどんな感じがするか、やってみたいの。見わたすかぎりなにもない場所にひとりぼっちで立っていたい」

「それで、くるくるまわるの?」マグはそう言いながらも車を道ばたに寄《よ》せた。三人でまったくなにもしないですごすのに慣《な》れてしまったので、ぼくの両親が合流すると思うとマグは気が重くて、そのことが頭から離《はな》れなくなっているようだった。なにかおそろしいことをじいっと考えているのがわかった。

「おろしてよ」ピッグが言わなくてもいいことを言った。だってもうすでに車はとまっていて、ピッグはドアを開けておりかけてたんだ。「さあ、もう行って」

マグは言われたとおりにした。車はどんどん走っていった。道ばたに立ったピッグの姿《すがた》がだんだん小さく、遠くなっていく様子《ようす》を、ぼくはおもしろいなと思って見ていた。しまいにその姿は、まるで蒸発《じょうはつ》してしまうようにすーっと消えていった。マグもバックミラーでちゃんとピッグのことを見ていたらしく、こう言った。「このへんでUターンしてピッグを拾いにいく?」

「うん」ぼくはピッグの希望《きぼう》どおりの答えをした。

「ピッグを残《のこ》してふたりで行っちゃったら、どうなる?」このマグの言葉は予言的《よげんてき》だった。

ぼくたちがUターンしてもどっていくと、どこからあらわれたのか、一頭の馬が全速力で走ってきた。ものすごい勢《いきお》いで走るその背《せ》に、乗り手がしがみついていた。暴《あば》れ馬だった。次の瞬間《しゅんかん》、乗り手は振《ふ》り落とされ、地面の上で砂《すな》ぼこりをあげた。ぼくたちが車のスピードをあげて近づくと、ピッグが落馬した人のほうに走っていくのが見えた。でも、ふたりのあいだには大きな柵《さく》があった。その男の人は、あんな危《あぶ》ない落ち方をしたのに元気そうで、ぼくたちがそこに着いたときには柵を見事に乗り越《こ》えて、ピッグと話をしていた。その柵は鉄条網《てつじょうもう》なのに、すごい荒《あら》わざだった。人間に出会ったのはその日はじめてだったので、ぼくたちはわくわくした。

マグは、ピッグとほこりだらけのその人の横で車をとめた。ピッグがドアを開け、男の人はぼくの横に乗りこんできた。

「マグ」ピッグが言った。「この人を家まで乗せていってあげましょう。あの暴《あば》れ馬に落とされちゃったのよ」

「見てたわよ」マグが短く答えた。「はじめまして。わたしはマグノリア、この子がヘンリーです。ピッグはもう自己紹介《じこしょうかい》したわよね」

「ブタが?」男の人が言った。

「ペッグよ」ピッグが言った。

「ペッグ?」マグが言った。

「はいはい」ピッグが言った。マグは顔をしかめた。

「ぼくはコーディー。牧場《ぼくじょう》の持ち主《ぬし》です。お急ぎでなければ、うちの牧場をご案内《あんない》しますよ。さっきのあの馬は、手に入れたばかりで今調教中の、未熟《みじゅく》な馬なんです。ゴー・ラッキーって名前で」

「あなたこそ、落馬してけがをしなくてラッキーでしたよね」マグが言った。「馬ってほんとにひどい動物ですよね。馬のいるところで育ったからわかるんですけど。ほんとにひどいのよね」

「言わずもがなでしょう」コーディーが言った。そのあとはだれもしゃべらず、車は走っていった。ピッグは頭に手をやって、短い金髪《きんぱつ》についたほこりをいっしょうけんめい取っていた。

長いあいだ走ったあと、車はようやく牧場《ぼくじょう》に入る私道《しどう》までたどり着いた。そこからさらにほこりっぽい砂利《じゃり》道《みち》をのぼって、おもちゃの家のように小さく見えている農場の家に近づいていった。家にはポーチがぐるりとついていて、古い枝編《えだあ》みのかっこいい家具がならんでいた。コーディーはぼくたちに、そのほこりっぽい古い椅子《いす》にすわるようにすすめ、家の中から大きなピッチャーに入ったアイスティーを持ってきてくれた。ちょうど喉《のど》が渇《かわ》いていたので、そのアイスティーはものすごくおいしく感じられた。

「わたし、おかしくない？」ピッグは窓《まど》に映《うつ》った自分の姿《すがた》を見ながらマグにささやいた。そして、ほこりがついていたら困《こま》るというようにほっぺたを拭《ふ》いた。

マグはため息をついて、家畜《かちく》小屋のほうに目をやった。そこにはいろんな種類《しゅるい》の馬がいた。

「それで、と」コーディーは、すわってアイスティーを飲みながら言った。変《へん》に間《ま》の悪い空気がポーチに流れた。知らない人に親切にしてもらったけど、もうそろそろお別《わか》れしようかなというときによく感じる気まずさとは、またちがう空気だった。「どこから来たんですか？」

「ヴァージニア州《しゅう》」クリッツともフロイドとも言わずに、ピッグはそれだけ言った。

「行ったことないなあ」コーディーが言った。「というか、ほとんどどこにも行ったことがないんだけど」

その直後、コーディーはアイスティーのグラスを置《お》いて庭に飛《と》びだしていった。ゴー・ラッキーがかけもどってきたので、取っ組みあいをしてだれが主人かわからせてやらなくては、ということだった。ぼくには、馬と格闘《かくとう》するコーディーの姿《すがた》はだいぶおかしなものに見えたけど、マグいわく、馬を手なずけるにはああしなければならない、人間が馬より上に立つのだとわからせないと、五百キロ以上《いじょう》体重がある動物に振《ふ》りまわされてしまうことになるんだそうだ。

「馬の心のコントロールよ」ピッグとマグは同時に言いながら、心臓《しんぞう》に指を置いた。ふたりは昔から家でそのジェスチャーをしてきたんだろう。

「なにかに支配《しはい》されるのはいやなものだけど、特《とく》にそれが馬っていうのは困《こま》るでしょ」マグが言った。

コーディーは、はいているブーツといい、その名前といい、完璧《かんぺき》なカウボーイだった。映画《えいが》やテレビに出てくるカウボーイとまるっきりそっくりで、ただ、ちがうのはすごく背《せ》が低《ひく》いという点だった。ピッグと同じぐらいの身長だったけど、筋肉《きんにく》りゅうりゅうでたくましい体つきをしていた。コーディーは馬にすばやく新しい鞍《くら》を置き、振《ふ》り落とそうとして抵抗《ていこう》する馬をおさえつけて、なんとか乗ってしまった。馬がおとなしくなると、コーディーは馬からおりて、鞍をはずしてやって小屋に入れ、ぼくたちのほうにもどってきた。

「あのバカ馬が、つけてた鞍《くら》をどこかでなくしてきたんですよ。さがしに行かないと」コーディーは言った。「いっしょに来ませんか？　馬ならたくさんいるから、みんなで乗っていけますよ」

ぼくとピッグは行ってみたいと言った。マグは、ポーチにすわってアイスティーを飲んでいるほうがいい、と言ったので、コーディーは、じゃあくつろいでてください、と言ってぼくたちの馬を出しに行った。ぼくは年とったおだやかな馬を貸《か》してもらった。まあまあじょうずに乗れる、と申し出たピッグは、すごくいい馬を貸してもらった。「乗馬スクールに通ったお嬢《じょう》さまには見えないでしょうけど」ピッグは言った。「でも、乗れるの。落馬して困《こま》らせたりしないわ」「ぼくだってきみを困らすわけにはいかないよ」コーディーはそう言うと、ピッグが馬の背《せ》に乗るのを助けた。ピッグはぜんぜん助ける必要《ひつよう》はなさそうで、むしろ助けてもらわないとのぼれないのはぼくなのに、と思った。それまでに馬に乗ったことなんて一度もなかったんだ。でも、一度乗ってしまうと、大騒《おおさわ》ぎするほどのことじゃないと思った。ただ大きな鞍のくぼみにお尻《しり》を落ち着けてあぶみに足をのせてさえいれば、だいじょうぶ、ぼくの馬は前の二頭のあとをだまってついていってくれた。ぼくがそう言ったらコーディーとピッグは笑《わら》ったけど、見たままのことを言った、そのどこがおかしいのかぼくにはわからなかった。たぶんふたりで声をそろえて同じことに笑ってみたかったんだと思う。

ぼくたち三人はずいぶん長いこと馬に乗っていた。なぜカウボーイが帽子《ぼうし》をかぶるのか、だんだんわかってきた。ぼくはじりじりと日焼《ひや》けし、全身がほこりまみれになって乾《かわ》いてくるのを感じた。ピッグもぼくも、照《て》りつける日ざしに顔をしかめた。放り出された鞍《くら》がようやく見つかると、コーディーは馬から飛《と》びおり、その鞍をまた馬にのせた。それからみんなで家へともどっていった。あたりの風景《ふうけい》はヴァージニアの青々とした丘《おか》ほどきれいではなかったけど、みすぼらしい木々もそれはそれで魅力的《みりょくてき》だった。ぼくが好《す》きな、ひかえめな感じの美しさだ。自分の美しさをこれみよがしにひけらかしているものは好きになれない。美しさをこっちが見出《みいだ》して、その世界に入りこんでいくような、そういう感じがいいんだ。

家にもどると、女の人がいて、マグとぺらぺらおしゃべりしていた。コーディーとは話がはずまなかったマグだけど、その女の人とはすごく盛《も》りあがっていた。

「ああ、あれは妹のリーズルだよ」馬をおりて、馬具をはずしながらコーディーが言った。ピッグが「手伝《てつだ》うわ」と言って、コーディーといっしょにさっさと馬小屋の中に入っていってしまったので、ぼくはひとりでポーチにもどった。リーズルがあいさつをして、また飲み物を出してくれ、そのうえ「お夕飯《ゆうはん》を食べていって」と言ってくれた。マグはぼくたちの旅のことをぜんぶリーズルに話してあったらしく、モーテルを見つけてシャワーを浴《あ》びて、そのあとでここにもどってきたいんだけどいいかしら、と言った。でもリーズルは、モーテルをさがすことなんかない、どうせ百キロぐらい遠くまで行かないとモーテルなんかないから、と言った。三人でこの家に泊《と》まればいい、わたしとコーディーは臨時《りんじ》の雇《やと》い人用の小屋に泊まる、と言ってくれた。夏のあいだはよく手伝《てつだ》いの人を雇うから、そういう人たちが寝泊《ねと》まりする小屋があるんだけれど、今はだれもいない。その小屋の壁《かべ》には、その人たちが退屈《たいくつ》しのぎに薄汚《うすぎたな》いことを書きちらした落書きがあるので、女性《じょせい》や子どもにそこに泊まってもらいたくはない、とリーズルは説明《せつめい》した。

マグが「おうちに泊まらせてもらうなんて悪いわ」と言うと、リーズルは「あら、ぜひ泊まっていって！」と言った。「コーディーだってそう言うと思うわ、だって、わたしたち二人だけで、昼も夜も顔を突《つ》きあわせて退屈してるんですもの。お夕食のときみんなと話せたらほんとうにうれしいわ。近ごろはおたがい文句《もんく》ばかり言うようになって、つまらないのよ」それはわかる、ぼくたちがテキサスにいたときと同じだ、とぼくは思った。マグは、まあどうしたらいいかしら、と言った。そうとしか言えないだろうとぼくも思った。とつぜん出会った知りもしない人の家に、そんなふうに泊めてもらうなんて、ちょっと変《へん》だ。コーディーといっしょにもどってきたピッグは、大喜《おおよろこ》びでこの誘《さそ》いを受けたけど、マグが「ピッグ、わたしたち、タルサに行かなきゃいけないでしょ？」と言った。

「あら、ピッグって言ったの、マグ？」キッチンで夕食の野菜を刻《きざ》んでいたリーズルが、ポーチを見わたす窓《まど》ごしに言った。

「ペッグよ！」ピッグが大声で言った。

「あら、そうよね、ペッグよね」リーズルが言った。「〝ピッグ〟って聞こえた気がしたの」

「えーと、ヴァージニアなまりが出ちゃったみたいね」ピッグが言った。

ぼくたちは結局《けっきょく》、夕食をごちそうになり、そこに泊《と》めてもらった。リーズルはシーツを替《か》えたりして、二階のふたつの寝室《しんしつ》を気持ちよく整えてくれた。バスルームにバラの形の石鹸《せっけん》を置《お》いたりなどという、必要《ひつよう》ないようなことまでしてくれた。ぼくはバラの形の石鹸なんかもったいないから使えないと思った。第一、ぼくがバラの香《かお》りをさせたいはずもなかった。でもそういうものを出すのがリーズルにとってはうれしかったみたいだ。そもそも、ぼくたちがいるだけで満足《まんぞく》してくれているようだった。ぼくはなんにもしていないのに、ありがたいなと思った。このもてなしを、マグやピッグがどう思っているのかぼくにはわからなかった。ピッグはどっちみち天にものぼる心地《ここち》になっていた。マグのほうは、もしあんなサービス過剰《かじょう》なまでのもてなしがなかったら、きっと完全《かんぜん》にへそを曲げてしまっていただろう。マグはピッグが浮《う》かれているのを、まるで下着に砂《すな》が入ったみたいにいやがっていたからだ。

ぼくはコーディーの部屋《へや》を借《か》りた。ピッグとマグはリーズルの部屋で、ダブルベッドと長椅子《ながいす》に寝《ね》ることになった。長椅子は牧場《ぼくじょう》全体が見わたせる窓《まど》の横にあった。窓からはきれいな夕暮《ゆうぐ》れや、夜の星も見えた。そこは傾斜天井《けいしゃてんじょう》の寝室で、広くて明るくて、窓辺《まどべ》では軽《かろ》やかなカーテンが風にそよいでいた。牧場《ぼくじょう》は広々して光があふれていて、それをながめていると、この世にはすばらしいものしかない、と思えた。ぼくはほんとうはそっちの部屋《へや》に泊《と》まって、広い牧場に沈《しず》んでいく夕日をながめたり、夜空にきらめく星をひと晩《ばん》じゅう見ていたりしたかったんだけど、いざ夜になると、長い一日ですっかり疲《つか》れて眠《ねむ》くなり、横になれるベッドさえあればなんでもよくなってしまった。コーディーのベッドは窓《まど》ぎわじゃなかったので、寝《ね》る前に窓のそばに行って外をながめた。窓わくにもたれてうとうとしかけたとき、とつぜん、開け放った窓からマグの怒《おこ》ったようなひそひそ声が聞こえてきた。「あなた、あの男の人に恋《こい》をしちゃったのね。そうなんでしょ、ピッグ？」

「ペッグよ」ピッグの声がした。

お母さんたちから電話がかかってくるまでの三日間、ぼくたちはその家にいた。タルサにいつ着くか知らせる電話があったとき、自分たちがどこに行こうとしていたかほとんど忘《わす》れていたことに気づいた。マグはほんとうはオクラホマじゅうをドライブしてまわったり、タルサに泊《と》まって遊んだりしたかったはずだ。でも帰るなんて言ったらリーズルが泣《な》きだしそうな感じがして、だれも言いだせずにいた。けれどもとうとう、両親が電話で、あと二日でタルサに着く、と言ってきた。ぼくたちのいるところからタルサまで車で行くのに、どうしたって丸二日はかかる。マグは明らかにほっとした様子《ようす》で、「さあ、もう失礼《しつれい》しなきゃ。時間切れよ！　行かないとね！」

と言った。そのときポーチにいたのはぼくとマグとリーズルだけだった。ピッグとコーディーはまたいっしょに乗馬をしに行っていた。ピッグはいつも「彼《かれ》のお仕事を手伝《てつだ》ってるの」と言い、それを聞くとマグはゲッ、という顔をしていた。ぼくは電話で、お父さんとすごく久《ひさ》しぶりにしゃべった。お父さんはなんだかまだ病気みたいな弱々しい声を出していたけれど、ぼくたちが今牧場《ぼくじょう》にいると聞くと、いつものようにお説教《せっきょう》を始めた。「馬なんてものにぜったい乗っちゃだめだぞ」お父さんは言った。「馬に乗っかるのと同じぐらい簡単《かんたん》に、馬から落っこちてしまうんだってことをよくおぼえておくんだよ」いや、乗っかるのは簡単じゃなかった、とぼくは思った。そのころにはもう、助けがなくても乗れるようにはなっていたけど、もし手を貸《か》してくれる人がいたなら喜《よろこ》んで助けてもらっただろう。

どっちにしても、もうぼくはピッグとコーディーといっしょに乗馬に出ることはやめていた。ぼくだって、のこのこついていってじゃまするほどばかじゃない。ピッグとコーディーは、牧場の敷地《しきち》を百キロも走って、疑《うたが》うことを知らない家畜《かちく》だけに囲《かこ》まれてふたりきりでいたかったんだろう。そうやってひそかに恋《こい》の花を咲《さ》かせるのがいちばんんだ。ぼくが「もう馬には乗っていない」と言ったし、元気なぼくともうすぐタルサで会えるし、お父さんはすっかり安心したみたいだった。

「じゃあ、いい話が聞けるのかな」お父さんは謎《なぞ》めいたことを言って電話を切った。

コーディーとピッグは夕食の時間にやっともどってきた。リーズルはいそがしそうに料理《りょうり》をテーブルにならべていた。悲しそうな顔のリーズルは、西部劇《せいぶげき》みたいに近くの木で首吊《くび》りをしかねない感じに見えた。そのとき、マグが爆弾《ばくだん》を落とした。「わたしたち明日の朝ここを出て、タルサに行かなくちゃいけないの」でもピッグとコーディーは「ふうん」とか「あ、そう」というような返事しかしなかった。そのあとなにが起こるか知らなければ、ほんとうに冷《つめ》たい、味気《あじけ》ない返事だと思っただろう。実際《じっさい》、ぼくたちは知らなかったんだけど、マグはようやく言ってしまえてほっとするあまり、ふたりの返事が変《へん》だということには気づいていないようだった。肩《かた》をいからせていたマグの姿《すがた》を見れば、「ずるずるここにいるのは、もうたくさん」と考えていることはわかった。

次の朝のことだった。ぼくたちが帰ろうとしてポーチに出たとき、ピッグがマグに言った。

「わたしは行かないわ」

衝撃的《しょうげきてき》だった。「行かないってどこに?」マグは言った。

「タルサに行かない」ピッグが答えた。

「タルサに行かないの?　どういうこと?」マグはたずねた。

ふたりのやりとりがもたもたしていたので、早く要点《ようてん》を言ってすっきりわからせてほしい、とぼくはじれったくなった。

「もうあなたたちといっしょに旅行しないの」

「ちょっと待ってピッグ、じゃあどうするつもりなの？」

「わたし、ここに残《のこ》るわ。この牧場《ぼくじょう》に」ピッグが挑《いど》むように言った。「コーディーがずっとここにいてほしいって言うから、いいわよって答えたの。わたし彼《かれ》と結婚《けっこん》するの、マグ」

「ええっ？」マグは叫《さけ》んだ。「知りあってたった三日の人と？」

「こうする以外《いがい》に考えられないの。生まれたときから知ってても同じことよ。もう決めたの。思いとどまらせようとしても無理《むり》よ。ぜったいに無理。こんなふうにあなたを見捨《みす》ててしまうかわりに、会社はすべてあなたにゆずるわ、マグ。そのうち荷物《にもつ》だけ取りに帰ろうと思う。でもその前に、どうしても必要《ひつよう》なものだけ送ってくれないかしら？　えーと、洋服とか、あとは……」さっそく必要なもののリストを作ろうというように、ピッグはうっとりと宙《ちゅう》を見つめた。

マグはなにも言えなくなってしまった。ぼくは、ピッグがあんなに崇拝《すうはい》していたデイリー・クレイマーが何度も言っていた「結婚前に少なくとも一年はつきあわないと相手のことはわからない」というアドバイスを思い出した。デイリー・クレイマーならこんなことはぜったいに認《みと》めないだろう。だって、あまりにもばかげてる。でもピッグは、デイリー・クレイマーの言うことになんか興味《きょうみ》はない、と言った。あの人が信奉者《しんぽうしゃ》に向かって言う常識的《じょうしきてき》なルールなんて、コーディーみたいなすてきな人に出会ったらぜんぶふっとんでしまうんだそうだ。デイリー・クレイマーのことも、人生相談《そうだん》の答えもどうでもいいんだとピッグは言った。でもね、とにかく今までありがとう、とピッグはぼくの肩《かた》をやさしく叩《たた》いた。ちょっと大げさに言いすぎたと思ったからかもしれない。

マグは、おどろいて口もきけないというような様子《ようす》で車に乗りこんだ。たぶんほんとうにそうだったんだと思う。だってぼくたちは、それからなにも話さないまま、なんと三百キロ以上《いじょう》も走っていったんだから。あまりにもずっと走りつづけたので、同じところをぐるぐるまわっているにちがいない、と思ったほどだ。オクラホマ州《しゅう》がそんなにえんえんとつづいているはずがない。ようやくアイスティーを飲むために車をとめると、マグは助手席《じょしゅせき》にすわっているぼくのほうを向いて言った。「あの話に平気でいられる？」

「みんなが平気ならね」ぼくは言った。久々《ひさびさ》に舌《した》を動かして話すのはうれしかった。

「みんなって、あなたとわたしだけじゃないの」マグが言った。「あんなの、うまくいきやしないわ」

その晩《ばん》、マグはモーテルからピッグに電話して、気持ちが変《か》わっていないかどうかきいた。それから毎晩毎晩欠《か》かさず電話したけれど、ピッグの決心は少しも変わらなかった。変わったのは名前だけだ。ほんとうはピッグだとコーディーには知らせないまま、正式にとどけを出してペッグに変えてしまったんだ。ピッグはそのあと永遠《えいえん》に〝ペッグ〟になった。いいことだったとぼくは思う。

そういうわけで、マグとぼくはふたりきりでタルサに向かうことになった。最初《さいしょ》のうちはショックで頭がぼーっとしていたので、これも悪くないんじゃないかという気がしていた。少なくともピッグが幸せなのはわかったからだ。次の日、ぼくたちの車は、どこまでもつづくさびしい高速道路をタルサ空港めざして走った。生き物といえば、退屈《たいくつ》そうにゆっくりと円を描《えが》いて飛《と》んでいる二羽のタカしか見えなかった。ぼくたちふたりも、あのタカのようにぐるぐると同じところをまわり、同じことを考えている、とぼくは思った。マグは、ピッグとふたりで大事に少しずつ読んでいたデイリー・クレイマーの本を助手席《じょしゅせき》の下から取ると、ものも言わずに車の窓《まど》から放り投げた。

コロラド

そこからタルサ空港に着くまでのあいだは、ほとんど会話がなかった。マグとぼくと二人きりで車に乗っているのはなんだか気まずい感じだった。三人だったときは、ぼくは一人でぼんやりしていることができた。マグとピッグが二人で楽しそうにしているのをよそに、ぼくは車のシートの一部みたいになって存在感《そんざいかん》なくすごし、みんなそれで快適《かいてき》だった。自意識過剰《じいしきかじょう》になる必要《ひつよう》もなかった。でもピッグがいなくなってしまうと、ぼくとマグはなにか会話をしなくちゃいけないと思って、そのせいで余計《よけい》に緊張《きんちょう》してしまい、車の中が重苦しい静《しず》けさでいっぱいになった。もちろん、マグはまだ怒《おこ》っていたし、それだけじゃなくて、これから会社をどうしたらいいんだろう、どうやってひとりぼっちであの家に住めばいいんだろう、なんて考えて、打ちのめされていたのかもしれない。たぶん、いつも二人いっしょなのが当たり前になっていたので、一人になっ

たらどうしていいかわからなくなってしまったんだと思う。二人は、ぴったりくっついたパズルのピースのように、おなかの中に姉妹が入っているロシアのマトリョーシカ人形のように、いつもいっしょだった。それが今、空《から》っぽのおなかになってしまったんだ……でなければ、その想像《そうぞう》はぜんぶちがっていて、ただ単《たん》に一人で運転をつづけることにうんざりしていただけかもしれない。

空港に着くと、ぼくの両親が乗った飛行機《ひこうき》が遅《おく》れていることがわかった。気がかりなことにはかならず待たされるものなんだな、とぼくは思った。マグはしかたなくぼくを空港の本屋さんに連《つ》れていって、本を買ってくれた。たいしておもしろくなさそうな本だったけど、選《えら》ぶほどたくさんなかったんだ。でも、空港に本屋さんがあるなんておどろいた。空港に来るのは初めてだったんだ。いろんな店やレストランがあり、大勢《おおぜい》の人でごったがえしていた。ぼくは行き来する人の群《む》れをずっとながめながら、この人たちはみんな、世界のあちこちからばい菌《きん》を運んできてるんだ、と考えていた。マラリアにかかったお父さんが帰ってくるから、気になってしまったのかもしれない。もう感染《かんせん》しないわよ、とマグは言ってたけど、そういうことはだれにも言いきれないはずだ。アフリカは広いんだから、おばさんたちが知ってるのとちがう種類《しゅるい》の、もっと危険《きけん》なマラリアだってあるんじゃないかと思う。ぼくは椅子《いす》にすわって静《しず》かに本を読んで、なるべくまわりのものにさわらないようにした。ぼくは潔癖症《けっぺきしょう》じゃないから、あんまり神経質《しんけいしつ》なことは言いたくない。だいたい、何週間もガソリンスタンドの汚《きたな》いトイレを使ってたぐらいだ。でもやっぱり、空港はこの世でいちばん不潔《ふけつ》な場所かもしれないという気がした。ぼくはこの旅行でもう一生分のほこりをためこんでいたから、これ以上《いじょう》はかんべんだと思った。

マグは買った雑誌《ざっし》を落ち着いて読みもしないで、うろうろ歩きまわったり、ぼくのとなりの席《せき》にどしんとすわったり、また立ちあがったり、何度もコーヒーを買いに行ったり、飛行機《ひこうき》の離着《りちゃく》陸《りく》を見つめたりしていた。マグは、目つきはするどいのになにも見ていないような目をしていた。まるで、ぼくが知らないものすごくたくさんのことが、マグのまぶたの裏《うら》で起こっているみたいだった。特《とく》に髪型《かみがた》の話をしたあとはそうなった。マグがイライラして行ったり来たりする合間にぼくのとなりにちょっとすわったので、ぼくはふと思いついてマグのほうを向いて、「あの髪型にしたのがよかったんだね、ピッグは」と言った。

「なんですって?」マグは、ピッグと別《わか》れて以来見せるようになったその変《へん》な目つきでぼくを見て言った。

「ピッグの、か・み・が・た」ぼくはゆっくりと、まるで耳の悪い人に話すみたいに一音一音区切って言った。「ショートカットにして金色に染《そ》めたら、若《わか》く見えるようになった。あの人に会う前にやっといてよかったよね。ちょうどいいタイミングですてきな感じになれて」

マグの口が開き、それから閉《と》じた。また開いて、閉じて、まるで魚のようだった。そして、いきなり立ちあがるとなにも言わずにダーッと走り去って、それからまたもどってきて言った。

「わたしはすてきじゃないって言いたいわけ？」

「えっ、なんで？」ぼくはほんとうにおどろいてしまった。「マグのことなんかぜんぜん言ってないでしょ。ピッグのことを言ってただけだよ。ピッグの髪型《かみがた》の話だよ！」

「でも暗《あん》に言いたかったんじゃないの？　わたしが自然《しぜん》の美しさにまかせててなにもしてないって」

「えー、自然で美しいんだったら、なにもする必要《ひつよう》ないと思うけど」ぼくは言った。でもすぐに、その返事がまずかったことに気づいた。火に油を注《そそ》ぐようなものだった。

「わかったわよ。わかりましたよ。じゃあピッグはきれいで、わたしはお化《ば》けみたいなのね？」

「そんなこと言ってないってば」ぼくは言った。

「いちいち言う必要もないってことね」マグが言った。

「そうだよ、言う必要もないし、言わなかったよ」マグがトイレに走っていったあとで、ぼくは小声で言った。鏡《かがみ》の前で髪の毛をとかす気なのかな、と思った。ほんとうのところ、マグの髪型は相当《そうとう》ひどかったんだ。トイレから出てくると、マグはぼくにひと言も口をきかなくなった。そしてそのあと、まるまる二十四時間そのままだまっていた。車の中にふたりきりで閉《と》じこめられてきたせいで、もうおたがいにうんざりしてたのかもしれない。妙《みょう》なことだけど、ひとり減《へ》ってからのほうが、車がせまくるしく思えた。

だんまり攻撃《こうげき》にもう降参《こうさん》しようかと思ったころ、ついにお父さんとお母さんの飛行機《ひこうき》が着いた。ゲートを通って出てきたふたりは、少しおどおどした、呆然《ぼうぜん》としたような様子《ようす》だったが、こっちに目をやった瞬間《しゅんかん》にすぐぼくだとわかった顔をした。まず、お父さんがぼくをぎゅっと抱《だ》きしめ、次にお母さんが抱きしめた。お母さんがぼくの耳もとで「なにも心配しなくていいのよ」とささやいたので、ぼくはすぐさま心配になってしまった。

飛行機が遅《おく》れたせいで、もう夜遅《おそ》くなっていた。ぼくとマグは疲《つか》れていたし、お父さんとお母さんにいたっては疲れすぎてよれよれになっていた。そこでぼく

たちは、今回の旅行ではじめて、都会に泊《と》まることにした。空港のすぐ横にある大きなホテルの前で車をとめた。お父さんとマグがフロントに行って、マグの部屋《へや》と、お母さんの部屋と、お父さんの部屋をとった。それから両親はぼくに、「さあ、三つのうちどの部屋に泊まりたい？」ときいてきた。あーあ、最悪《さいあく》だ、とぼくは思った。

翌朝《よくあさ》、ぼくたちは早々《そうそう》に出発して、コロラド州《しゅう》に向かった。両親がいっしょに乗るようになって、車の中のぼくの位置《いち》はさらに変《か》わった。病気の人が車の中で寝転《ねころ》がるのはもう見慣《みな》れていたので、お父さんがシートにもたれかかったり、助手席《じょしゅせき》を倒《たお》して寝たりしていても別《べつ》になんとも思わなかった。両親が来て、言ってみればクッションの役割《やくわり》をはたしてくれるようになったので、マグとふたりきりの気まずさはなくなった。なにが起こるかわからないという感じもとりあえずなくなった。両親がぼくを守ってくれるからだ。でもそれが、おばさんたちのいいかげんなやり方のもとで自由にしていたあとには、なんとも息苦しく思えた。たとえばお母さんは、きちんと予定を立てて学校の宿題をやりなさい、と言いだした。ぼくは宿題なんて完全《かんぜん》にばかばかしいと思ってとっくにやらなくなっていたし、ピッグとマグなんか第一日目から宿題のことは無視《むし》していた。車の中でもきちんとした生活を送らなくてはと言うお母さんのせいで、いつでも好《す》きなときに窓《まど》の外の風景《ふうけい》をながめられたすばらしい日々は終わってしまい、すごくながめがよくて宿題なんかやっている場合じゃないようなときに、無理矢理《むりやり》算数をやらされるはめになった。

お父さんはもっぱら寝《ね》てばかりいた。お母さんとマグが交代で運転し、ふたりのあいだではいろいろと話がはずんでいた。マグが、アメリカ横断《おうだん》とまではいかなくても、せめてコロラドくらいまで行きたい、と言うので、目的地《もくてきち》はコロラドになった。マグは「せめて」というところを何度も強調して言って、ぼくの両親に反論《はんろん》するすきを与《あた》えなかった。アフリカという遠い土地で病気にかかったりした人たちなんだということにはおかまいなしだった。マグは家に帰りたくなかったんだ。妹のせいで旅が台なしになってしまったうえに、姉にまで好《す》きなようにされたらたまらないと思ったんだろう。

「ヘンリーを連《つ》れて、飛行機《ひこうき》かレンタカーでヴァージニアに帰ればいいじゃない、わたしはぜったいにメサ・ヴェルデに行く」

「メサ・ヴェルデ？　洞窟遺跡《どうくついせき》なんて、なにがおもしろいの？」お母さんが言った。「旅行なら、もうさんざんしてきたんでしょ？　ノーマンを家に連れて帰らないと」

「じゃあ連れて帰りなさいよ」マグが言った。「ノーマンが家に帰りたがってるなんて、どうしてわかるのか知らないけど。飛行機からおりてからろくにしゃべってないのに」

眠《ねむ》っているように見えたお父さんが、この言葉を聞いて目を開けて言った。「キャサリン、ぼくの望《のぞ》みはね、ぼくに二度と話しかけないでくれってことだ」

「まあ、やめてよ、ノーマン」お母さんはそうたしなめたけど、暗い顔をしていた。「あなたがマラリアにかかったのは、別《べつ》にわたしのせいじゃないわ」

「そんなことむしかえさないでくれよ」お父さんが言った。「眠《ねむ》いから寝《ね》る」そう言って目をつぶってしまい、ぜったい起きているに決まっているのに、口をきくのを拒否《きょひ》するように寝たふりをしてだまりこんだ。その様子《ようす》を見て、ぼくはおなかが痛《いた》くなってしまったけど、マグはお母さんとメサ・ヴェルデのことで言い争《あらそ》うのに夢中《むちゅう》でなにも感じていないようだった。あなたたち夫婦《ふうふ》には関係《かんけい》ない話だけど、知りたいんなら教えてあげる、とマグは言った。マグはピッグとふたりで、いつの日か時間ができたら旅行したい場所を、長年かけてリストにしてきたんだそうだ。

「メサ・ヴェルデはそのリストに入ってるの」マグは断固《だんこ》とした口調《くちょう》で言った。

マグがそういう言い方をしたんなら、ぜったいにメサ・ヴェルデに行くことになるぞ、とぼくは思った。そしてそのとおりになった。疲《つか》れすぎていたお父さんには反論《はんろん》する気力もなかった。歩くときも、まるで大きな砂袋《すなぶくろ》をかかえているみたいな足どりだった。そんなお父さんを次々といろんな場所に引きずりまわすなんて。ぼくは最初《さいしょ》、お父さんがそんな様子だから、そのせいでお母さんと別々の部屋《へや》に泊《と》まっているんだろう、と思うことにしていた。でもじつはそうじゃなかった。ただ別々の部屋に泊まりたいからそうしているだけだった。ぼくは、両方の部屋にかわるがわる泊まった。お母さんの部屋に泊まったとき、お母さんはお父さんの話はいっさいしようとしなかった。でもお父さんはお母さんのことを話した。お母さんにはあいそがつきたんだそうだ。アフリカで、お父さんの中のなにかが壊《こわ》れた。それと、フロリダでぼくから目を離《はな》したピッグとマグにひたすら腹《はら》をたてていて、ぼくが「なんともなかったんだから」と何回言ってもだめだった。ぼくに言わせれば、おばさんたちが目を離したせいというよりは、ぼくが勝手に沼《ぬま》をくだっていって、ああなったということなんだけど。でもお父さんは、だれに責任《せきにん》があるかをはっきりさせたがった。ぼくだって、ものを買ってもらうための作戦《さくせん》として、マグとピッグに責任があることにしようとしたことはある。だけど、お父さんがマグとピッグのせいにしたってなにか買ってもらえるわけじゃないし、気まずい沈黙《ちんもく》でおかえしされるだけなんだから、なんの意味もないだろう。

ぼくたちはドゥランゴのはずれのモーテルに泊《と》まった。ドゥランゴにはにせ物のカウボーイがうじゃうじゃいた。コーディーに会ったあとだから、本物とにせ物のちがいがよくわかった。帽《ぼう》子《し》やブーツがどんなにそれらしくたって、筋肉《きんにく》もなくて日焼《ひや》けもしてなくて、真っ昼間にブティックで買い物するひまがあるような人は、本物のカウボーイじゃない。ドゥランゴにはものすごくたくさんのにせカウボーイがいたので、テキサスじゅうの牛をぜんぶかき集めてもまだ牛が足りないように見えた——そのカウボーイもどきの人たちに、もし牛を追う時間があればの話だけど。でも、四六時中携帯《けいたい》電話でなにかの交渉《こうしょう》をしていて、とてもそんな時間はないように見えた。ピッグとマグと三人でドライブしているときなら、ぼくのこういう観察《かんさつ》を話すとおもしろがってもらえたと思うし、いろんなことを言いあって話もはずんだと思う。でも、両親があんな雰囲気《ふんいき》になっている車の中では、話をする気にもなれなかった。車の中は完全《かんぜん》な沈黙《ちんもく》に包《つつ》まれていた。

その前の晩《ばん》は、お父さんの部屋《へや》で寝《ね》る番で、お父さんはぼくに、お母さんの性格《せいかく》にはどれだけひどい欠陥《けっかん》があるかを話してくれた。ひどい欠陥はもともとあったんだけど、結婚《けっこん》してから二十年ぐらいは大目に見ていた。お母さんはいつでも、他人がどう思おうがおかまいなしで自分勝手にやりたいことをやる人だ――チェットがお母さんについて言ってたこととまったく同じことをお父さんが言ったので、ぼくは少し心配になった。どうしてみんな、お母さんのことをわかった気になって、お母さんの行動を悪く言おうとするんだろう。お母さんは、自分勝手にやりたいことをやってるわけじゃない。自分が人にどれだけ影響《えいきょう》を与《あた》えているか考えていないだけだ。本人にはわかっていなくても、人はいつだってだいじょうぶなものだ、とお母さんは知っているからだ。自分のことをあれこれ非難《ひなん》するので、お母さんはお父さんに腹《はら》をたてていた。でもお父さんは、すべてが無事《ぶじ》にすぎてくれればいいと必死《ひっし》で願《ねが》っている人だったから、お母さんがいつも自分の人生に危険《きけん》なことを持ちこむ、と思っていたんだ。こういうことがぼくにはわかって、ふたりにはわからないというのは悲しかった。お父さんとお母さんがわかりあえれば、仲《なか》たがいも解《かい》決《けっ》して平和に暮《く》らせるのに、と思った。朝になると、お父さんはかなり芝居《しばい》がかった調子で、ときには心の中でなにかが壊《こわ》れてしまって、相手との関係《かんけい》がだめになることがあるんだ、と言った。

「お母さんは、ぼくの善悪《ぜんあく》のコンパスで測《はか》れないようなことをしてしまったんだ」

「善悪のコンパスとお母さんとどっちが大事かって言われたら、ぼくはお母さんを選《えら》ぶね！」ぼくがそう言ってお父さんの部屋《へや》を飛《と》びだすと、マグと鉢《はち》あわせした。マグはタバコを吸《す》っていた。

「マグ！」ショックを受けたぼくは言った。

「あー、世の中のことをぜんぜんわかってないハナたれ小僧《こぞう》が、大人《おとな》に向かっていい子ぶった声で、健康《けんこう》に悪いことはやめろだのなんだのって言うほど頭にくることはないわね。タバコは精神《せいしん》衛生《えいせい》にいいのよ」そう言うと、すぐ次のタバコに火をつけた。もしぼくがそこに来なかったら、そんなにたてつづけに吸ったりしなかっただろうと思う。だから、ある意味ではぼくが、より健康に悪いことをマグにさせたのかもしれない。

「マグがタバコを吸おうが毒《どく》ガスを吸おうが、ぼくは屁《へ》とも思わないけど」これは、旅行しているあいだにぼくが言った中でいちばん失礼《しつれい》な言葉だった。ほんとうは、両親がおたがいの文句《もんく》をあれこれ言うのを聞かされすぎて頭が割《わ》れそうになっていたので、マグにその話をぶちまけようと思っていたんだけど、あきらめてぼくは部屋にもどった。そして荷物《にもつ》をまとめて車に行き、大人《おとな》たちが朝ごはんを食べているあいだ、車の中で待つことにした。お母さんがぼくにマフィンを一個《こ》持ってきてくれたけど、ぼくはそれをメサ・ヴェルデに着くまでずっと、そのまま手に持っていた。風がビューービューー吹《ふ》いている断崖絶壁《だんがいぜっぺき》の道に来ると、ぼくは窓《まど》を開けて、深い深い谷《たに》底《そこ》めがけてそれを投げ、アメリカの誇《ほこ》る国立公園のすばらしい大自然《だいしぜん》を、ちっぽけなくだらないマフィンで汚《けが》してやった。それで気が晴れたというほどでもなかったけど、少なくともさらにいやな気持ちにはならなかった。

暑い暑い昼さがりに、地球にやさしいクーラーなしの車に乗ったぼくたちは、メサ・ヴェルデめざして長い山道をぐるぐるのぼっていくころにはだいぶ不機嫌《ふきげん》になっていた。案内所《あんないじょ》は、山の上のほうの、洞窟住居《どうくつじゅうきょ》のあたりにあった。そこに寄《よ》ってみたけど、両親はつまらなそうな顔をしていた。ピッグとマグとぼくとちがって、両親は案内所が好《す》きじゃなかったんだ。無料《むりょう》でもらえるカラーのパンフレットがあったり、野球帽《やきゅうぼう》やたくさんのアイスクリームが置《お》いてあったりするところなら、ぼくたちはどこでも好きだった。その案内所にもやっぱりそういうものはあって、その上スライドショーもやっていたし、洞窟住居を見学するツアーのチケット売り場もあった。

「みんなとぞろぞろツアーに行くなんて、わたしは嫌《きら》いよ」お母さんが言った。

「そうだよな、だからアフリカで独自《どくじ》の行動に出たってわけだ」お父さんが言った。

「ノーマン……」お母さんは言った。

「ただ洞窟を見に行くだけなんだけど、だめなの？」マグが辛抱《しんぼう》づよい調子で言った。

洞窟住居の遺跡《いせき》にたどり着くには、ちょっと滑《すべ》れば何千メートルも下に落ちそうな断崖絶壁《だんがいぜっぺき》のくねくね道を、はてしなくのぼっていかなければならなかった。ぼくは思わず座席《ざせき》にしがみついた。そうすれば車が道から転げ落ちないような気がしたからだ。マグはハラハラさせるような運転をしていた。片足《かたあし》でアクセルを踏《ふ》みながら、もう一方の足をシートにのせ、片ひざを立ててハンドルにもたせかけているんだ。そんな運転のしかたは、なによりもまず交通ルール違反《いはん》だし、特《とく》にそんな危《あぶ》ない山道ではけっしてしちゃいけないことだった。それに、時速五十キロと標識《ひょうしき》にはっきり書いてあるカーブで、マグは八十キロも出していた。なにか言わなくちゃ、とぼくは思ったけど、ぼくよりも前にお父さんとお母さんが怒《おこ》って注意した。

「スピード出しすぎよ！」お母さんが言った。「制限《せいげん》速度を見なさい」

「ええっ、冗談《じょうだん》じゃないわ」マグが言った。「あんなの守る人なんかいるもんですか。時速五十キロだなんて」

「標識が出てるってことは、それを守らなきゃ危ないのよ。スピード落として」

「あと、シートから足をおろしなさい」お父さんも言った。

「うるさいわね、一日じゅうそこで寝《ね》てるだけのくせに」マグが言った。

「この人、マラリアなのよ！」お母さんが言った。

「マラリアにかかったのはだれのせいだ？」お父さんが言いかえした。

それからずっと、どなりあいがつづいた。ピッグのおさがりのラジオのイヤホンで耳をふさげばよかったのかもしれないけど、あまりにもおそろしくてできなかった。断崖《だんがい》を走りながら大声でけんかしてるというのがこわかったわけじゃない。ただ、こういうときには状況《じょうきょう》をしっかり見聞きしておかなくては、と動物的本能《どうぶつてきほんのう》が働《はたら》いたんだ。それで、山をのぼるあいだずっと、おたがいにののしりあっている声にたえていた。ついに山の頂上《ちょうじょう》に着いたとき、ツアーに参加《さんか》していなければ洞窟住居《どうくつじゅうきょ》の中を見られない、ということがわかってしまった。個人《こじん》で洞窟に入ることはできなかったんだ。チケットを売っていた案内所《あんないじょ》から一時間も車に乗ってきてしまったということは、もしもう一度もどってチケットを買ってまたのぼるとすればあと二時間もかかる、しかもあのすごい山道をまた走らなければならない、ということだった。おまけに時刻《じこく》はもう三時だ。最後《さいご》のツアーが四時だから、もどってもまるで無駄《むだ》だった。

マグはなにも言わなかったけど、ものすごく怒《おこ》っているのがぼくにはわかった。ぼくたちは洞窟の中を見るかわりに、照《て》りつける太陽のもと、日陰《ひかげ》もない山道を歩いてまわることにした。炎《えん》天下《てんか》に突《つ》っ立って、涼《すず》しい洞窟の中にいる人たちをながめながら考えた。あの人たちは賢明《けんめい》にも情報収集《じょうほうしゅうしゅう》をしたんだ。そのぐらい、どうして思いつかなかったんだろう。

「ツアーのチケットを買わなかったから、わたしに腹《はら》をたててるの？」お母さんがマグにきいた。ぼくたちは額《ひたい》の汗《あせ》をぬぐいながら、そういえば水を買うのも忘《わす》れてた、と気づいた。それも、今では遠く離《はな》れてしまった売店に売っていたんだった。

「はるばるメサ・ヴェルデまでやってきたのに、あなたがツアー嫌《ぎら》いだからって理由だけで洞窟を見られないなんて」マグが言った。

さあ、ののしりあいの大げんかが始まるぞ、とぼくは思った。ぼくは砂《すな》ぼこりをたてながら、同じところをぐるぐるぐるぐる、だんだん速く歩きはじめた。

「どならなくたっていいじゃないか」お父さんが言った。岩にもたれかかってだらだら汗《あせ》をかいている姿《すがた》は、死人のようだった。「きみたちはぼくを殺《ころ》す気だな。くだらない冒険《ぼうけん》旅行につきあわせて。まずはアフリカで弱らせておいて、いよいよコロラドで死刑執行《しけいしっこう》か」

ぼくはぐるぐる歩きながら、髪《かみ》をかきむしった。汗びっしょりの髪の毛にほこりがくっついて泥《どろ》のようになっていたので、指が通らなかった。

「もうっ、泣《な》きごと言うのはやめてよ」マグが言った。

「あのときは、別《べつ》に道に迷《まよ》ったわけじゃないの！　あなた、心配なんかしてくれなくてよかったのよ。マグ、もうノーマンを相手にするのはやめて！」お母さんが言った。

「別にぼくの肩《かた》を持たなくてもいい」お父さんが言った。「ぼくがマラリアにかかったばかりだってこと、みんな忘《わす》れてるんだな？」

洞窟《どうくつ》を見おろすと、中でおとなしくしている人たちが見えた。みんな静《しず》まりかえって、ああはなりたくないというふうにぼくたち家族のどなりあいを聞いていた。もちろん、ぼくたち以外《いがい》にどなりあいをしている家族なんかいなかった。ぼくは汗とほこりにまみれた手で顔をこすりながら、自分の家族が大自然《だいしぜん》の中でけんかしている様子《ようす》を見た。

「ああ、もう聞きあきた、十分間でいいからマラリアって言わないでいてくれる?」マグは言った。「キャサリン、あなたはいつだってみんなを怒《おこ》らせるのよ」

「でもこの人はほんとうにマラリアだったのよ!」まるでそれがすべての説明《せつめい》になるとでもいうように、お母さんが叫《さけ》んだ。

ここでついに、ぼくはぐるぐる歩くのをやめ、ごつごつした地面の上で、思いっきりじだんだを踏《ふ》んだ。そして顔を大空に向けて叫んだ。「どうしてこんなひどい家族といっしょにいなきゃいけないんだ!?」ぼくの叫び声は大自然の静《しず》けさの中で響《ひび》きわたり、三人がそれを聞きとって理解《りかい》するまで一瞬《いっしゅん》の間《ま》があった。大好《だいす》きなはずの家族がみんな、たえられないほどいやな人に思えて、もっとましな別《べつ》の家に生まれてくればよかった、という気持ちになって叫んだんだ。でもぼくの思いは家族に伝《つた》わらなかったようだ。みんなはただ、困《こま》ったことにぼくがただ急におかしくなってわめきちらしている、というような顔をしてぼくを見た。

「ヘンリー、静かに」お母さんが言った。マグとお父さんも、「やめなさい」とか「大きい声を出すな」とかいうようなことを言った。それから、車にもどって、コーラとホットドッグを買いにいこう、ということになった。みんな、飲んだり食べたりさせればぼくが落ち着くと思ったにちがいなかった。そして、なさけないけど、ほんとうにそのとおりだった。

ぼくたちはまた曲がりくねった道をおりていった。山のふもとに着いたとき、マグが「次はラシュモア山よ」と言った。

ラシュモア山

岩に四人の大統領《だいとうりょう》の顔が刻《きざ》まれたラシュモア山は、メサ・ヴェルデからだいぶ遠かった。ぼくたちはまた山々をながめながら、コロラド州《しゅう》の道をまた引きかえしていった。山が好《す》きな人にとってはすごい光景《こうけい》だったと思う。お母さんは山好きだったらしく、あれこれ見るたびに「ほら、アフリカみたい！」とうれしそうな叫《さけ》び声をあげて、しまいにはお父さんにたしなめられていた。お父さんはだいぶよくなってきたようで、もうぐったりすることもなく、前より生き生きしてきた。これはうれしい変化《へんか》だった。ドライブしながら車の中で健康《けんこう》を取りもどした人を見るのは、これで二度目だった。ドライブインのホットドッグとかハンバーガーとかには人を回復《かいふく》させる力があるのかな、とぼくはおどろいた。

デッドウッドまで来たとき、ぼくは具合《ぐあい》が悪くなった。それまでぼくもマグもピッグも、だれ

も病気にならなかったのが不思議《ふしぎ》だったんだ。ばい菌《きん》まみれのガソリンスタンドのトイレをさんざん使ってきたんだから、今ごろは死んでたってちっともおかしくなかった。デッドウッドで死ぬ《デッド》、という言葉を頭の中でやけくそ気味《ぎみ》で唱《とな》えながら、ぼくはモーテルの部屋《へや》で横になって、吐《は》いた。お父さんとお母さんとマグが、交代でぼくを看病《かんびょう》しにきてくれた。ぼくはやっぱりお母さんに看病してもらうのに慣《な》れていたので、お母さんがいちばんよかった。面倒《めんどう》をみてもらうにはお母さんがいいし、格言《かくげん》が聞きたくなったらお父さんがいい。でも、三人がかわるがわるいろいろなものを持ってきてくれるのには感激《かんげき》した。持ってきてくれたのは、本とかジンジャーエールとか……それからジャムもなにもついていないまずそうなトーストとかだった。「なんにもついてないトーストなんか食べたって元気になれないよ」そのとき看病する番だったマグにぼくは訴《うった》えた。そうしたらマグはチーズバーガーを買ってきてくれた。ぼくは喜《よろこ》んで食べたけど、あとでマグに向かってぜんぶ吐いてしまった。「ごめん、ほんとにごめん、マグ」ぼくはあやまった。

「これからはなにもつけないトーストにしなさい」マグは言った。怒《おこ》っているんだな、とわかった。吐いたものをひっかけられても平気だったのはお母さんだけだった。その週末、ぼくは全員に向かって吐いた。お父さんはじっとたえていたけど、マグほどは怒っていないように見えた。

「気にするなよ」お父さんは言った。「ときには人に向かって吐いちゃうことだってあるさ。ただ、今度からゴミ箱に向かって吐くようにしなさい。吐きそうだなと思ったら、ちゃんと狙《ねら》いを定めるんだ」

わかった、そうするよ、とぼくは言った。でもいつもそうするのは無理《むり》だった。いつ次の波が来るかわからないんだから。

月曜日に、ぼくは治《なお》った。これで、ドライブ中に元気になった人が三人になった。ぼくたちはまたラシュモア山に向けて出発した。そのころには、お父さんとお母さんの仲《なか》も少しだけましになっていた。別《べつ》におたがいを許《ゆる》したわけじゃないようだったけど、でもお母さんは怒《いか》りを爆発《ばくはつ》させることはなくなり、お父さんが怒《おこ》ってもそれが伝染《でんせん》しないように、冷《つめ》たくだまりこんでいた。ふたりはおたがいから距離《きょり》を置《お》いてはいたけど、これが仲なおりの第一歩なんだとぼくは思った。

溶岩《ようがん》が柱のような形になった山、デヴィルズ・タワーに行きたいとお父さんが言いだし、マグの了解《りょうかい》をもらった。結局《けっきょく》は両親が旅につきあってくれたから、マグはうれしかったんだと思う。デヴィルズ・タワーに向かう途中《とちゅう》のレストランでオムレツを食べているとき、ぼくたちは新発見をした。お母さんはおみやげものを買うのが大好《だいす》きだったんだ。たぶん、お母さん自身もそこで初めてそのことに気づいたんだと思う。そのレストランには、石柱の写真、ミニチュアの石柱、自分で手作りする石柱セットなど、ありとあらゆる種類《しゅるい》のデヴィルズ・タワーみやげが置いてあった。お母さんは絵はがきを十四枚《まい》と、冷蔵庫《れいぞうこ》につけるマグネットを一個《こ》買った。そのあと本物のデヴィルズ・タワーを見ると、お母さんは「わあ、これはほんとうにアフリカの景色《けしき》そのものね」と言った。お父さんはじっとだまっていた。お父さんにしてみれば、自分がマラリアにかかった土地のことを、なぜお母さんがそんなになつかしそうに話せるのか理《り》解《かい》できないんだろうけど、ぼくにはお母さんの気持ちがわかった。お母さんにとってアフリカ行きは、ともかく自分がなしとげることのできた大冒険《だいぼうけん》だったんだ。

ラシュモア山に着くと、ぼくたちはカフェテリアの大きな窓《まど》の横にすわって、長いこと窓から像《ぞう》を見ていた。岩に刻《きざ》まれた顔がダイナマイトだけで作られたなんて、おどろきだった。技師《ぎし》たちのすばらしい働《はたら》きのおかげだ、とお父さんは言った。お母さんはまた信《しん》じられないほど大量《たいりょう》の絵はがきと、冷蔵庫《れいぞうこ》のマグネットと、あとはぼく用に〝ラシュモア山〟という文字の入ったTシャツ(ぼくはぜんぜんそんなものほしくなかった)まで買いこんだ。ぼくもマグもピッグも、旅行中におみやげなんて買ったことはなかった。買ったものといえば本ぐらいだ。いちいち旅の記《き》念品《ねんひん》なんか買ってたらものだらけになってしまってたいへんだったと思う。いろんな場所を旅してまわるのは楽しかったけど、なにも持たずにその場所にさよならするほうがいいんだ、とぼくは思った。

お父さんがラシュモア山に関《かん》する説明《せつめい》の映画《えいが》を見にいっているあいだ、マグとお母さんとぼくはカフェテリアのテーブルの前にすわって、甘《あま》いパンを食べていた。

「観光地《かんこうち》の説明の映画なんて、わたしは嫌《きら》いよ」お母さんが言った。それを聞いても、マグもお父さんも、アフリカのツアーがどうしたとかサルがどうしたといった皮肉はなにも言わなかったので、ぼくはほっとした。確実《かくじつ》に、前よりはましな状態《じょうたい》になってきているということだ。お父さんが帰ってくると、ぼくたちはみんなですわったまま、さらにラシュモア山をながめた。それからお父さんは、ぼくを連《つ》れて風の強いテラスに出て、いろんな角度から像《ぞう》を見ようと歩いていった。ふたりきりになると、お父さんは今見た映画《えいが》の内容《ないよう》を説明《せつめい》しはじめたけど、いつものように意味不明だった。「……それを作った技師《ぎし》は、最後《さいご》の爆発《ばくはつ》の直前に亡《な》くなったんだ。だから完成《かんせい》した像を見ることはできなかった」お父さんが言った。

「えっ、かわいそうだねえ」ぼくは言った。

「この話からわかるのは」お父さんが言った。「自分の時間は有効《ゆうこう》に使わなければいけないってことだね」

ぼくはいちおううなずいたけど、どうして巨大《きょだい》な像を製作中《せいさくちゅう》に死んだかわいそうな技師と〝時間を有効に使う〟ということが関係《かんけい》あるのか、さっぱりわからなかった。お父さん自身もわかっていなかったと思う。お父さんはただ、結論《けつろん》づけて話を終わらせるのが大事だと思っただけだろう。そういえばこの旅行もそろそろ終わりにしなければならない。今までに起こったできごとを考えると、結果的《けっかてき》にいいことより悪いことのほうが多いように思えたからだ。でも旅は、自分がこの世界の一部なんだというすばらしい感覚《かんかく》を与《あた》えてくれた。それに、ときにはお父さんの結論だって、たとえ意味がわからなくても安心感を与えてくれた。やがて、ラシュモア山とももうすぐお別《わか》れということになった。両親はトイレに行き、マグとぼくは風の強いテラスに立って、もう少しだけ、いろんな角度からラシュモア山を見た。

「どんなものを見ても、どうせ最後《さいご》にはさよならしなきゃいけないんだよね」ぼくはマグに言った。「もういいから車に乗ろうよ」ぼくは両親にこういうことを言ってがっかりさせたくなかった。マグとピッグといっしょにいてよかったことのひとつは、ものごとがぼくにとってそんなに特別《とくべつ》だったりすばらしかったり完璧《かんぺき》だったりしなくても、ふたりはたいして気にしない、ということだった。たとえぼくがメサ・ヴェルデの断崖《だんがい》から落ちたとしても、たぶんふたりは「あら、運が悪かったわね」と見おろすだけで、平然《へいぜん》と旅をつづけただろう。だからぼくは、自分の安全は自分で守って、自由に動きまわった。ぼくはそうやって自由にありのままに生きるのが好《す》きだった。つねになにもかもが特別だったりすばらしかったり完璧だったりしなくても、おばさんたちが気にしていないだろうか、なんてぼくはいっさい気にかけなくてよかった。もう行こうという気になったら「もういいや、行こう」とただ言えばよかった。こういうふうにしていたほうがずっと生きやすかったし、しょっちゅうやきもきしなくてすんだ。

「あれを見てもなんの感想もわかないんだよ」ぼくはマグといっしょにラシュモア山をながめながら言った。

「海に行ったときと同じことね」マグが言った。

両親がもどってきたので、ぼくたちは車でバッドランズ国立公園の中を抜《ぬ》けていった。すごくおもしろいところだった。おそろしく荒《あ》れはてた感じで、ラシュモア山みたいな見どころはぜんぜんなかったけど、ぼくはそのほうがよっぽど好《す》きだった。バッドランズ国立公園を抜けたとき、この旅を終わらせなきゃなんて気持ちはすっかり消えうせてしまった。

「ラシュモア山のそばのモーテルに泊《と》まりたかったんじゃないの」助手席《じょしゅせき》にすわる番になったとき、お母さんが、運転しているマグに言った。「あれを見にわざわざやってきたんだものね」

「なんにもわかってないのね」マグが乱暴《らんぼう》な調子でそう言っても、爪《つめ》にやすりをかけていたお母さんは気にせず、流れていく景色《けしき》を見ながら満足《まんぞく》そうにしていた。

「窓《まど》から足を出してもいい？」ぼくはマグにきいた。車の中にいるとときどき足がひどく熱《あつ》くなったからだ。みんなは平気らしいのに、どうしてぼくだけそうなるのかわからなかった。

マグは高速道路の前と後ろを見てから、うなずいた。見わたすかぎり、ほかの車なんか一台もいなかった。ただ、人っこひとりいない草原の短い草をなびかせて風がわたっていくのが見えるだけだった。風が吹《ふ》いてくることが、肌《はだ》に感じるよりずっと前に、目で見てわかった。ぼくは車の窓を開けて、そよ風の中に素足《すあし》を突《つ》きだして、つま先を動かした。カンザス州《しゅう》に着くまでずっと、ぼくの足は快適《かいてき》だった。カンザス州は、お父さんが猫《ねこ》を殺《ころ》すことになる場所だった。

猫《ねこ》をつぶした日

カンザス州《しゅう》はものすごくいいところで、カンザスの人たちはものすごくいい人たちだった。モーテルで会うとみんな「こんにちは」と言って野球帽《やきゅうぼう》をちょっと持ちあげた。それが、すごく感じがよかった。モーテルに泊《と》まっている人のほとんどが、カンザス州のどこかから来たと言っていた。これはすごく不思議《ふしぎ》なことに思えた。どういうことなんだろう？　カンザスの中ばかりぐるぐるまわっているんだろうか？

ぼくたちが夕食を食べに行ったレストランは最高《さいこう》で、分厚《ぶあつ》いステーキとふわふわのロールパンが出てきて、ウェイトレスは心から歓迎《かんげい》してくれた。「ヴァージニア・ビーチにいたときみたいだね」ぼくはマグに言った。ぼくの本を買いにカンザスのショッピングモールに寄《よ》ったとき、マグはアーティチョークっていうフキノトウみたいな野菜が出ている本を手に取った。「オクラホマ州《しゅう》なんかでどうやってアーティチョークを育てるのかしらね」マグは言った。「気候《きこう》がぜんぜん合わないでしょうに」マグとピッグは毎晩《まいばん》かならず電話で話していた。にわかにアーティチョークに興味《きょうみ》を持ちはじめたピッグのために、コーディーが四万平方メートルの土地を菜園用《さいえんよう》にゆずってくれることになったので、そこにアーティチョークを植えるつもりだ、とピッグがうれしそうにしゃべったんだ。「コーディーはすごく協力的《きょうりょくてき》なのよ」とピッグは言っていた。

そのあと、マグはアーティチョークのことばかり話すようになって、ぼくたちをうんざりさせた。こういうのを〝とりつかれてる〟っていうんだな、とぼくは思った。マグはピッグになりかわってアーティチョークにとりつかれていたんだ。感動的《かんどうてき》な姉妹愛《しまいあい》なのかもしれないけど、なんだか痛《いた》ましい気がした。

ステーキ屋さんに行ったとき、お父さんは帰国以来《いらい》初めて、ひとり分の食事をまるまる平らげた。それまでお父さんはほんの少ししか食べていなかったんだけど、カンザスではステーキまる一枚《まい》と、ふわふわのロールパンをたくさん食べた。ウェイトレスが、レストランが損《そん》することも気にしないで、おかわりのパンを気前よくどんどん持ってきてくれた。

翌朝《よくあさ》起きると、お父さんが言った。「今日はぼくが運転しよう」

「ノーマン、やめといたほうがよくない？」マグが言った。「あと何日か待ったら？　まだやつれて見えるわよ」

ほんとうにそうだった。いくら肉体労働者《ろうどうしゃ》なみの食欲《しょくよく》がもどってきたといっても、お父さんの体はそよ風にも飛《と》ばされそうなほどやせていた。マグはそれが心配だったというより、お父さんを助手席《じょしゅせき》から格上《かくあ》げしたくなかったんだろうけど。

「ぼくが運転するって」それでもお父さんは言った。もうどうしようもなかった。

お母さんはぼくとならんで、心配そうに後部座席《ざせき》にすわった。そして、ときどきお父さんが九十キロ近くスピードを出したりすると、恐怖《きょうふ》のあまり手をのばしてぼくのひざをつかんだ。お父さんは田舎《いなか》のわき道を通っていった。〝田舎のわき道を通りたい〟ということもピッグのいつか実現《じつげん》したいリストに加《くわ》えられていたんだけど、その願《ねが》いはまだはたされていなかったので、マグは、アーティチョーク栽培《さいばい》と同じように、ピッグになりかわってそれにこだわっていたんだ。

「あのカウボーイが、ときどきピッグをこういうところに連《つ》れていってくれるといいんだけど」

マグが言った。

「だいじょうぶよ、きっと連れてってくれるわ」お母さんは涙《なみだ》ぐみながら言った。結婚式《けっこんしき》のことを考えるといつでも、お母さんは感きわまってしまうんだ。ほんとうに、お母さんはすぐ泣《な》く人だった。誕生日《たんじょうび》や記《き》念日《ねんび》のときでも、アルバムを見たときでも（たとえそれがよく知らない人のアルバムであっても）、パレードを見かけたときや七月四日の独立《どくりつ》記念日のピクニックでも、お母さんはいつも涙ぐんだ。ただひとつの例外《れいがい》は、ボランティアをやっているホームレスの施設《しせつ》

〈マスタードの種《たね》〉のかわいそうな老人《ろうじん》たちに会っているときだ。その場合はお母さんは泣《な》かずに、ただ口もとをかたく結《むす》ぶだけだった。お母さんにとって泣くことはむしろ娯楽《ごらく》なんだな、と思った。

カンザスはとてもいいところで、欠点《けってん》なんかないんじゃないかという感じがしたけど、お父さんはマネシツグミがいやだと言った。モーテルの部屋《へや》にいても、わき道を走っていても、ドライブスルーにいても、マネシツグミがほかの鳥をまねて鳴く声が聞こえた。

「マネシツグミのことで文句《もんく》言うのはやめてよ」あるときついに、たまりかねたお母さんが、額《ひたい》を流れる汗《あせ》をぬぐいながら言った。どんどん夏になっていき、どんどん暑くなっていくのはどうしようもなかった。車の中は暑く、ぼくたちはうだっていた。中西部はほんとうに暑かった。

「マラリアの文句を言われたほうがまだましだっていうのか」

また始まってしまった。どうしてお父さんが、マラリアのことでお母さんを許《ゆる》してあげられないのか、ぼくには理解《りかい》できなかった。マネシツグミ文句事件《じけん》のあった夜、夕食のあとにぼくはお父さんとふたりで散歩《さんぽ》をした。しょっちゅうではないけれど、お父さんはときどき葉巻《はまき》を吸《す》うことがあった。ぼくたちはタバコ屋をさがしに、モーテルからそれほど遠くない、古いれんが作りの小さな店がならぶ商店街《しょうてんがい》に行った。ついにぼくたちは、よろず屋じゃないタバコの専門店《せんもんてん》を見つけた。お父さんは大喜《おおよろこ》びで、たった一本買うだけなのに長々と時間をかけて選《えら》んだ。そして、それに火をつけた。

「ねえお父さん、お母さんは別《べつ》にお父さんをマラリアにさせようと思ってたわけじゃないんだよ」

「おまえがなにか言うと事態《じたい》が悪化《あっか》するよ。いつもそうだ。お母さんを図に乗らせる」お父さんが言った。ぼくのことまで責《せ》めるなんて信《しん》じられないと思った。マラリアのせいで頭の中まで腐《くさ》っちゃったのかもしれない、という気がしてきた。

「どうしてぼくが事態を悪化させるの？」ぼくは逃《に》げるように歩道のほうに寄《よ》りながら、たずねた。お父さんは今まで、めったにぼくを非難《ひなん》したりしなかったのに。

「お母さんは、母性愛《ぼせいあい》を口実《こうじつ》にすればなんでも好《す》き勝手なことができると思ってるんだ。おまえはどんなことがあったってお母さんが好きだろう。そのせいで、お母さんのもともと持ってる自分勝手な性格《せいかく》がますますひどくなるんだ」

「だけど、どうしてお母さんが自分勝手だなんて言えるの？」ぼくはきいた。「どうしてお父さんがそんなふうにしかお母さんを見ないのかわからない。チェットだってそうだよ」

「どうしておじいさんのことを知ってるんだ？」お父さんはおどろいた。

「家に行ったんだ」ぼくは言った。「ケンタッキーとテネシーを通りかかったときに」

「おじいさんはお母さんのことをなんて言ってた？」

「お母さんのこと嫌《きら》ってた」ぼくが言った。「お母さんは決められたことをなにひとつやらなかったんだって」

「ああ、そうだろうな」お父さんは言った。

その晩《ばん》はお母さんの部屋《へや》に泊《と》まる順番《じゅんばん》になっていた。ぼくはお母さんに「今でもお父さんが好《す》き？」とたずねた。そうしたらお母さんは「お父さんったら、バカみたいな態度《たいど》ばっかりとるんだもの」と言ったきり、それ以上《いじょう》お父さんの話をしたがらなかった。はっきり「嫌い」と言ったんじゃないんだから、この答えにはまだ希望《きぼう》が持てる、とぼくは思った。

それからは、ほとんどお父さんが運転するようになった。運転手役が気に入ったんだと思う。ハンドルを握《にぎ》って行く手を見つめてさえいれば大事な役割《やくわり》がはたせて、しかも人と話をしなくてすむからだ。お母さんとマグは四六時中、汗《あせ》をかいたボトルからアイスティーをすすっていた。そして、アイスティーがなくなりそうになるといつも、コンビニに寄《よ》ってまた買った。ふたりは自分の顔をばたばたあおいで、組んだ足をぶらぶらさせながら、「ああ、暑い暑い」とわかりきったことをつぶやいていた。ぼくはそこまで無遠慮《ぶえんりょ》にはなれなかった。お父さんとお母さんはひと言も言葉をかわしていなかった。ぼくがふたりにちょっと話をしたせいで、自分の中のほんとうの思いがわかって、考えがかたまってきたみたいだった。ぼくがあと押《お》ししなかったらそこまで進歩しなかっただろう。

よくやったじゃないか、ヘンリー！　とぼくは自分をほめた。マグはもうお父さんにもお母さんにも話しかけるのをやめて、結婚式《けっこんしき》のことに没頭《ぼっとう》していた。ブライダル雑誌《ざっし》を買ったり、小さな町で止まるとブライダル用品の店に入って、花嫁《はなよめ》の付《つ》き添《そ》いが着るドレスをあれこれ見たりしていた。そして、ピッグに電話して、どんなドレスを見たかいちいち報告《ほうこく》していた。自分のおかげでアメリカじゅうのブライダル用品を吟味《ぎんみ》してもらえるなんて、ピッグはとてもラッキーだ、とマグは思いこんでいた。そんなある晩《ばん》、お母さんとぼくは、マグが絶叫《ぜっきょう》する声を聞いた。お母さんはマグの部屋《へや》のドアをノックした。ぼくは放っておいたほうがいいと思ったんだけど、お母さんは無理矢理《むりやり》ぼくを連《つ》れて部屋に入りこんだ。

「なんの騒《さわ》ぎなの？」お母さんがきいた。マグは携帯《けいたい》を手に握《にぎ》りしめたまま、狂《くる》ったような目をして部屋の真ん中に突《つ》っ立っていた。

「ピッグの結婚式の、未婚《みこん》付き添いの長はだれがやると思う？」マグが言った。

「えーと、あなただと思ってたんだけど」お母さんが言った。「でも、その様子《ようす》を見ると、ちがうみたいね」

「リーズルになったの？」ぼくがそう推理《すいり》したのは、ピッグとリーズルは仲《なか》がよかったし、コーディーを喜《よろこ》ばせるためにもピッグはリーズルを選《えら》ぶような気がしたし、そうなればリーズル本人だって喜ぶし、マグもわかってくれるだろうとピッグは思ったんじゃないか、と考えたからだった。

「はずれ」マグが言った。

ぼくたちは降参《こうさん》した。

「ゴー・ラッキーよ！」マグが言った。

「え、あの馬が⁉」ぼくが叫《さけ》んだ。

「あの馬よ！」マグが言った。「もう付《つ》き添《そ》い人のドレスをさがすのはやめたほうがよさそうね。だけど今までの努力《どりょく》には感謝《かんしゃ》してもらいたいわ」

「わたしだって未婚《みこん》付き添いの長にはなれないものね」お母さんは考えこんだ。「だって未婚の人しかなれないんだもの。わたしなら既婚《きこん》付き添いってことになっちゃう」

「こうなったら、結婚式用《けっこんしきよう》の馬具をさがしに馬具の店をまわらなきゃね！」マグは怒《おこ》って言った。

マグにアーティチョーク以外《いがい》の新しいものがとりついてしまった。マグはにわかにいそがしくなった。そのあと、ぼくたち全員で繁華街《はんかがい》に行って馬具の店をさがすことになった。それからアイスクリームの店もさがした。ぼくたちはしょっちゅうアイスクリームを食べていた。アフリカで食べられなくてお母さんがずっと恋《こい》しがっていたからだ。

カンザス州《しゅう》は農場だらけだった。そこらじゅうに農場があって、トラクターに乗った男の人がそこここにいた。どの人も汗《あせ》をかいて、日焼《ひや》けして、そして太っていた。きっと夕食に奥《おく》さんの作るこってりしたチーズマカロニだの、山のようなブタ肉だのを食べてるんだ、とぼくは思った。そういう農夫《のうふ》の家族たちの幸せな生活をぼくは想像《そうぞう》した。きっとフットボールの試合《しあい》を見に行ったり、高校のダンスパーティーに行ったり、教会に行ったりするんだろう。みんなで食卓《しょくたく》でお祈《いの》りしたり、みんなで同じときに同じことを心配したりするんだ。

景色《けしき》のいい田舎道《いなかみち》を走っているとき、果物《くだもの》を売っている露店《ろてん》が見えてきて、ぼくたちの車はずるずるとスピードを落とした。お母さんがお父さんにとまってよと言ったからだ。ふたりはとまるとまらないで言い争《あらそ》いになり、お父さんがだんだん興奮《こうふん》してきて、こっちは一日じゅう運転しつづけてるんだぞ、あんな薄汚《うすぎたな》い露店でなんかとまりたくない、あんな果物はハエだらけだ、とどなった。お母さんは、リンゴが買いたいのよ、と言いかえし、するとお父さんは、なに言ってるんだ、今は夏だぞ、あんなの去年の秋にとれたリンゴに決まってる、と言いかえした。お母さんは、かまわないわよと言った。お父さんが、怒《いか》りをぶちまけてやろうと首をひねって後部座席《ざせき》のほうをふりかえった瞬間《しゅんかん》、バン！　と車がなにかにぶつかったような衝撃《しょうげき》があった。女の人の叫《さけ》び声が聞こえて、家の中からその人が大砲《たいほう》の玉のように飛《と》びだしてきた。女の人は叫んだ。

「ああ、嘘《うそ》でしょう！　嘘でしょう！　ベニーをひいたなんて！」

「うわっ、なんてこった！」お父さんはそう叫んで急ブレーキを踏《ふ》んだ。ということはぼくたちの車は、あわれなベニーの上に乗っかってるってことじゃないか！　「ちくしょう！　見てなかった。後ろ向いたのがいけなかったんだ！　ちっくしょう！」

当然《とうぜん》だけど、女の人は泣《な》いて取り乱《みだ》していた。お母さんとマグが車から飛《と》びだした。お母さんが「まあ、かわいそうな猫《ねこ》ちゃん」と言った。

そこで初めて、お父さんは自分がひいたのは猫だと知った。女の人の子どもをひいたんだと、思いこんでいたんだ。猫ならひいていいというわけじゃないけど、人間をひくのとくらべれば、まだましだ。

「猫に人間の名前をつけるのはよくない」と、あとになってお父さんは言っていた。「そういうのはだめだ」お父さんはふだんもう少し気のきいた教訓《きょうくん》を言う人なんだけど、こんな事故《じこ》のあとには、そのまんまのことしか言えなかった。

お父さんも車をおりた。そのとき、女の人がおどろくような行動に出た。お父さんのほうに近づいていってとつぜん抱《だ》きしめ、「お気《き》の毒《どく》に、罪《つみ》の意識《いしき》を感じてらっしゃるんでしょう」と言ったんだ。ぼくたちはみんな、月に住んでいる人を見るような目で女の人を見た。ある意味では、カンザスなんていうなじみのない土地は、ぼくたちにとってほんとうに月みたいなもんだった。

そしてなんと、その女の人はぼくたち全員に、うちのポーチで冷《つめ》たい飲み物でもいかが、と言ったんだ。女の人はまだ泣いてたけど、お父さんに腕《うで》を巻《ま》きつけたまま、自分の家のポーチへと導《みちび》いた。涙《なみだ》をぬぐったあとの女の人のぬれた腕がお父さんの腕にふれて、お父さんがびくっとするのをぼくは見てしまった。こんなときなんだから聖人《せいじん》のように（というか、せめてすごくいい人のように）ふるまおうなどと思っても、やっぱり、知らない人の分泌物《ぶんぴつぶつ》にはぞっとするものなんだろう。

　女の人は家の中に入った。いったん解《かい》放《ほう》したお父さんのところに、女の人はまたもどってきて、ゴミ袋《ぶくろ》をさしだして「お願《ねが》いしてもいいかしら」と言った。最初《さいしょ》、お父さんは、家のゴミを出してくるようたのまれたと思ったらしく、変《へん》な顔をしていた。でも、すぐに意味がわかって、死んだベニーの上に乗っかったままの車を動かしに行った。そしてゴミ袋の中に死骸《しがい》を入れたところで、さて、その袋をどうしたらいいかと困《こま》ってしまっ

た。女の人の家のゴミバケツにそのまま入れるわけにはいかない。マグは木の枝《えだ》を拾ってきて、道路にべちょべちょへばりついたものをこそげとり、女の人が飲み物を取りに家に入ったすきに、それをドブの中に捨《す》てた。お父さんは結局《けっきょく》、車のトランクにゴミ袋《ぶくろ》を入れた。そして女の人の家のドアをノックして、なきがらをおわたししましょうか？　とたずねた。女の人は、まるでそこらに骨《こつ》つぼが転がってないかしらとでもいうように、きょろきょろあたりを見まわしてから、けっこうです、と言った。そして、いっしょに夕食をめしあがっていきませんか、と誘《さそ》った。

そう言われても、いつまでもそこにいたい気はしなかった。けれども、もう時間も遅《おそ》かったし、おなかもすいていた。ちょうどそのとき女の人のだんなさんも畑から家に帰ってきた。女の人が家から走り出てだんなさんを迎《むか》えたとき、もしこの人が猫《ねこ》の件《けん》を女の人と同じように受けとめなかったらどうしよう、とぼくたちは身がまえた。でも、だいじょうぶだった。男の人はポーチまでやってきて言った。「サンディーが、自己紹介《じこしょうかい》をしなくって申《もう》し訳《わけ》ありませんでしたと言ってます。あらためまして、妻《つま》はサンディー・シュルツで、ぼくはバドです。サンディーが夕食用のポーク・チョップを冷凍庫《れいとうこ》から出してるんで、ぜひ夕食につきあってください。ことわったりしないでくださいよ」

お父さんが最初《さいしょ》に立ちあがってその人と握手《あくしゅ》をした。そのあと、お母さん、そしてマグ、最後がぼくだった。バドの手はキャッチャーミットのように大きくて、ぼくの手をすっぽり包《つつ》みこんでしまった。名前を名乗ったとき、ぼくは心の中で、自分の名前がヘンリーというごくふつうの、みんなになじみのある名前でよかった、なんていう妙《みょう》なことを考えていた。小学校のぼくのクラスにアシュトンという変《へん》な名前の子がいたけど、そういう名前をつけられなくてよかった。この人にアシュトンなんて名乗ってたらいやだったな、とぼくは思った。まあ、そう言っても、この人なら感じよく対応《たいおう》してくれただろうけど。奥《おく》さんもきっとそうだ。バドとサンディーは、ぼくが今までに会った中でいちばん感じのいい人たちだった。

それから、子どもたちが家に帰ってきた。マーラとジムだ。ふたりともティーンエイジャーだったけど、パピーとネイディーンとはまるっきり感じがちがった。猫《ねこ》のことを聞いて悲しんでいる様子《ようす》ではあったけど、ぼくを家畜《かちく》小屋に連れていって動物たちを見せてくれたり、ヴァージニアってどんなところなの、とたずねたりした。それからぼくたちは家にもどって、手を洗《あら》って、リビングルームでチーズ・ドゥージーを食べた。これはサンディーお得意《とくい》の手作りスナックで、棒《ぼう》みたいな長細いパンの中にチーズが入ったものだった。お母さんは、夕食の準備《じゅんび》を手伝《てつだ》いにキッチンに入っていった。

お父さんはソファの上で、目立たないようにできるかぎりちぢこまっていた。キッチンにいるお母さんが事故《じこ》のことを説明《せつめい》しようとして、お父さんがひどいマラリアだった話をサンディーにしているのが聞こえてきた。

「まあ、ほんとにお気《き》の毒《どく》に」サンディーが言った。そのあと、シャワーを浴《あ》びてきたバドが、畑の汚《よご》れをこすり落とした赤い顔をして登場したとき、サンディーが、ぼくの両親はアフリカにいたんだとバドに話した。

「ほんとうに？　アフリカに!?」バドが言った。「うわあ、おどろいたなあ」まるで、カンザスの農場ではこれほどおどろくことは初めてだというようだった。アフリカから帰ってきたばかりの人が家の前を車で通って猫《ねこ》をひいたとは——不思議《ふしぎ》なことがあるもんだ。この反応《はんのう》を見て、お父さんはどことなく得意《とくい》げな顔になった。この人たちの平凡《へいぼん》な生活に、かすかな異国《いこく》の風を持ちこんであげたんだ。こういうことも、もし猫をひかなければ起こらなかっただろう。だから、ある意味ではいいことだったのかも……お父さんの顔を見ていると、そういうふうに自分を納得《なっとく》させようとしているのがわかった。

「このへんでおもしろいところに行きたいんでしたら、オマハの北にアイスクリーム博物館《はくぶつかん》っていうのがありますよ。よくうちの子たちを連《つ》れていくんですけどね。なあ、おもしろいところだろ？」

「おもしろいわよ、ヘンリーもきっと気に入ると思うわ」マーラが言った。

「おいしいアイスクリームもあるよ！」ジムが言った。

この家族は全員この調子だった。ペットが死んだのに、すごく変《へん》だ。だれもそのことでぼくたちになにか文句《もんく》を言ったりはしなかったんだ。

夕食の席《せき》で、お父さんがもう一度謝罪《しゃざい》しようと口を開いた。でも、そのときちょうど、サツマイモのマッシュポテトのお皿をお父さんにわたしていたサンディーが言った。「あら、もうやめましょうよ、ノーマン。正気《しょうき》の人間ならわざと猫《ねこ》をひいたりしないって、みんなわかってます。よくあることでしょう。動物が死んだのはこれが初めてじゃないんだし」

「そりゃあ、すごくつらいお気持ちでしょうけど」マーラが言った。「でも、とにかくロールパンをどうぞ」

「すごくショックだったでしょう――その――グシャッといったときは」ジムも言った。ふたりとも、ものすごく親切なやさしいまなざしでぼくたちを見ていたので、ちょっと不気味《ぶきみ》な気がした。でも別《べつ》に、宗　教《しゅうきょう》にのめりこんだあぶない人みたいな目をしているわけではなかった。ただ、すごくいい人たちだというだけなんだ。そう考えて気持ちを落ち着けながら、おいしい夕食をごちそうになった。バドは飼《か》っていた馬の話をした。

「ぼくたちは、昔からこんなに広い農場を持ってたわけじゃないんです。父が亡《な》くなったら父の土地はぼくが受け継《つ》ぐと決まってたんですけど、父が生きているあいだはわずか八千平方メートルの趣味《しゅみ》の農園みたいなものしか持ってませんでした。同じような規模《きぼ》のよその農園といっしょで、使い道のない土地だったんです。あと、馬も一頭持ってました。だれも乗ってなかったから、ただのペットみたいなものだったんですが、ほんとうにかわいがってたんです。土地の大部分が家の前側《まえがわ》にあったんで、前庭で飼《か》うことになったんですけど、近所の人になにを言われるか心配だったんです。ほかにだれも動物を飼ってる人がいなかったんで、馬糞《ばふん》のにおいなんかで苦情《くじょう》を言われないか、ってね。でもだいじょうぶでした。みんなが馬をかわいがってくれました。特《とく》に、通りの突《つ》き当たりに住んでたミセス・グレイディはものすごく気に入ったみたいでした。馬を飼うまでは、知りあいってわけじゃなかったんですけどね。ミセス・グレイディとだんなさんはふたりとも病院に勤《つと》めていて、仕事の時間が不規則《ふきそく》だったし、人づきあいを避《さ》けてるみたいだったし、家も木の陰《かげ》に隠《かく》れてよく見えなかったんですよ。ところがある日、うちの馬にリンゴを食べさせているミセス・グレイディの姿《すがた》を見つけたんです。馬の世話の係だったマーラが近づいていって話しかけました。ミセス・グレイディは馬のために大量《たいりょう》のリンゴをわざわざ買ってきて、仕事に行くときにも帰るときにも、うちに寄《よ》って馬にリンゴを食べさせて、かわいがってたんです。馬をなでたりしてました。まあ、そのー、ミセス・グレイディには子どもがいなかったんで、馬で心を満《み》たしてくれたらそれでいいじゃないか、とぼくたちは思ったんですよ。それに、だんなさんがガンを宣告《せんこく》されて、かわいそうだったんです。そんなに年でもなかったのに。ふたりとも四十五とか五十とか、そのぐらいだったよね？」

「だいたいそのぐらいね」サンディーはいそがしく料理《りょうり》をまわしながら言った。ゼリーのサラダと、ビーツのピクルスと、ポテトサラダ、それにマカロニサラダのお皿が次々と食卓《しょくたく》をまわった。この家では、なんでもいいからお皿に入れてマヨネーズをかければサラダのできあがり、ということになっているらしかった。

「だから、子どものいない奥《おく》さんが、しまいにはだんなさんまで亡《な》くしてしまうのかと思うとやりきれない気持ちでした。いっそ、馬をミセス・グレイディにあげてしまって、それで解決《かいけつ》しようか、とも考えました」

「でも、馬はぼくたちのお気に入りだったから」ジムが言った。

「特《とく》にわたしのお気に入りだったのよ」マーラが言った。「わたしの馬だったんだもの」

「ほら、マーラ」とバド。

「心の中では、わたしの馬だったの」マーラが思い出すように言った。

「まあ、おそらく」バドが言った。「うちの馬はこのミセス・グレイディという人のお気に入りにもなってしまったんでしょう。でも、困《こま》ったことに、変《へん》な餌《えさ》をやりはじめたんです。まず手はじめがリンゴとニンジンで」

「そこまではぜんぜん変じゃないよね」ジムが言った。

「もちろんそうだよ」バドが言った。「角砂糖《かくざとう》も別《べつ》にいい。自分のアイスクリームを馬になめさせている人を見たこともあるし」

「そうよ、馬がなめたあと、残《のこ》りをまた人間がなめてたわ。見たわよね」サンディーが言った。

「犬にアイスクリームをやってた人もいたわ。暑い日にはいいわよね、そう思わない、キャサリン？」

お母さんはうなずいた。

「そこまではぜんぶ許《ゆる》せたんです。よくある餌《えさ》だったから。でも、ある日外に出ると、地面の上になにかが山のように積《つ》みあげられてて、それを馬ががつがつ食べてたんです。ぼくは、『ジム、あれ、なんだ？』って言いました」

「ぼくは『わかんない』って言ったんだよね」ジムが言った。

「で、『ぼくにはスパゲッティに見えるんだけどな』って言ったんだよな」バドが言った。

「それでぼくが『ぼくにもそう見える』って言ったんだっけ。忘れられないね。『ぼくにもそう見える』としか言えなかったもんね」

「そうだったね。『ぼくにもそう見える』って言ってた。そう、ぼくたちはばかみたいにふたりで突《つ》っ立って、馬がスパゲッティを平らげてしまうのをただぼんやりながめてたんです。馬のためによくないってわかってたのに。あれはぜったいにあの人が持ってきたんだ、とぼくたちは思いました」バドが言った。

「ぼくたち、なんていうか、ショック状態《じょうたい》だったんだと思います。だって、やめさせずにそのまますパゲッティを食べさせちゃったんですから。ミセス・グレイディのしわざだってことはわかってました。仕事に行くとき、いつもみたいにうちの馬の前で車をとめたのを見たんで」

「てっきり、角砂糖《かくざとう》とか、リンゴとかニンジンとかをやってるものと思ってたんです」バドが言った。

「今までやってたような餌《えさ》だと思って」

「それで、スパゲッティだと知ったときすごくショックを受けたんです。かわいそうな馬はその夜腹痛《ふくつう》を起こして、ひと晩《ばん》じゅう苦しみました。獣医《じゅうい》を呼《よ》ぶと、『この馬、なにを食べました？』と言われましたよ。スパゲッティだとジムが答えると、獣医は、馬にスパゲッティをやってはいけませんよ、と言ったんです。『わかってます。この馬にスパゲッティをやった女に注意するつもりですよ』とぼくらが言うと、『まさか奥《おく》さんじゃないですよね？　だってあんなかしこい人なんだから』と獣医が言ったんで、ぼくたちは『ちがいますよ』と言いました。『じゃあ、女ってだれです？』と獣医が言ったんで、ぼくたちは『近所の人で、ミセス・グレイディっていう名前です』と、まるで名前なんかどうでもいい、というような調子で言いました。獣医は頭をかきむしって、『そりゃあ、バド、そのミセス・グレイディって人に言いに行ったほうがいい』と言ったんで、『だから注意しに行きますよ』とぼくは答えた。獣医が帰ると、ぼくたちはさっそく通りの突《つ》き当たりの家まで行って、ミセス・グレイディを呼び出しました。馬にスパゲッティをやるのはやめてください、と言うと、ミセス・グレイディは、気分を害《がい》したような顔をしてました。自分がわざわざ餌《えさ》をやってあげたのに、ぼくたちが感謝《かんしゃ》してくれないのが不満《ふまん》だったんでしょう。でもとにかく、じゃあもうスパゲッティはやりません、と言ったんです。翌朝《よくあさ》、ミセス・グレイディが仕事に行くとき、いつものようにうちの前で車をとめるのが見えました。バケツに入ったなにかを地面にばらまくと、馬がそれをむしゃむしゃ食べるのが見えました。ぼくたちが、よく見ようと近づいていくと、それはスパゲッティじゃなかったんです。なあ、ジム？」

「スパゲッティじゃなかったよね」ジムが言った。「ぜんぜんちがいました」

「あら、じゃあなんだったのかしら？」お母さんがたずねた。話にすごく夢中《むちゅう》になっているみたいだった。

「フライドポテトだったんです」ジムが言った。

「ええっ、そんなもの、馬が食べていいの？」お母さんがたずねた。

「もちろん食べちゃいけないんですよ」バドが言った。「おっしゃるとおりです。馬にフライドポテトはだめです。ミセス・グレイディもそのぐらいわかりそうなもんですがね。スパゲッティはだめと言われたら、フライドポテトだってだめだろうってことぐらい想像《そうぞう》がつくでしょう」

「でもあの人には想像がつかなかったみたいで」ジムが言った。

「そうみたいでした。類推《るいすい》するのが苦手だったんでしょうね」バドが言った。「だからぼくたちはまた注意しに行きました。『ニンジンやリンゴにしてください』っていうふうにぼくたちは言いました。『ニンジンやリンゴならいいです』でも、聞き入れてもらえませんでした。次は、マカロニグラタンが登場したんです。今度こそ、きびしく注意しに行かなくちゃなりませんでした。ぼくは、人にきびしくするのはあまり好《す》きじゃないんですが」

「そうよね、あなたってそういう人よ」サンディーが言った。

「でもしかたなかったんです。わたしがすごく怒《おこ》ってしまったから」マーラが言った。

「わたしたちみんな怒ってたわ」サンディーが言った。「かわいそうな馬」

「でも、いちばん怒ってたのはわたしでしょ」マーラが言った。

「はい、はい、かわいそうなマーラ」サンディーは舌打《したう》ちしながら言った。

「ぼくはこう言いました。『いいですか、ミセス・グレイディ、果物《くだもの》と野菜《やさい》だけという約束《やくそく》を守れないなら、はっきり言わなきゃなりません。だんなさんがガンだとかいろいろあってたいへんなんだと思いますから、ほんとうはこんなこと言いたくないんですが、約束を守れないなら馬に餌《えさ》をやるのはやめてください』」バドは頭をかきむしりながら言った。「言ってしまってほんとうに申《もう》し訳《わけ》ない気分でした」

「みんなそう感じてたんですよ」サンディーが言った。

「わたしはそれほどでもなかったけど」マーラが言った。

「ミセス・グレイディも申《もう》し訳《わけ》なく思ったんでしょう、スパゲッティや、フライドポテト、マカロニグラタン、マシュマロといったものはそれきりやめました。そして次にバケツに入れてきたものは、パイナップルとスターフルーツだったんです。『ミセス・グレイディ！』地面にあけたバケツの中身が見えたので、ぼくは叫《さけ》びました。するとミセス・グレイディは開きなおったように『果物《くだもの》ならいいんでしょう』と言ったんです。『果物と野菜《やさい》ならいいって言ったじゃない。だから果物を持ってきたのよ』そしてその晩《ばん》、馬は死んだんです」バドは言った。

「果物のせいでうちの馬は死んだんです」ジムが言った。「めずらしい南国の果物のせいで」

「馬の死を知らせに行くと、『わたしのせいじゃないわ。果物はいいって言われたんだから』とミセス・グレイディが言ったので、『たしかに言いました』とぼくは答えました。あの人に一本取られてしまったんです。たしかに果物はいいって言ったんですから」

「あの人、ストレスがたまりすぎてたのよ」またバターポテトをまわしながらサンディーが言った。

「ああ」バドが言った。「たぶん、気持ちがすさんでたんでしょうね。テレビの刑事《けいじ》ドラマにもそういう人が出てきましたよ。あの日は特《とく》にそうだったのかもしれない。すごく追いつめられていただろうし。ガンの問題をかかえて、いろいろたいへんだったんでしょう」

「つらかったでしょうね」マーラが言った。

「あの家には大きな野菜畑《やさいばたけ》があって」ジムが言った。「ふたりじゃ食べきれなくて野菜がありあまってたんです」

「でも、野菜よりはスパゲッティのほうが馬も喜《よろこ》ぶと思ったんでしょうね」マーラが言った。

「そうね、パスタはみんなが大好《だいす》きですものね」サンディーが言った。

「じつを言うと、ミセス・グレイディのマカロニグラタンはすごくおいしそうだったんですよ」

バドが言った。

「それに、あの人はリンドウをものすごくじょうずに育ててたんです。馬が死んだのがあの人のせいだなんて、みんな思わなかったわよね？」サンディーが言った。

「馬が死んだぐらいで、だれかを責《せ》めたりできませんよね？」バドがそうたずねたので、ぼくは立ちあがってこう叫《さけ》びたくなった。「いいんだよ、いいんだよ！　馬が死んだとか猫《ねこ》がひかれたとか、どんな理由で人を責めてもいいんだよ。きみたち、おかしいんじゃない？」でも、バドの家族に魔法《まほう》でもかけられたかのように、ぼくたちはなにも言えなかった。あの人たち自身も魔法にかかっているみたいだった。いつもなら、マグがさっきみたいな挑発的《ちょうはつてき》な質問《しつもん》をとっくにしていただろう。ぼくはそこで気がついた。ぼくたちとこの人たちは最初《さいしょ》から仲《なか》よくなれるはずがなかったんだ。人づきあいさえすれば、話し合いさえすればわかりあえると思うのはまちがってる。この人たちはアリ一匹《びき》いないところでピクニックをできれば幸せなんだろうけど、ぼくはアリがいないとつまらない。そういう考え方の家族がいてもいいいし、ぼくの好《この》みじゃないだけかもしれない。それでも、とにかく変《へん》すぎる。

「けっして責《せ》めたりできません。ストレスのせいなんですから」バドが言った。

「ストレスのせいよね。さあ、おいしい飲み物はいかが？」サンディーはそう言って立ちあがり、ホイップクリームとミニマシュマロを上にたっぷりのせたフルーツネクターを取ってきた。それから、サンディーはお母さんに、リンドウを見にいかない？ と庭に誘《さそ》った。今年のリンドウはすばらしいから、見たらきっと気に入ると思うわ、とサンディーは言った。ぼくたちは、あとに残《のこ》されても手持ちぶさただと思ったので、ふたりについていった。たしかにすばらしいリンドウだった。サンディーはお母さんに、ヴァージニアで植物を育てているの？ とか、リンドウの色に合わせて応接間《おうせつま》の壁《かべ》を深い青に塗《ぬ》りたいんだけどどう思う？ とかたずねた。お母さんは、「うちの壁は真っ白だけど（マグとぼくは顔を見あわせたけどなにも言わなかった）、帰ったら、すばらしかった今日の思い出のために深い青に塗りかえようかしら」と言った。それからあわてて、「かわいそうな猫《ねこ》のこと以外《いがい》はすばらしかった、って意味よ」とつけ加《くわ》えた。シュルツ家にとって完全《かんぜん》にすばらしい日ではなかったことを思い出したんだ。

「ええ、わたしたちも楽しい時間をすごしたわ」サンディーが言った。「あなたがたが寄《よ》ってくださったのも神さまのおぼしめしね。〝猫は九回生きる〟というけど、ベニーの場合はそれがぜんぶ終わってしまったのよ。何回生きられるにしても、ぜんぶ生きてしまえば終わりが来るのよね」

「どこのうちもみんな、応接間《おうせつま》の壁《かべ》はリンドウの深い青にすべきだわ」お母さんはまだ興奮《こうふん》して言いつづけていた。

「気にしないでくださいよ」バドは、お父さんの腕《うで》を叩《たた》きながら言った。叩くというより、ものすごい力で強打《きょうだ》したので、あざが残《のこ》りそうだったけど、バドはそういうつもりじゃなかったんだと思う。ただ体が大きくて、自然《しぜん》にそうなってしまったんだ。「マラリアっていうのは、たいへんな病気だそうですからね」

そう言われると、今までぼくたちはマラリアのことをぜんぜん真剣《しんけん》に考えていなかったような気持ちになった。

「車の中で食べられるようにサンドイッチでも作りましょうか？」サンディーが声をかけたときにはもう、ぼくたちは車を出すところだった。シュルツ家の人々は夕暮《ゆうぐ》れの日を浴《あ》びながら手を振《ふ》っていた。

だれもひと言もしゃべらないまま、車は何キロも走っていった。

「猫殺《ねこごろ》し！」マグがつぶやいた。

それからまたしばらくのあいだ、だれもなにも言わなかった。

アイオワへようこそ

あそこまでものすごい寛容《かんよう》の心にふれれば、それに影響《えいきょう》されて同じように寛容になる、とふつうは思うだろう。ぼくもそれを期待していた。でも、家族のだれも、なんの影響も受けなかったようだった。車の中は、なにやら意地になったような静《しず》けさで満《み》たされていた。だれももう言い争《あらそ》いはしていなかったし、あからさまに不機嫌《ふきげん》な態度《たいど》をとってもいなかったけれど、だからといって楽しく仲《なか》よくという感じではなかった。トランクの中に猫《ねこ》の死骸《しがい》が入っているということを思い出したのは、だいぶ長いこと走ってからだった。猫をひいたのは結局《けっきょく》だれのせいだったのか、ということに関《かん》しては、ひとりひとりがみんなちがう見方をしていた。シュルツ家のおすすめどおり、ぼくたちは世界のアイスクリーム博物館《はくぶつかん》に向かっていた。いかにもおもしろそうな場所だったから、朝食のときにそこに行こうと話しあったとき、今日は楽しい見物の一日になりそうだ、

とうきうきした気分になってもよかったはずだった。でも、ぼくは朝食のテーブルに、お父さんとふたりきりでさびしくすわっていたんだ。マグとお母さんは、ぼくたちに背中《せなか》を向けて別《べつ》のテーブルで食べていた。ぼくはふたつのテーブルのあいだを行ったり来たりした。そのうち、なんだか絶望的《ぜつぼうてき》な気分に襲《おそ》われた。どちらも自分の意見を変《か》えようとしないなんて、と両方に腹《はら》がたってきた。

「ほら、パンフレットのここに、五十種類《しゅるい》のアイスクリームがあるって書いてあるぞ。めずらしい色のも何種類かあるんだって。あと、博物館《はくぶつかん》のほかにも、映画館《えいがかん》や、一九二〇年代ふうのなつかしいスタイルを再現《さいげん》したアイスクリームパーラーがあるんだそうだ」

「ふーん」ぼくは気のない態度《たいど》でトーストをかじりながら言った。

お父さんはいっしょうけんめいになってぼくを元気づけようとしているみたいだったけど、なにをしたらぼくがほんとうに元気になるかぜんぜんわかっていなかった。それは、お母さんと仲《なか》なおりすることだったんだ。お母さんとお父さんがどういうふうに仲をこじらせているのかぼくにはわかっていたのに、本人たちに気づかせることができなくて、ぼくはイライラしていた。そして、この状況《じょうきょう》をあるべき姿《すがた》にもどそうとして、ぼくはものすごいエネルギーを費《つい》やしていた。こ

もしちゃんとふたりに言い聞かせることができたら、リーズルが鼻歌を歌いながらバラの形の石鹸《せっけん》を出すときみたいな気分になれるのに、と思っていた。両親がちゃんとしてくれさえしたら、

ぼくだって鼻歌を歌う元気ぐらい出せただろう。ぼくが悩《なや》んでいたのは、そこだった。ふたりは、協力《きょうりょく》しあう気がなさすぎた。お父さんとお母さんのあいだの緊張《きんちょう》がいやでたまらなくて、いっしょにいるのがたえられない気持ちだった。ピッグとマグがけんかしていてもぼくは別《べつ》に平気だったけど、自分の両親の場合はちがう。たいへんな問題だった。どうして両親はわかってくれないんだろう？ どうしてぼくにこんな思いをさせるんだろう？ どうしてほかのみんなにこんな思いをさせるんだろう？ ぼくがこんなに説明《せつめい》しているのに、どうして相手の立場からものを考えようとしてくれないんだろう？

ぼくがテーブルをじっと見つめたまま、そう考えて落ちこんでいると、お父さんが「なにを考えてるんだい？」と言った。ぼくは正直《しょうじき》に、リーズルのことを考えているんだ、と言った。「ぼくたちのことをなにも知らないのに、どうして鼻歌を歌いながらバラの形の石鹼《せっけん》を出したりしてくれたんだろう？」するとお父さんは、そんなのは大まちがいだったと思う、コーディーとピッグのあいだがどうなるか、その人は見きわめるべきだったんだ、それに、もしおまえたちが泥棒《どろぼう》か殺人鬼《さつじんき》だったらどうするつもりだったんだ、ぼくたち夫婦《ふうふ》が結婚式《けっこんしき》に来たり家族みんなで集まったりするまでは泊《と》めないのがふつうだ、とかなんとか言ったけど、ぼくは、ちがうんだよ！と思った。ぼくはただ、そのときリーズルが鼻歌を歌いながらバラの石鹼を出してくれたのが好《す》きだったんだ。ぼくたちがなにをしようが関係《かんけい》ない、歌いながら石鹼を出してくれたのは自分がそうしたかったからだ。それは、猫《ねこ》をひき殺《ころ》された家族のふるまいとはぜんぜんちがうものだ。あの家族は、ほんとうは自分たちが悲しんでいても、悲しんでいないんだと大あわてで思いこもうとしていた。リーズルならそんなことはしないだろう。ものごとがこうであるべきだ、というような思いこみはリーズルにはなさそうだった。でも、猫をぼくたちにひき殺された家族には、ものごとはこうであるべきだという思いこみがあって、そのとおりにしなくちゃとものすごい努《ど》力《りょく》をしていた。それは、ぼくが両親に無理矢理仲《むりやりなか》なおりさせようとものすごい努力をしている様《よう》子《す》にそっくりだった。そこがあの家族とリーズルのちがい、さらに言えばぼくとリーズルのちがいだと思った。リーズルも猫の家族も、みんないい人であることには変《か》わりないし、人を好《す》きになろうとしていた。ただ、猫の家族は、ぼくたちを好きにならなきゃいけないと思いつめるあまり、そのためには自分たちがどんな目にあってもだいじょうぶなんだ、と思いこもうとしていた。そのために、気持ちそのものより先にあわてて形だけ整えたんだ。けれどもリーズルは、「だいじょうぶ」と自分が自然《しぜん》に思えるように、もっと深いところで自分を変えた。大切なのは自分の内側《うちがわ》の思いであって、外の状況《じょうきょう》はどうでもよかったんだ。そういえば、ぼく自身だって外のなにかに変えられたりはしない。外の状況がどうでもいいのなら、それを変えなくたっていい。そのままの状況にしておけばいいんだ。

ぼくたちはまた車に乗って、なんだかあきらめたようにだまりこくって、アイスクリーム博物《はくぶつ》館《かん》に向かっていた。車の中の雰囲気《ふんいき》は、楽しそうでもなかったし、悲しそうでもなかった。お母さんが運転して、マグは居眠《いねむ》りして、お父さんはうらみがましい目で窓《まど》の外をにらんでいた。ぼくはなぜだか、すがすがしいような自由な気分を味わっていた。

着いてみると、アイスクリーム博物館《はくぶつかん》はすばらしいところだった。ぼくが好《す》きなのは五分か十分でぜんぶまわれるような小ぢんまりした博物館で、そこはまさしくそういうタイプのところだった。おみやげ売り場では、たくさんの絵はがきやアイスクリーム・グッズを売っていた。入場《にゅうじょう》料《りょう》はたったの五十セントだったので、お父さんもマグも大喜《おおよろこ》びだった。お母さんは、どちらにしてもお金のことには興味《きょうみ》がなかったので、特《とく》に喜びもしなかった。ぼくはちょっとだけお母さんがかわいそうな気分になった。

それから、ものすごくうれしいことが起こったんだ。ぼくたちは昔ふうのアイスクリームパーラーでアイスクリームを食べていた。まだ午前十一時だったので、ほかのお客さんはだれもいなかった。みんないろんな色が混《ま》ざったアイスクリームを選《えら》んだけど、めずらしいのは色だけで、味はわりとよくあるバターピーカンやココナッツパイみたいで、ぜんぜんめずらしくはなかった。その大きなアイスクリームを半分ぐらい食べたところで、二、三人の男の人と一人の女の人が入ってきた。全員、野球のユニフォームを着ていた。その人たちは、ぼくたちにアイスクリームを出してくれた店員の女の子に話しかけた。「ベッシー、ちょっとカウンターからお尻《しり》をあげて野球をやりに来てくれないか？　もうすぐ試合《しあい》が始まるのに、来られなくなったメンバーが六人いるんだ。かわりに来てくれないと不戦敗《ふせんぱい》になっちゃうんだよ」ベッシーが答えた。「ええっ、無《む》理《り》よ、売り場を離《はな》れられないもの。だれかお客さんが来たら困《こま》るじゃない。クビになっちゃうわ」

「きみをクビにするのはだれだと思う？　きみのおじいさんだろ？　おじいさんは今ね、棄権《きけん》して チームが勝ち抜《ぬ》けなくなったら困るって言って、ぼくたちが大急ぎでメンバーを見つけてくるのをハラハラしながら待ってるんだよ」

「わたしが出ればいいって、おじいちゃんが言ったの？」ベッシーが言った。「『ベッシーを試合に出せ、店は空《から》っぽにしてもいいから』って言ったの？」

男の人たちはみんな、答えに詰《つ》まってしまった。すると女の人が言った。「お願《ねが》い、ベッシー。このチームには女性《じょせい》ホルモンが必要《ひつよう》なのよ」

「無理よ。無理だってわかってるでしょう」

すると男の人が、今度はぼくたちのほうを向いて言った。「あなたがたはどうですか？　野球をやったことあるでしょう？」

そのあと、奇跡《きせき》が起こった。ぼくは当然《とうぜん》、お父さんもお母さんもマグも、「いいえ」とか「冗《じょう》談《だん》でしょう」とか「これから急いでインディアナ州《しゅう》に行かなきゃいけないから」とかなんとか言うに決まってると思っていた。でも、おどろいたことに、マラリア病《や》みのお父さんが、「よし、入れてもらおう」って言ったんだ。ぼくもつづいて「ぼくもやる」と言った。そうしたらお母さんとマグも「あら、やりましょうか」と言った。すると男の人が「じゃあビュフォード、ユニフォームを貸《か》してあげて」と言った。ビュフォードがぼくたちをアイスクリームパーラーの裏《うら》にある物置《ものお》きに連《つ》れていって、四人分のユニフォームをわたしてくれた。大人《おとな》たちの分はなんとか体に合ったけど、ぼくにはユニフォームは大きすぎたので、ぼくだけジャージを着ることになった。チームの全員を紹介《しょうかい》されたけど、結局《けっきょく》、だれの名前もおぼえられなかった。あと二人の助《すけ》っ人《と》が駐車場《ちゅうしゃじょう》でなんとか見つかったところで、博物館《はくぶつかん》の裏の野球場に行った。どこから来たのか、スタンドは見物の人でいっぱいだった。地元の四つの酪農場《らくのうじょう》がそれぞれ野球チームを作っていて、毎週対戦《たいせん》しているんだそうだ。酪農場のオーナーはおたがいにライバルとして張《は》りあっていた。太ったおじいさんたちで、真っ赤な顔して自分のチームの選手《せんしゅ》をしゃがれ声でどなりつけていた。オーナーの一人は、自分のチームの選手（つまり自分の酪農場の労働者《ろうどうしゃ》）に、ガニマタのぶきっちょバカ女、とどなりつけていたけれど、言われた女性《じょせい》はぜんぜん気にしていない様子《ようす》で、ただ、だまれというようにオーナーに向かって手を振《ふ》りながら、ホームスチールのタイミングを狙《ねら》っていた。勝ち抜《ぬ》き戦だったので、ひとつ試合《しあい》が終わるとぼくたちは別《べつ》の野球場に移《うつ》った。助っ人の実力《じつりょく》が各チームでちがう、という苦情《くじょう》が出たので、ぼくたち臨時《りんじ》メンバーは試合ごとにちがうチームに移《うつ》った。だから、ぼくはときにはお母さんと対戦《たいせん》したり、マグと対戦したりすることになった。また、四人いっしょに同じチームに入ることもあった。お母さんは打つのと走るのはなかなかよかったけど、守備《しゅび》がぜんぜんだめだった。マグはどれもぜんぶだめだったけど、だれも文句《もんく》は言わなかった。でも、マグがバッターボックスに入るたびに、オーナーががっくりしているのをぼくは見てしまった。お父さんはすごくうまかった。ぼくも、そう悪くなかったと思う。自分にどのぐらいの実力があるのか、知らない人たちとやってみて初めてわかった。それに、アイスクリームが食べられたのもよかった。ダグアウトにいるときでも、センターを守るときでも、どこにいても、紙のカップに入ったアイスクリームを配る人が歩きまわっていて、みんなはそれを食べて元気を取りもどしていた。そんなのは初めてだった。ぼくたちはじりじり照《て》りつけるネブラスカ州《しゅう》の太陽の下で、一日じゅう試合《しあい》をつづけた。

そしてもちろん、やがては終わりのときがやってきて、ぼくたちは博物館《はくぶつかん》の裏《うら》の物置《ものお》きにもどって、ユニフォームを返した。ユニフォームには草のしみがついていて、汚《よご》れて、よれよれになっていた。酪農場《らくのうじょう》の人たちはぼくたちの背中《せなか》を叩《たた》いて、ありがとう、と言ってくれた。ぼくたちは車にもどっていった。

四人とも無言《むごん》だった。思いがけない野球、すばらしい夏の一日の思い出、そしておいしいアイスクリームが、みんなの心の中でまだ燃《も》えていた。太陽がトウモロコシ畑に沈《しず》んでいき、夢《ゆめ》のよ

Dair

うな青い薄明《うすあ》かりがぼんやりと空を包《つつ》んだ。まるで、明かりをはらんで空気が濃《こ》くなったように感じられた。何キロも何キロも、静《しず》かな道がつづいていた。ただコオロギのおだやかな鳴き声と、静けさをかきわけて進んでいくぼくたちの車の音だけが聞こえていた。なぜだろう。なぜだろう。なぜだかこういうすべてが愛《いと》しくてたまらない。

ぼくたちの車は、なだらかな尾根《おね》を越《こ》えてどこまでもどこまでも進んでいった。やがて〝アイオワへようこそ〟という標識《ひょうしき》が見えてきた。

旅の果《は》て、思いがけないホームラン――訳者《やくしゃ》あとがきにかえて

〈ハリネズミの本箱〉に、待望《たいぼう》のポリー・ホーヴァート作品第二弾《だん》が登場しました。森の中に住む変《か》わり者の双子《ふたご》のおばあさんに度肝《どぎも》を抜《ぬ》かれ、笑《わら》っているうちに深く心を動かされた『ブルーベリー・ソースの季節《きせつ》』につづいて、本作『長すぎる夏休み』もまたまた痛快《つうかい》な大傑作《だいけっさく》です。昨年《さくねん》発表されたばかりのホーヴァートさんの最新作《さいしんさく》で、内容《ないよう》はうって変わって〝アメリカ大旅行〟!

といっても、普通《ふつう》の家族旅行とはだいぶちがう、行き先も帰る日にちも決まっていない奇妙《きみょう》な旅行です。主人公のヘンリーは、両親が自分を置《お》いてアフリカに行ってしまったので、親戚《しんせき》のマグノリアおばさんとピッグおばさんに面倒《めんどう》を見てもらって暮《く》らすことになります。ところが、家にふたりがやってきてまもなく、四十歳《さい》になりたてのマグノリアおばさんがたいへんな病気にかかり、まわりもおどろくような重症《じゅうしょう》に。回復《かいふく》したところで、おばさんはとつぜん、〝生きよう!〟――つまり、今までしなかったことをして、人生を楽しもう――と決意。旅行なんか二十年もしていなかったので、ま

ずは海水浴《かいすいよく》に行こう、ということになります。ヘンリーを置《お》いていくわけにはいかないため、もうちょっとで卒業《そつぎょう》するはずの小学校をやめさせて（アメリカの学校は学年の始まりが九月で、卒業は夏休み前です）、三人で出発します。ところが、海辺《うみべ》にいるのが思ったほど楽しくなかったので、もっと別《べつ》の場所に行こうということになり……おばさんたちの旅はそのまま、その場で思いついた場所に次次とドライブしていく、アメリカ大陸放浪《たいりくほうろう》と言ってもいいような大旅行に発展《はってん》していくのです。

アメリカはほかの国以上《いじょう》に、自動車が大きな役割《やくわり》を果たす国だと言われています。移動手段《いどうしゅだん》はもっぱら車。また、広い国土に点々と散《ち》らばる町が高速道路で結《むす》ばれていて、山あいや平原や砂漠《さばく》のそばを抜《ぬ》けていく道路も数多くあります。この作品の中にも出てきますが、ほかの車がぜんぜんいない道路を一台だけで走ることになるのも、しばしばです。大自然《だいしぜん》を見ながら、爽快《そうかい》であると同時にさびしいような、不思議《ふしぎ》な気分になって車を走らせていく――ヘンリーたちもそういうドライブをひたすらつづけながら、道路沿《ぞ》いや小さな町の、小さなモーテル（ドライブ旅行のための簡易《かんい》ホテル）に泊《と》まることをくりかえすのです。まさしくアメリカ、という旅です。

大人《おとな》の文学や映画《えいが》の中でも、こうしたアメリカ的《てき》な車の旅は、よく取りあげられます。日常《にちじょう》生活の見慣《みな》れた風景《ふうけい》から離《はな》れて、よその土地をドライブしつづけるうちに、いっしょに車に乗っている人との人間関係《かんけい》がちがったものになってきたり、自分が今までいた場所や自分の根にある問題について深く考えたりするようになる。ここからさまざまなドラマが生まれるのですね。おばさんたちの会話の中に、『テルマ&ルイーズ』という映画が出てきますが、これもまさしく、もう若《わか》くない女性《じょせい》ふたり組が日常《にちじょう》からの脱出《だっしゅつ》をはかる物語です（大人《おとな》向けの映画《えいが》なので、大きくなってから見てくださいね）。旅は、ときにレクリエーションをこえて、自分の内面を変《か》えてしまう経験《けいけん》にもなるのです。

ヘンリーたちは、ヴァージニア州《しゅう》から南へ西へと、ものすごい距離《きょり》を（しかも無駄《むだ》の多い動き方をしながら！）旅していきます。この本の最初《さいしょ》にのっている地図を参考《さんこう》にしながら読んでみてください。その途方《とほう》もなさにびっくりされると思います。また、訪《おとず》れる場所も、アパラチア山道やメサ・ヴェルデ、ラシュモア山といった名所から、〝巨大《きょだい》な麻《あさ》ひもの玉博物館《はくぶつかん》〟〝アイスクリーム博物館〟などの、はっきり言ってたいしたことのなさそうな（？）観光《かんこう》スポットまで、じつにバラエティーに富《と》んでいます。いかにもアメリカらしいレストランの場面も、何度も出てきますね。一ダースほどもの州を通り抜《ぬ》けながら、いろいろな土地の特徴《とくちょう》ある風景《ふうけい》を見てまわっているのが、この本の魅力《みりょく》のひとつです。読んでいると、いっしょに旅行をしているような気分になれます。

さて、この話はヘンリーの視点《してん》から語られるヘンリーの物語ですが、同時に、人生に迷《まよ》う大人たちの姿《すがた》をくっきりと描《えが》きだしてもいます。そもそも大旅行は、ふたりのおばさんが、自分たちの人生に不満《ふまん》や不安をおぼえて衝動的《しょうどうてき》に思いついたものです。仕事ひとすじで生きてきてほかのことをなにも経験してこなかった、ということが表面的な不満ですが、深いところには、独身《どくしん》のまま中年をむかえてしまうことへの不安もあるようです。

　また、主人公のヘンリーのお母さんがとつぜんアフリカ行きを思いついたのも、お父さんとの結婚《けっこん》生活に不満《ふまん》を感じていることと関係《かんけい》がありそうです。お父さんとお母さんは、どうやらうまくいっていないのです。

　子どもは大人《おとな》といっしょに生きているので、当然《とうぜん》のことですが、大人の悩《なや》みにふりまわされるものです。物語の後半、ヘンリーは、お父さんとお母さんが仲《なか》よくなければ困《こま》る、と思って、ふたりのあいだに入り、なんとか仲なおりさせようとあれこれやってみます。なにを言ってもふたりは聞いてくれず、努力《どりょく》が空《から》まわりしている感じなのに、それでもヘンリーは悲しいまでのがんばりを見せるのです。ところが、旅で出会った人々を観察《かんさつ》しているうちに、〝ものごとはこうでなければならない〟と決めつける必要《ひつよう》はないんだ〟と気づきます。別《べつ》の言い方をするなら、人間は、ほんとうの気持ちをおさえつけてまで〝こうあるべき〟という姿《すがた》に自分を合わせ、無理《むり》する必要はない、ということです。自分は自分、なのだから。この考えにたどり着いたとき、ヘンリーの心の霧《きり》が晴れ、同時にすばらしいラストシーンがやってきます。大団円《だいだんえん》の甘《あま》いハッピーエンドではありませんが、とても深い印象《いんしょう》を残す、すばらしい場面です。人生が野球だとしたら、思いがけないホームランを経験《けいけん》することもある――この最後《さいご》の場面は、そんなことをやさしく語りかけてくれるような気がします。

　ヘンリーの不思議《ふしぎ》な大旅行にもいつか終わりは来ます。しかし、人生の〝旅〟は死ぬまでつづくのです。大人たちといっしょに悩んでいるうち、ヘンリーもやがて大人になって、さらにいろいろな悩みにぶつかるでしょう。でも、十二歳《さい》のときの不思議な旅で得《え》たことを思い出せば、きっと悩みを乗りこえられるでしょう。そしてそのたびに、ホームランを打ったようなすばらしい気持ちになるのではないでしょうか。ヘンリーは、旅を通じてそういう力を得《え》たはずです。

この力を読者のみなさんも得てくだされば、うれしいです。


著者《ちょしゃ》のポリー・ホーヴァートさんは、アメリカに生まれ、現在《げんざい》はカナダのブリティッシュ・コロンビア州《しゅう》に住んでいます。子どもだけでなく、大人《おとな》もいっしょに夢中《むちゅう》になれるような作品を次々と発表し、とても注目されている作家です。二〇〇三年の『ブルーベリー・ソースの季節《きせつ》』が全米図書賞を受賞するなど、数多くの受賞歴《じゅしょうれき》を持ち、今後のさらなる活躍《かつやく》が期待されています。

ふたりの娘《むすめ》の母親であるポリー・ホーヴァートさんの書く、ウィットに富《と》んだ親子の会話には、訳《やく》者《しゃ》もたびたび大笑《おおわら》いしてしまいました。また、いろいろなことを深く考えさせられもしました。もし、お子さんのためにこの本を買われて、あとがきにだけ目を通そうかとこれをお読みになっているご家族の方がいらっしゃいましたら、ぜひとも本文を読んでいただきたいと思います。大人でも楽しめます（さらに言えば、大人こそ楽しめる、共感《きょうかん》できる、という部分もだいぶあります）ので強力におすすめいたします。

余談《よだん》ですが、個人的《こじんてき》にびっくりしたのは、訳者のわたしもこれを訳しながらマグノリアと同じ四十歳《さい》の誕生日《たんじょうび》を迎《むか》えたこと（でも病気にはなりませんでしたが）と、ヘンリーが病気になった場面を訳した次の日に、わたしの娘が、吐《は》きまくるタイプの風邪《かぜ》をひいたことです！　この本は予言《よげん》の書《しょ》かなにかなのか……ポリーさんは超能力者《ちょうのうりょくしゃ》なのか⁉　いえ、単《たん》なる偶然《ぐうぜん》なのでしょうが、こんなこともあって、ますますこの作品が忘《わす》れがたいものになり、そのすばらしい価値観《かちかん》が自分の心の奥《おく》深くに入りこんだような気がします。

最後《さいご》に、大好《だいす》きなホーヴァート作品への再《さい》取り組みのチャンスをくださり、また、たくさんの助言《じょげん》をくださった、早川書房《しょぼう》の大黒かおりさんと、すてきな絵を描《か》いてくださった横川ジョアンナさんにお礼を申し上げたいと思います。ほんとうにありがとうございました。

二〇〇六年三月

早川書房の児童書〈ハリネズミの本箱〉

長《なが》すぎる夏休《なつやす》み

二〇〇六年四月十日　初版印刷
二〇〇六年四月十五日　初版発行

著者　ポリー・ホーヴァート
訳者　目黒《めぐろ》条《じょう》
発行者　早川浩
発行所　株式会社早川書房
東京都千代田区神田多町二ノ二
電話　〇三-三二五二-三一一一（大代表）
振替　〇〇一六〇-三-四七七九九
http://www.hayakawa-online.co.jp
印刷所　三松堂印刷株式会社
製本所　大口製本印刷株式会社
乱丁・落丁本は小社制作部宛お送り下さい。
送料小社負担にてお取りかえいたします。

Printed and bound in Japan

ISBN4-15-250041-7　C8097

早川書房の児童書〈ハリネズミの本箱〉

ブルーベリー・ソースの季《き》節《せつ》

ポリー・ホーヴァート
目黒 条訳
46判上製

ちょっぴりほろ苦い少女の成長物語

ラチェットは夏休み、遠縁《とおえん》の双子《ふたご》のおばあさんの家を訪《おとず》れた。二人は次々に嘘《うそ》みたいな昔話を語る。ちょん切れた首、八センチ長くなった片腕《かたうで》、世にも奇妙《きみょう》な結婚式《けっこんしき》……おまけに実際《じっさい》の生活でも珍事《ちんじ》の連続《れんぞく》！　全米図書賞受賞作